Herzsau

Fanny Irlacher führt ein Doppelleben. Eins davon in der weiten Welt als Lifestyle-Journalistin und das andere in der bayrischen Provinz als Mutter von zwei kleinen wilden Kerlen. In diesem Spannungsfeld steht ihr Schreibtisch.

FANNY IRLACHER

Herzsau

OBERBAYERN KRIMI

emons:

Bibliografische Information der Deutschen Bibliothek
Die Deutsche Bibliothek verzeichnet diese Publikation in der Deutschen Nationalbibliografie; detaillierte bibliografische Daten sind im Internet über http://dnb.d-nb.de abrufbar.

FSC
www.fsc.org
MIX
Papier aus verantwortungsvollen Quellen
FSC® C083411

Umschlagmotiv: »Saustall« von Fanny Irlacher
Umschlaggestaltung: Tobias Doetsch
Gestaltung Innenteil: César Satz & Grafik GmbH, Köln
Druck und Bindung: CPI – Clausen & Bosse, Leck
Printed in Germany 2013
ISBN 978-3-95451-153-2
Oberbayern Krimi
Originalausgabe

Unser Newsletter informiert Sie
regelmäßig über Neues von emons:
Kostenlos bestellen unter
www.emons-verlag.de

Prolog in Frankreich

Unter dem Feigenbaum kniet ein Mann. Seine Haltung ist grotesk. Mit dem Kopf weit in den Nacken gebeugt sieht es aus, als würde er versuchen, die Sterne zu zählen und mit dem offenen Mund aufzusaugen. Schlucken kann er aber nicht, denn in seinem Mund steckt ein Knebel. Zählen kann er auch nicht, da von der Augenbinde ein Strick hinunter zu seinen Fußgelenken führt. Hier endet auch der Stacheldraht, der in einer doppelten Schlinge um seinen Hals liegt. Nur der Baum hindert den Mann daran, seitlich umzukippen.

Schwarz zeichnen sich die alten Zypressen gegen den Nachthimmel ab, der wie eine Decke über der hügligen Landschaft liegt. Eine Schäferhütte stützt sich am Rand des Weinbergs gegen eine Steinmauer, die wohl eine Grenze markiert. Die Trauben sind schon in Fässern und reifen zu einem ehrlichen trockenen Wein, der nach roter Erde und Thymian schmecken wird. Den ganzen Tag lang haben die Zikaden in dem alten Feigenbaum geschrien. Jetzt sind sie verstummt.

In einer sternklaren Spätsommernacht wie dieser ist die Provence sanft und lieblich, ein Garten Eden, der die Liebenden einlädt, auch verbotene Früchte zu kosten. Doch diese Nacht ist keine für die Liebe. Es ist eine Nacht für den Tod.

Er ist nicht allein. Er kann sie lachen hören. Sie sind zu viert. Er ist noch benommen von den Schlägen, fühlt, wie warmes Blut seinen Nacken hinunterrinnt. Sie waren nicht zimperlich. Die empfindliche Haut an seinem Hals hängt in Fetzen. Vom Bauchnabel abwärts spürt er nichts mehr.

Sie haben gesagt, er würde zahlen für das, was er getan habe. Er kennt sich aus mit Bezahlen. Dort, wo er herkommt, muss man sein ganzes Leben lang bezahlen, um zu überleben. Schmiergelder an korruptes Militär, Schutzgelder an Milizen und Banden. Wie viel bezahlt man wohl in Frankreich? Die Frage wofür stellt er sich erst gar nicht. Die Antwort kennt immer nur der, der kassiert. Frankreich ist ein teures Land, denkt er noch, als ein Tritt gegen den Kopf ihn die Balance verlieren lässt. Den Schuss hört er nicht mehr. Mit den ersten Sonnenstrahlen beginnen die Zikaden wieder ihr Konzert.

Es hätte perfekt sein sollen

Georg Stecher zog seine Vorhaut zurück und lenkte warmes Duschwasser auf seinen Penis. Entspannt beseitigte er die Spuren der vergangenen fünfzehn Minuten. Er war sich selbst nicht sicher, warum er nicht aufhören konnte, die graue Maus zu treffen. Besonders schön war sie nicht, nicht einmal hübsch, wenn er ehrlich war, aber sie tat ihm gut. Besser noch als seinen Schwanz massierte sie bei jedem Treffen mit ihrer naiven Bewunderung seine geschundene Seele. Sex mit ihr vertrieb die Geister, die ihn sonst abends heimsuchten. Die düsteren Gestalten, die ganz hinten in seinem Kopf wohnten, dort, wo die Erinnerung sitzt.

Die Maus bestand nie auf ein Vorspiel, forderte nichts, und während der schnellen Nummern, die sie regelmäßig im Hinterzimmer seiner Vinothek schoben, fühlte er sich wie ein Gott, der Muttererde selbst bestieg und befriedigte. Dafür war er bereit hinzunehmen, dass sie eine piepsige Stimme und zu viel Fett auf den Hüften hatte. Richard Wagners »Ritt der Walküre« trug sie gemeinsam zum Höhepunkt. In voller Lautstärke. Mal für Mal. Nach dem Akt verflog Mäuschens Charme binnen Sekunden. Doch auch das war nicht schlimm. In ihrer bescheidenen Art zog sie sich zurück, meist noch bevor Wagners letzte Akkorde verklungen waren und sich die Walküre wieder aus dem Sattel schwang.

Jede von Stechers Liebschaften hatte ihr eigenes Lied. Musik und Frauen gehörten für ihn zusammen. Und Wein natürlich. Alle drei gemeinsam waren wie geschaffen dafür, eine Stimmung zu intensivieren. Doch wie man einen Lieblingswein irgendwann satt hat oder sich ein Lied überhört, so verliert auch jede Frau nach einer Weile ihren besonderen Reiz und wird zu einer von vielen. Das war nur eine Frage der Zeit, wusste Stecher.

Mäuschens Zeit war noch nicht abgelaufen. Er konnte sich wirklich nicht beschweren. Die Geister waren gezähmt, zumindest für heute. Jetzt galt es, Geschäfte abzuwickeln. Wichtige

Geschäfte. Und das süße Leben in Frankreich zu genießen, so wie früher. Seine Frau erwartete ihn erst in einer Woche zurück. Er betrachtete seinen Ehering und spürte, wie er wütend wurde.

Es war Liebe auf den ersten Blick gewesen. Bei seiner ersten Begegnung mit Julia hatte er geglaubt, ein Engel sei zu ihm herabgestiegen, um ihn zu erlösen. Von sich selbst, der Vergangenheit, der Welt. Auf einer mäßig bedeutenden Vernissage des örtlichen Kunstvereins war sie in sein Leben geschwebt. Sie war so schön und dabei so zerbrechlich gewesen, dass er kaum gewagt hatte zu atmen. Ihr bloßer Anblick hatte ihm Verstand und Courage geraubt. Er, der Casanova, der Harte, der Stecher, hatte sich schüchtern zurückgezogen, ohne ein Wort an sie gerichtet oder ihr in die türkisblauen Augen geblickt zu haben. Stattdessen hatte er sich mit dem Gedanken getragen, seinen Gefühlen in einem Gedicht Ausdruck zu verleihen.

»Tempi passati«, seufzte der gebildete Stecher, schüttelte die Erinnerung ab und drehte die Dusche auf kalt. Für ein paar Sekunden japste er nach Luft, als das eisige Wasser auf seinen noch erhitzten Körper traf. Die Gedanken vertrieb es nicht. Nach vier Ehejahren und zwei Kindern wusste er, dass das zarte Feenwesen an seiner Seite alles andere als sanftmütig war. Seine Frau wusste genau, was sie wollte und was sie brauchte. Und vor allem brauchte sie das nicht, was ihr zartes, madonnenhaftes Äußeres dem männlichen Betrachter ins Gesicht zu schreien schien: »Beschütze mich!«

Genau genommen hätte er das schon seit ihrer ersten gemeinsamen Nacht wissen können. Sie hatte ihr Lied selbst gewählt. Zum heiseren Hardrock-Sound von »Highway To Hell« hatte sie ihn verführt. Die CD mit Vivaldis »Vier Jahreszeiten«, die er damals nebst venezianischer Casanova-Maske extra besorgt hatte, war in ihrer Ehe nie zum Einsatz gekommen. Im Prinzip hatte er nichts gegen Heavy Metal, aber er bestimmte gern selbst, wo es langging.

Er dachte an den Streit von gestern Abend. Er hatte sie provozieren wollen und beiläufig gefragt, ob sie eigentlich wisse, was ihre Freundin Charlotte für eine Granate im Bett sei. Er solle sich wenigstens vor den Kindern zusammenreißen, war ihre einzige Reaktion gewesen. Er schaffte es nicht einmal mehr, sie zu provozieren. Seit der Geburt der Zwillinge vor zwei Jahren war Julia kaum mehr zurechnungsfähig. Es erschreckte ihn zu sehen, wie sie in ihrer Mutterrolle aufging. Ihr Interesse an ihm war hingegen verflogen. In körperlicher wie in geistiger Hinsicht.

Vor vier Wochen hatte sie ihm eröffnet, dass sie sich scheiden lassen wolle. Sicher, er hätte sie nicht schlagen dürfen. Das war unklug gewesen, aber niemand trennt sich einfach so von Georg Stecher. Sie war ihm keine gute Ehefrau mehr, aber sie würde es wieder sein. Dafür hatte er gesorgt.

Stecher kletterte aus der engen Duschkabine, die er sich in das Hinterzimmer seines Ladens hatte einbauen lassen. Er trocknete sich ab, fasste sein nasses Haar zu einem Pferdeschwanz zusammen, schlang sich das Handtuch um die Hüften und betrat den Laden. Irgendwo klingelte sein Handy. Er fummelte es aus der Tasche seiner zusammengelegten Hose. »Julia von der Au«, stand auf dem Display. Der Eintrag stammte noch aus der Zeit, als sie sich gesiezt hatten, und war bezeichnend für ihre Beziehung. Wut kochte in ihm hoch. Der Name Stecher war seiner Frau nie gut genug gewesen. Die Tatsache, dass es sich um einen sehr alten, urbayerischen Namen handelte, der Kraft und Energie ausdrückte, hatte sie nicht interessiert. Julia war hart geblieben und hatte sich bei der Hochzeit namentlich von ihm distanziert. Er seufzte. Es hätte perfekt sein sollen.

»Nein«, sagte Stecher zum Telefon. »Wir sprechen uns erst wieder in einer Woche. Bis dahin hast du Zeit, dich ein bisschen zu quälen und dir zu überlegen, was dir wirklich an deinen Kindern liegt.« Entschlossen drückte er den Anruf weg und begann, den dünnen Goldstreifen um den Ringfinger seiner linken Hand zu drehen. Er trug ihn bewusst auf dieser Seite. Wie die Franzosen. Sie verstanden es zu leben. Und zu lieben. Im Grunde seines Herzens war er Franzose. Nur noch wenige Stunden, und er würde in Marseille sein. Allein.

»Scheiße«, fluchte er, als er sich nach seinem Gepäck umsah.

In der Hektik hatte er nur den Koffer und den Kleidersack mit seinem schwarzen Anzug für die Beerdigung mitgenommen und dabei das Wichtigste zu Hause vergessen.

Als sich die Ladentür leise öffnete und wieder schloss, drehte er sich entnervt um. »Was willst du denn jetzt noch?«, fragte Georg Stecher unfreundlich, aber irgendwo in seinem Hinterkopf drängte sich bereits die Antwort auf. Da waren sie wieder, die Geister. Zum letzten Mal.

Jetzt hat es der feine Herr aber wirklich übertrieben

Irmi Ziermayr hatte einen Plan. Den hatte sie meistens. Würde sie die Dinge dem Zufall überlassen, wäre sie nie Stadträtin geworden. In der Regel gingen ihre Pläne auf, und gerade heute wollte sie keine Ausnahme dulden. Fröstelnd rieb sie ihre sorgfältig manikürten Hände. Neben ihr marschierte der Münchner Baulöwe Alexander Aigner durch die winterlichen Straßen von Bad Moorach und sah sich interessiert um. Noch brannten die Straßenlaternen, aber die Morgensonne begann bereits, einzelne Häuserzeilen des historischen Stadtkerns vorteilhaft auszuleuchten.

»Eine bayerische Idylle wie aus dem Reiseprospekt«, bemerkte Aigner erfreut.

»Ja, die Fassaden werden hier mit viel Mühe gepflegt«, erwiderte Irmi und hoffte, dass ihr Begleiter die Anspielung verstand. Ihr offizieller Auftrag lautete, den finanzkräftigen Mann aus München für ihre Heimatstadt zu begeistern und ganz besonders für die vor sich hin rottende Immobilie des ehemals ersten Kurhotels am Platz. Die Ruine des »Königshofs« stand schon seit Jahren leer. »Ein Schandfleck«, schimpften der Bürgermeister und der Stadtrat. Wenn es nach ihnen ginge, würde Aigner den alten Kasten abreißen und auf dem Grundstück ein modernes Wellnesshotel hochziehen. Entschlossen hakte sich Irmi bei dem Wunsch-Investor ihrer Kollegen unter. Sie selbst hatte ganz andere Interessen.

»Lieben Sie Kunst, Herr Aigner?«

»So sehr, dass ich sie sogar sammle. Erst kürzlich habe ich ein Werk von Neo Rauch erworben, ich bin ein großer Fan der Neuen Leipziger Schule. Was halten Sie davon?«

Irmi hatte keine Ahnung, wovon der Mann sprach. »Interessant«, entgegnete sie schnell. »Ich finde Sie sehr interessant.« Ein wenig Schmeichelei konnte dem Großkopferten nur guttun. »Und ich habe genau das Richtige für Sie«, säuselte sie weiter.

»Ich entführe Sie jetzt auf den Pfad der Kunst, damit Sie sich mit eigenen Augen davon überzeugen können, dass Bad Moorach nicht nur traditionell ist, sondern auch kulturell etwas zu bieten hat.« Ausführlich erklärte sie ihrem Gast das Spektakel, das ihr selbst seit Jahren auf die Nerven ging. Die engagierten »Mooracher Geschäftsfreunde« überließen ihre Schaufenster ein Mal im Jahr ansässigen Künstlern und solchen, die sich dafür hielten. Die letzte Kategorie war gewöhnlich stärker als die erste vertreten, daraus machte auch Irmi keinen Hehl. Aigner blickte auf seine Uhr. Sehr gut, dachte die Stadträtin. Sie schien ihn jetzt schon zu langweilen. Genau so wollte sie das haben.

Die beiden stoppten vor dem Wäschehaus »Hautnah«. Buchstaben aus roter Glitzerfolie erklärten die Ladenfront zum »Kunstschaufenster«. Hinter der Scheibe balancierten stupide lächelnde Schaufensterpuppen Gemälde auf ihren Armen. Das Motiv – »Röhrender Hirsch« – wiederholte sich auf jedem Bild, nur die Farben sorgten für Abwechslung. Offensichtlich hatten sich die Tiere auf den Mooracher Marktplatz verlaufen, denn das Stadtbild war deutlich zu erkennen. Der Titel »Stadt der Gehörnten« zierte das Schaufenster als Spruchband über dessen gesamte Breite.

»Soll das nun eher eine politische oder eine private Aussage sein?«, fragte Aigner mit süffisantem Lächeln.

»In einer Stadt wie unserer gibt es eigentlich kein ›privat‹. Hier kennen sich alle schon aus dem Kindergarten. Fremde haben es schwer, wenn Sie verstehen, was ich meine.«

Aigner nickte zögerlich. Der Investor schien genug zu haben. Er wendete der ambitionierten Acrylmalerei der besten Zahnärztin am Ort den Rücken zu. »Wollen Sie mir jetzt den Königshof zeigen?«

»Selbstverständlich, aber zuerst müssen Sie unsere Stadt kennenlernen. Das Beste kommt zum Schluss«, versprach Irmi und zog Aigner weiter. Sie selbst war eigentlich nur auf ein einziges Schaufenster gespannt, da sie mit dem Ladenbesitzer eine – nun ja – innige Freundschaft verband. Georg Stecher war vielleicht der Einzige in ganz Moorach, der etwas Interessantes zu dem albernen Kunstpfad beitragen konnte. Er hatte Stil, und er hatte Geschmack, den er nicht zuletzt dadurch bewies, dass er sie regelmäßig vögelte. Nicht so regelmäßig, wie sie es gern gehabt hätte, denn er war ja verheiratet. Genau wie sie, die Stechers Freund und Schafkopfbruder Rudi ewige Treue geschworen hatte. Den Schwur hatte sie bereits drei Jahre später im Hinterzimmer von Stechers Weinhandlung gebrochen. Trotzdem war es ihr persönlicher Treuerekord, auf den sie insgeheim sogar ein wenig stolz war.

»Guten Tag, Frau Stadträtin.« Ein Passant mit schwarzer Fliege huschte vorbei. Er sah betrübt aus.

»Servus, Edi!«, rief ihm Irmi hinterher. »Darfst mich schon auch duzen, wenn ich in Begleitung bin. – Das ist der örtliche Bestattungsunternehmer«, erklärte sie Aigner. »Er hat immer viel zu tun, Bad Moorach ist ziemlich überaltert, müssen Sie wissen. Manche bezweifeln, dass die Stadt überhaupt eine Zukunft hat, aber dafür werden Sie ja sorgen, nicht wahr, Herr Aigner? Ein Mann wie Sie lässt sich doch nicht von schlechten Prognosen entmutigen. Na ja, allerdings wären Sie nicht der Erste. Der Königshof ist ein richtiger Ladenhüter.« Aigner zog seine rechte Augenbraue leicht nach oben. Das gefiel der Frau Stadträtin. Zufrieden strich sie über den Pelzkragen ihres neuen Kostüms.

Der Kunstpfad führte weiter vorbei am Schuhgeschäft, dessen Auslage pastellfarbene Engel, Elfen und Feen bevölkerten, die von der Frau des Bürgermeisters auf Seide gepinselt worden waren. Wieder blickte Alexander Aigner ungeduldig auf seine Uhr.

»Keine Angst«, beeilte sich Irmi zu sagen, »den Königshof schnappt Ihnen schon niemand weg.« Sie schenkte ihm das, was in ihrer Jugend ein schelmisches Lächeln gewesen war, und unzählige Krähenfüße kräuselten sich um ihre Augen. Daran konnten auch teure Kosmetikbehandlungen für die reife Haut ab fünfzig nichts ändern. »Kleiner Scherz, Sie verstehen schon. Nur noch ein Laden, dann sind wir auch schon bei der Immobilie Ihrer Träume.«

Sie überquerten den Marktplatz und bogen in eine kleine Seitengasse ein, in deren Mitte sich Menschen vor einem Schaufenster drängten. In diesem Moment drehte sich einer der Schaulustigen um, erkannte die Stadträtin und stürmte auf sie zu.

»Das geht zu weit! Jetzt hat es der feine Herr aber wirklich übertrieben. Den zeig ich an. Das ist doch keine Kunst, das ist ein öffentliches Ärgernis. So eine Sau, so eine elendige! Wo samma denn da? Der meint wohl, wir können ihn alle am Arsch lecken? Frau Ziermayr, Sie müssen sofort die Polizei rufen. Armes Moorach!«

Die Stadträtin und der Investor traten vor die Auslage und sahen auf eine dunkle Fläche. Der Künstler hatte das Schaufenster der Weinhandlung Bacchus von innen mit schwarzem Papier zugeklebt. Nur in der Mitte, wo sich die Schaulustigen drängten, eröffnete ein großes, fetzengesäumtes Loch Einblick in die Auslagefläche. Entschlossen schob Irmi die Menschen zur Seite. Von links hörte sie erstauntes Gemurmel: »Der sieht wirklich aus wie echt. Wie bei der Madame Tussaud! Sogar an die Pickel am Arsch hat der Künstler gedacht.« Endlich hatte sich Irmi zum Guckloch durchgeschubst. Irgendetwas blinkte rot.

Sie erkannte ihn sofort: Georg Stecher. Der Mann lag nackt über einem Rotweinfass und streckte ihr sein solariumverwöhntes Hinterteil entgegen. Seine müden Pobacken hielten ein Büschel langer Haare in ihrer Mitte. War das sein Pferdeschwanz? Für einen Moment dachte Irmi, Stecher verbeuge sich vor der Kunst oder wäre schlichtweg betrunken. Dann aber wurde ihr klar, dass sich Georg niemals für einen Gag von seiner geliebten Frisur getrennt hätte. Ihre Knie wurden weich, sie sackte zusammen und schlug hart auf dem Asphalt auf. Aigner bemerkte von all dem nichts. Wie gebannt starrte er auf das Fenster. Irgendjemand hatte in roten Lettern »*In vino veritas*« daraufgesprüht. »Im Wein liegt die Wahrheit«, übersetzte der Baulöwe abwesend.

»Jetzt räum endlich das Weibsbild auf die Seite, es wollen schließlich noch andere etwas sehen«, forderte jemand hinter Aigner, der die Installation noch immer interessiert betrachtete. Jetzt erkannte er einen Teil des Kopfes auf der anderen Seite des Fasses. Ein kurzer Pinsel am Hinterkopf markierte die Stelle, an der die Haarpracht des Mannes geerntet worden war, darüber spannte sich ein Plastikreifen mit blinkenden Teufelshörnern. Sie mussten batteriebetrieben sein. Passend zur Faschingszeit.

»Ja, was hat denn der da unter der Schulter?«, fragte die korpulente Frau neben ihm und deutete auf eine Tätowierung.

»Das ist ein Satyr«, erklärte Aigner. »Ein hemmungsloser Kumpel des Weingottes Dionysos, unschwer zu erkennen an seinen Pferdehufen. Wenn er nicht gerade säuft oder hurt, tanzt er.« Er grunzte zufrieden. Die humanistische Ausbildung am Schweizer Eliteinternat zahlte sich zuweilen doch aus.

Endlich schlug Irmi die Augen wieder auf. »Das ist der Georg«, flüsterte sie tonlos. »Polizei.«

Aigner verstand nicht und beugte sich zu der Stadträtin hinunter.

»Mord«, stammelte sie.

Da endlich begriff er und holte sein Handy heraus.

Auch die wachsende Gruppe der Schaulustigen erfasste jetzt den Ernst der Lage. »Der Stecher ist tot! Der Stecher ist tot!« Die schrille Frauenstimme war über den ganzen Marktplatz zu hören. Sie hallte zwischen den Patrizierhäusern des historischen Stadtkerns wider und kroch unter den Säulengang zwischen Sparkasse und Bäckerei bis hin zur barocken Marienkirche. Andere Stimmen folgten ihr, und binnen kürzester Zeit trieb ein kleiner Chor die Neuigkeit in Schallwellen durch die Innenstadt.

Ihre Welt war klein geworden

Morgens war das Café Lotte noch leer. Polly liebte diese Stunde. Der erste Kaffee am Tag war ihr heilig. Vor ihr auf dem fliederfarbenen Nierentischchen stand der beste Cappuccino der Stadt und wartete auf eine Zuckerdusche. Langsam ließ sie die süßen Kristalle auf den Milchschaum rieseln, mitten ins Herz.

Mehr aus Pflichtgefühl denn aus echtem Interesse blätterte sie die Lokalseiten der Zeitung durch und suchte den Artikel ihres Chefredakteurs über den Umbau des Thermalbads. Polly war Journalistin und Model. Jedenfalls war sie es gewesen, bevor sie mit Mann und Kindern zurück nach Moorach gezogen war. Ihre Zeiten als gefragtes Model waren genauso Vergangenheit wie die als Fashion-Redakteurin für das weltweit größte Modemagazin. Aufwendige Fotoproduktionen an den schönsten Flecken der Erde, Interviews mit erfolgreichen Designern und Modeschauen in Mailand genoss jetzt ihre Mutterschutzvertretung, die ihre Nachfolgerin geworden war. Als sich Polly vor vier Jahren in ihren amerikanischen Elitesoldaten verliebt hatte und kurz darauf mit ihrer ersten Tochter schwanger geworden war, war eine neue Zeitrechnung angebrochen. Jack und sie hatten eine anstrengende, aber glückliche Phase erlebt, und schon sechs Monate nach Ellas Geburt färbte sich der Teststreifen wieder rosa. Olivia war unterwegs, und Polly war mit dem Teil ihrer Familie, der nicht die Hälfte des Jahres an irgendwelche Krisenherde abkommandiert wurde, in ihre Heimatstadt zurückgekehrt. Seit die Mädchen die Krippe besuchten, arbeitete sie als Lokalredakteurin für den Mooracher Anzeiger. Ihre Welt war klein geworden. Zwischen Kaninchenzüchtervereinen und Feuerwehrfesten wartete sie auf die große Story. Aber wie könnte die in einem Nest wie Bad Moorach wohl aussehen?

Sie legte die Zeitung beiseite. Hinter der Theke klirrte es. Beppo hatte eine Tasse zerdeppert. Polly kannte ihn seit der Schulzeit und musste zugeben, dass sich der Wimmer-Bua seitdem gemacht hatte. Statt fürs Abitur zu lernen, hatte er damals in Mikes Mucki-Bude seinen Babyspeck durch einen knackigen Sixpack ersetzt und seine schlaffen Oberarme zu harten Bizepsen aufgepumpt. Zwar hatten ihn seine Muskeln um eine akademische Zukunft gebracht – er war durchs Abitur gerasselt –, dafür war er auf der Bühne des Herbstfestes zum Mister Isartal gewählt worden. Und irgendwo unter den ganzen Muskelpaketen musste zudem eine gehörige Portion Geschäftssinn schlummern, denn sein Café Lotte brummte seit dem ersten Tag. Polly war unendlich dankbar, dass es in dem verschlafenen Provinznest, dem sie als Jugendliche so entschieden den Rücken gekehrt hatte, wenigstens einen Cappuccino zum Dahinschmelzen gab.

Das ehemals feinste Kurcafé am Ort hatte jahrzehntelang leer gestanden, bis Beppo es samt Inventar übernommen hatte. Erstaunlich, wie gut die violetten Plüschsessel erhalten geblieben waren. Hinter der Bar hingen noch Blechschilder aus der Zeit, als die Lotte Treffpunkt für amerikanische GIs und die Nachkriegs-Landjugend gewesen war. Sie warben für Ice Cream und Kaba, den Plantagentrank. Die alte Jukebox konkurrierte mit einem lindgrün bemalten Bauernschrank, in dem Beppo neben Kaffeetassen und Gläsern auch die handgehäkelten Tischdeckchen seiner Mutter aufbewahrte. Die zusammengeschusterte Einrichtung war so unfreiwillig originell, dass man sich nach dem ersten Staunen einfach wohlfühlen musste.

Polly hatte noch eine halbe Stunde, bis sie zur allmorgendlichen Redaktionskonferenz antanzen musste. In jedem Fall genug Zeit für einen zweiten Kaffee. Versonnen rührte sie in ihrer Tasse. Mal abgesehen vom Karriereknick, hatte sie sich mit dem Landleben ganz gut arrangiert. Durch den Kindergarten hatte sie Anschluss und neue Freunde gefunden. Julia zum Beispiel war eine echte Bereicherung. Ihre Zwillinge besuchten dieselbe Gruppe wie Ella, sie selbst war Künstlerin gewesen, bevor sie die Liebe nach Bad Moorach verschlagen hatte. Jetzt unterrichtete sie aushilfsweise am hiesigen Gymnasium und versuchte wie Polly, das Beste aus der Situation zu machen.

Polly winkte Beppo, der sich sofort daranmachte, seiner alten italienischen Kaffeemaschine einen weiteren Cappuccino abzutrotzen. Gleich darauf stellte er die dampfende Tasse vor sie auf den Tisch und blieb erwartungsvoll neben ihr stehen.

»Keine Sorge, Charlotte müsste jeden Moment kommen«, informierte ihn Polly ungefragt, und Beppo schlenderte mit breitem Grinsen im Gesicht wieder hinter seinen Tresen zurück. Sie beobachtet ihn, wie er in der spiegelnden Oberfläche des Kühlschrankes ein Lächeln übte, das er wohl für verführerisch hielt. Seit der Schulzeit hatte er eine Schwäche für Pollys beste Freundin. Die beiden würden ein gutes Paar abgeben, aber die Kombination aus liebenswürdig, zuverlässig und interessiert passte leider nicht in Charlottes Beuteschema. Mit Ende dreißig wartete sie noch immer auf die große Liebe. Trotz diverser Pleiten, unter anderen mit dem Vater ihrer pubertierenden Tochter Nora, hatte Charlotte nie aufgehört, an deren Existenz zu glauben. Warum es bislang nicht geklappt hatte, lag für Polly auf der Hand: Charlotte verschlang die Typen mit Haut und Haaren. Kaum hatte sie einen potenziellen Kandidaten fürs Leben kennengelernt, verinnerlichte sie dessen Gewohnheiten und adaptierte seine Vorlieben.

Die Tür ging auf, und eine Frau im dunklen Nerzmantel eroberte den Raum in dem Moment, als sie ihn betrat. »Servus Beppo! Bussi!«

»Das Übliche?«

»Was sonst?« Charlotte lachte, schüttelte ihre Mähne, warf den alten Nerz achtlos auf einen Sessel am Nebentisch und ließ sich vis-à-vis von Polly nieder.

»Der sieht echt aus«, stellte Polly fest. »Die armen Viecher.«

»Ich rauche, ich trinke, und ich liebe Fleisch, tot oder lebendig«, erinnerte Charlotte gut gelaunt.

»Stimmt. Wieso solltest du dich dann ausgerechnet bei Pelz politisch korrekt verhalten?«

»Es muss reichen, wenn ich mit breiten Hüften für meinen Lebensstil bezahle. Ein schlechtes Gewissen hat da nicht auch noch Platz.«

Beppo brachte Charlotte ihren Cappuccino nebst Croissant

und schenkte ihr das eben trainierte Kühlschranklächeln, bevor er sich fröhlich pfeifend wieder hinter den Tresen stellte.

»Und, wie geht es dir und deinem Feriengast?«, fragte Charlotte.

»Es steht schon wieder ein Einsatz an. Vermutlich Naher Osten. Wie konnte ich nur so blöd sein, einen Ami-Soldaten zu heiraten?«

»Du wolltest das Gegenteil von deinem Vater und hast es bekommen.«

»Stimmt, ein langhaariger, kiffender Hippie in der Familie genügt.« Pollys Beziehung zu ihrem Vater Enzo war kompliziert, trotzdem war er ihr zuverlässigster Babysitter. Ohne ihn hätte sie schon längst keinen Job mehr. Enzo lebte auf einem Selbstversorger-Bauernhof zusammen mit den kläglichen Resten einer ehemals großen Kommune, wobei sich die Selbstversorgung vornehmlich auf die mit viel Liebe gepflegten Marihuanapflanzen bezog. Polly war auf dem Hof aufgewachsen, nachdem ihre Mutter einem Guru nach Indien gefolgt war, als ihre Tochter noch in den Windeln gelegen hatte. Das Einzige, was die Frau ihr hinterlassen hatte, war der, zumindest im Oberland, ungewöhnliche Name: Polly Hope. Aus Jacks Mund klang er gut, aber die meisten Mooracher besaßen leider keinen amerikanischen Akzent. Polly Hope auf Bayerisch funktionierte nicht, sondern klang schlichtweg wie »Hula-Hoop«.

»Anstatt dich darüber zu beschweren, dass du einen tollen Mann hast, solltest du lieber die kostbare Zeit mit ihm nutzen«, merkte Charlotte altklug an.

»Das sieht Jack genauso«, erwiderte Polly. *»Honey, so little time, let's make love not war«,* äffte sie ihren Mann nach. Besser, sie wechselte das Thema. »Wie geht es eigentlich Nora?«

»Ich mache mir Sorgen um sie. Ich glaube, sie ist verliebt, aber vielleicht hat sie auch nur wieder eine Fünf in Mathe. Keine Ahnung, die Symptome sind ähnlich. Sie redet nur das Nötigste mit mir: ›Was gibt's zu essen?‹ und ›Keinen Bock‹.«

»Sie bringt die Dinge eben auf den Punkt. Muss sie wohl von ihrer Mutter haben.«

Im nächsten Moment flog die Holztür des Cafés schwungvoll auf, sodass Polly, Charlotte und die wenigen anderen Gäste, die in der Zwischenzeit den Weg hierher gefunden hatten, neugierig die Köpfe drehten. Kalte Februarluft begleitete eine blasse Irmi Ziermayr und einen Herrn im adretten Anzug in den Gastraum. Polly verzog das Gesicht. Sie erinnerte sich an das nervtötende Gespräch mit der Stadträtin letzte Woche. Sie hatte versucht, für einen Artikel über die vielen leer stehenden Gebäude in der Stadt einen Kommentar von ihr zu bekommen. Immerhin blockierten die alten Ruinen wertvolle Baufläche. Doch die Ziermayr schien das nicht so zu sehen. Mit ihrer gezielten Ignoranz und ihrem leutseligen Charme hatte sie das Zeug zur Ministerin, Gott bewahre! Doch heute schien die Schnepfe nicht auf Stimmenfang zu sein. Sie wirkte angeschlagen, fast schon neben sich. Ob sie krank war?

Ziermayr lehnte sich an den Tresen und verkündete: »Jemand hat den Georg umgebracht. Der Georg ist tot.« Theatralisch schlug sie die Hände vors Gesicht und schluchzte nasse Flecken auf die graue Resopalplatte.

Währenddessen hatte der Anzugträger laut und für alle Anwesenden verständlich begonnen, ausführlich von dem Toten im Schaufenster zu erzählen. Von einem nackten Hintern, Teufelshörnern und einer Botschaft auf der Scheibe.

Polly wurde nervös. Stecher tot im Schaufenster? Das roch nach einer Story – und was für einer. Sie musste los. Sofort. Ihr Fotoapparat war schussbereit in der Tasche, ihr digitales Diktiergerät aufgeladen. Mit einem flauen Gefühl im Magen dachte sie an Julia. Sie zögerte kurz, verließ dann aber das Café und eilte über den Marktplatz. Vor Stechers Geschäft blinkten ihr die Blaulichter der Polizei entgegen.

Verarschst du mich, mein Guter?

Leo Herbst schaute durch das Fenster nach draußen, direkt in die Gesichter der Schaulustigen. Eine Menschentraube hatte sich auf dem Bürgersteig gebildet. Jeder wollte einen Blick erhaschen, und der Kommissar konnte es den Leuten nicht verdenken. So etwas hatte in der verschlafenen Kleinstadt sicher noch niemand gesehen, und die Neugierigen würden noch ihren Enkeln von dem nackten Arsch im Schaufenster erzählen können. Jedenfalls sobald diese volljährig waren. Das Ereignis würde wie der Einfall der Schweden im 17. Jahrhundert und die Entdeckung des Thermalwassers im Jahr 1980 in die Annalen der Stadt eingehen. Vielleicht würde man ab heute sogar von »Analen« sprechen müssen. Mäßig geistreich, schalt er sich selbst und kehrte dem Fenster den Rücken zu. So konnte er nun wirklich nicht arbeiten.

»Jetzt hängt doch bitte endlich das Schaufenster zu«, sagte er zu zwei aufgeregten uniformierten Polizisten, die sichtlich genossen, dass in ihrem Revier mal was los war.

Der dickere der beiden nickte abwesend, rührte sich aber nicht vom Fleck. Herbst räusperte sich unsicher. Er war kein Alphatier, was er selbst am meisten bedauerte. Zu gern wäre er ein bisschen mehr wie die hartgesottenen Cops aus den amerikanischen Actionstreifen. Eine coole Sau wie Bruce Willis zum Beispiel. Im Gegensatz zu den verwegenen Leinwandhelden, die er verehrte, entsprach er eher dem Typ Schwiegermutterliebling: vernünftig, verantwortungsbewusst, verbeamtet. Zentimeterlange dekorative Narben und blutbespritzte weiße Schiesser-Feinripp-Muskelshirts zählten nicht zu seinen gängigen Accessoires. Seine Fähigkeiten hatte er auch nicht in beinharten Straßenkämpfen und bei wilden Verfolgungsjagden erworben. Sie lagen gut versteckt in den grauen Zellen unter seinem lichter werdenden Haar. Bruce Willis hatte gar keine Haare mehr, aber seine Kommandos wagte niemand zu ignorieren. Zumindest nicht in den Filmen.

Der dicke Polizist starrte noch immer auf das Mordopfer,

und selbst Herbst konnte seinen Blick nur mit Mühe von der Inszenierung abwenden, dabei hatte er in den vergangenen zehn Jahren als leitender Kriminalkommissar schon so einiges zu sehen bekommen. Doch das hier war wirklich speziell. Jemand hatte ein Kunstwerk geschaffen. Ein krankes freilich, über dessen Ästhetik sich streiten ließ, aber nichtsdestotrotz ein Kunstwerk.

»Wieso hat ihm der Mörder den Pferdeschwanz abgeschnitten und in den Hintern gesteckt?«, fragte der dünne Polizist den dicken.

»Vielleicht war es ein Friseur«, mutmaßte der.

»Ja, wird es jetzt bald, oder sind die Herren schwerhörig?«, zischte Herbst ungeduldig. Es klang nicht so hart wie geplant, aber offensichtlich überzeugend genug, um Dick und Doof auf Spur zu bringen. Hektisch begannen sie, mit einem Wandschirm zu hantieren.

Herbst blendete die beiden Clowns aus und erfasste den Tatort. Der Raum mochte etwa zwanzig Quadratmeter messen. Die beiden Längsseiten bestanden aus deckenhohen mahagonifarbenen Weinregalen, die sich durch die Hand eines raffinierten Schreiners nach innen wölbten und dem Besucher so den Eindruck vermittelten, sich im Bauch eines riesigen Weinfasses zu befinden. Die Rückwand des Schaufensters bildete ein Gestell aus Plexiglas, in dem bestimmt an die dreihundert Weingläser kopfüber hingen und auf die nächste Verkostung warteten. Dahinter gruppierten sich fünf locker im Raum verteilte Eichenfässer, die bei Weinproben wohl als Stehtische dienten. Das sechste war von seinem Platz entfernt worden und stand nun im Schaufenster direkt vor der Öffnung im Pergament. Anstelle von edlen Tropfen präsentierte es einen nackten Herrn im besten Alter mit einer eindrucksvollen Tätowierung auf der linken Schulter.

»Nackte, männliche Leiche, etwa ein Meter fünfundachtzig groß und zwischen vierzig und fünfzig Jahren alt. Von vorn aus etwa zwei Metern Entfernung in die Brust geschossen.« So hatte der Leichenbeschauer die Situation zusammengefasst.

Herbst sah sich weiter um. Der Mann musste bereits nackt gewesen sein, als ihn der tödliche Schuss ins Herz getroffen hatte.

Seine Kleider lagen ordentlich zusammengefaltet auf einem Stapel, und das Hemd wies kein Einschussloch auf. Er warf einen Blick auf seine Notizen. Der Mann hieß Georg Stecher. Er war verheiratet und Vater zweier Kinder gewesen. Großartig, dachte Herbst niedergeschlagen.

Er durchquerte den Raum, sorgsam darauf bedacht, keinem der knienden Männer in den weißen Overalls in die Quere zu kommen, die emsig potenzielle Spuren sicherten. Im hinteren Bereich des Ladens befand sich ein quadratisches Pult, auf dem dezent ein sehr flacher silberner Monitor thronte. Ein EC-Karten-Lesegerät und ein kleiner altmodischer Rechnungsblock waren klare Indizien dafür, dass hier der Teil der Geschäfte abgewickelt wurde, der nur noch dem Verkäufer Genuss bereitete. Gleich daneben schmiegte sich eine antik wirkende Chaiselongue mit barockem Muster an die Wand.

Praktisch, dachte Herbst, wenn einen der Preis umhaut, kann man sich hier niederlegen, bis sich der Puls wieder beruhigt hat.

Herbst ließ einen kurzen Blick über die Etiketten im nächstgelegenen Regal schweifen und seufzte frustriert. Die Médocs, Pomerols, Saint Émilions und Burgunder bildeten zusammen gut den Wert seines Monatsgehalts. Direkt hinter ihm befand sich eine Tür, die in ein Büro führte. Vom rustikalen Schick des Verkaufsraums war hier nichts mehr zu spüren. Die Papiere auf dem Schreibtisch wirkten, als wären sie eilig zur Seite geschoben worden, auf dem Boden stapelten sich Bestelllisten und Weinkataloge. Einer der Haufen balancierte zwei benutzte Rotweingläser, eine angebrochene Flasche stand zugestöpselt daneben. Entlang der Wand lehnten mit dem Rücken zum Betrachter einige großformatige Bilder. Eine weitere Tür führte vermutlich zur Toilette.

Neben ihm räusperte sich der dicke Streifenpolizist. »Herr Kommissar, ich wollt noch etwas sagen. Bevor Sie kamen, war da Musik. Also, aus der Stereoanlage, mein ich. Ein rechter Krach, deshalb haben wir's ausgemacht. Ich dachte, das sollten Sie vielleicht wissen.«

Herbst machte ein paar schnelle Schritte auf die Anlage zu

und betätigte nach einem fragenden Blick zu dem Kollegen der Spurensicherung den Powerknopf.

»I'm on the highway to hell«, krächzte Bon Scott heiser aus den Lautsprechern.

»Passt super zu den Teufelshörnern«, flüsterte der Dicke seinem jüngeren Kollegen zu, bevor er sich wieder dem Kommissar zuwandte. »Wir haben eine Liste der Leute vor dem Schaufenster gemacht.« Der Wachtmeister lächelte stolz. »Das war meine Idee. Man hört ja oft, dass der Mörder an den Tatort zurückkehrt …«

»War die Ladentür eigentlich offen, oder mussten sie die Kollegen aufbrechen?«, fragte Herbst rasch, um dem kriminalistischen Spürsinn seines Gegenübers nicht unnötig länger ausgeliefert zu sein.

»Na, ein Aufbrechen war nicht nötig«, erklärte der Dicke. »Es war ja schon bald neun Uhr, und der Geschäftspartner des Opfers kam gerade, um den Laden aufzuschließen. Des san Arbeitszeiten, mei Liaba!« Er senkte rasch wieder den Blick auf seine Notizen, als er Herbsts entnervten Blick auffing. »Er heißt Fabian Gruber. Wir haben seine Aussage aufgenommen und gesagt, er soll sich bereithalten.«

»Danke. Den Bericht der Spurensicherung frage ich nachher telefonisch ab. Wie es aussieht, sind die eh noch gut beschäftigt. Die Fotos und alle verfügbaren Informationen gehen derweil an Fred Stangler, meinen Assistenten. Er wird sich gleich bei euch melden.« Herbst blickte sich um. Vorerst gab es für ihn hier nichts mehr zu tun. »Angesichts der Tatsache, dass die halbe Stadt mittlerweile von der Leiche weiß, werde ich mich mit meinem Kondolenzbesuch bei der Witwe beeilen. Sie muss es ja nicht aus der Zeitung erfahren.«

Doch er hatte keine Lust, allein die schlechte Nachricht zu überbringen. »Würden Sie mich bitte begleiten?«, fragte er deshalb den jungen Polizisten, der erfreut nickte. »Gut. Dann treffen wir uns gleich vor dem Haus des Opfers.« Herbst fingerte eine Zigarette aus seiner Schachtel und wandte sich zum Gehen. In der Tür stieß er mit einem lila Mantel zusammen.

»Presse! Polly Hope Goldman«, flötete der Mantel und quetschte sich mit gezückter Kamera an ihm vorbei in den Laden.

Herbst zog eine Augenbraue hoch. Was war das denn? Er gab den Polizisten ein Zeichen. Der Jüngere begriff schnell und stellte sich der vorwitzigen Journalistin eifrig in den Weg. Offenbar hatte ihn die Aussicht, den Kommissar zum Verhör der Witwe begleiten zu dürfen, aus der morgendlichen Lethargie geweckt. Mit einem zufriedenen Grinsen zündete Herbst seine Zigarette an.

»Igitt«, beschwerte sich die Journalistin und fächelte die Tabakwolke beiseite. »Sind Sie der Chef hier? Können Sie mir sagen, was Sie bislang herausgefunden haben?«

Herbst blies den Rauch genüsslich in Richtung des penetranten Frauenzimmers und sagte: »Nein.« Das war ein echter Bruce-Willis-Moment. Er hatte alle ihm zur Verfügung stehende Coolness in das eine Wort gelegt, und es hatte sich rentiert.

»Wissen Sie, Herr Wachtmeister«, anscheinend hatte die Journalistin sein Nein auf ihre Frage nach dem Chef bezogen, »normalerweise treffe ich den ersten Arsch des Tages in der Redaktion.« Über die Schulter des jungen Polizisten hinweg, der sie nach draußen eskortierte, warf sie dem Kommissar einen letzten giftigen Blick zu.

Auf dem Weg zum Auto fummelte Herbst sein Handy aus der Hosentasche. Sein Hausarzt hatte ihm vor Jahren prophezeit, er würde mit spätestens vierzig zeugungsunfähig sein, wenn er das Telefon weiterhin unter der Gürtellinie trug. Doch er hatte sowieso keine Verwendung mehr für seine Spermien. Seit einer unglücklichen Scheidung vor mehreren Jahren lebte er allein. Zur Sicherheit verbannte er das Handy trotzdem in die Gesäßtasche. Hier sollte es keinen größeren Schaden anrichten können. Rasch wählte er die Nummer seines Büros in der Kreisstadt.

»Hi, Hasi, womit kann ich dienen?«, meldete sich sein Assistent, der sich wahrscheinlich noch nie Gedanken über seine Zeugungsfähigkeit gemacht hatte.

Fred war seit nunmehr fünf Jahren Herbsts rechte Hand in

Sachen diffizile Recherchen. An seinem ersten Tag war er durch die Tür des Präsidiums spaziert und hatte sich vorgestellt: »Servus, ich bin der Fred Stangler, ein phantastischer Kollege und – um Mutmaßungen und Enttäuschungen vorzubeugen – schwul.« Sein Spitzname sei übrigens Moneypenny, worauf er großen Wert lege. Der Auftritt hatte ihm entgegen Herbsts Befürchtungen großen Respekt bei den Kollegen eingebracht.

»Servus, Moneypenny. Ich hab da eine Leiche für dich. Leg doch bitte gleich eine Akte mit dem Titel ›Stecher‹ an und begib dich in die Vinothek Bacchus in Bad Moorach –«

»Und da hol ich mir einen Prosecco und eine Käsesahne und frag nach der Frau Bumsfidel und dem Herrn Vögler? Verarschst du mich, mein Guter?«

»Arsch ist ein super Stichwort«, entgegnete Herbst gehetzt. »Aber ich hab jetzt keine Zeit, um dich aufzuklären. Ich ruf dich später noch mal an.«

»Mir ist zwar alles unklar, aber ich schlüpf einfach schnell in meine Stiefel und seh mir den Bacchus an. Tschüsselchen!«

Vor Herbsts innerem Auge stieg das Bild seines Assistenten auf, wie er die Hausschuhe, die er im Büro trug, unter dem Schreibtisch abstellte und stattdessen in seine violetten Moonboots stieg, bevor er mit einem »Tatütata, ich bin dann mal im Einsatz« in Richtung Sekretärin entschwebte. Fred konnte so offensiv schwul wirken, dass Herbst ihn gelegentlich verdächtigte, heimlich hetero zu sein.

Mord ist Chefsache

Sie war als eine der Ersten am Tatort gewesen, und jetzt wollte sie so schnell wie möglich an ihren Computer. Polly fühlte sich für eine seriöse Geschichte verantwortlich. Das war sie Julia schuldig, irgendwie auch Stecher und nicht zuletzt ihrer eigenen Karriere, die sie in eine Sackgasse manövriert hatte. Mit gemischten Gefühlen sah sie der Redaktionskonferenz entgegen. Sie hatte die Story, aber was sie brauchte, war eine Strategie, um sie auch schreiben zu dürfen. Sie musste klug vorgehen. Diplomatisch.

An der Tür, auf der in blau-weißer Schrift »Mooracher Anzeiger« zu lesen war, hielt sie kurz inne. Sie schnaufte drei Mal tief durch und dachte an Schnee. Eine Art Ritual. So hatte sie es immer getan, kurz bevor sie als Model auf mörderischen High Heels, eingeschnürt in ein Size-Zero-Mieder, den Laufsteg betreten hatte. Normalerweise beruhigte der Gedanke an fallende Flocken ihren Puls. Nicht so heute. Durch die Tür sah sie den Chefredakteur in seinem Büro sitzen, die Cowboystiefel wie üblich auf dem Schreibtisch, den Telefonhörer in der Hand. Die sogenannte gläserne Redaktion erlaubte derartige Einblicke. Forster hatte bei der Renovierung im vergangenen Jahr auf einer Scheibenfront bestanden. Mit dem Argument »mehr Nähe zum Leser« hatte er den Herausgeber in München überzeugt, aber Polly wusste, dass nur Forsters Eitelkeit hinter der neuen Transparenz steckte. Sie straffte die Schultern und betrat die Redaktion.

Im Konferenzraum hatte sich bereits die überschaubare Truppe ihrer Kollegen versammelt, aber offenbar war die Neuigkeit noch nicht bis hierher vorgedrungen. Gut so. »Guten Morgen, miteinander!« Sie bemühte sich um einen beiläufigen Ton.

Die Kulturredakteurin Regina Dobler warf ihr einen finsteren Blick zu, der perfekt zu ihrem Rollkragenpullover passte. Wie immer war sie schwarz gekleidet, denn sie fühlte sich den französischen Existenzialisten um Sartre verbunden. *Bonjour tristesse*, dachte Polly. Ihre neue Bluse würde der Dobler bedeutend besser stehen als Sartres Weisheit. Sie sah an sich hinunter und spürte, wie das wilde Muster aus Mailand ihr Selbstvertrauen aufblähte. Etro sei Dank. Sie liebte den Designer, weil er den Mut aufbrachte, es richtig bunt zu treiben. Klar, ihr Geschmack wich damit vom modischen Mainstream ab, aber die angeblich so goldene Mitte hatte sie noch nie interessiert. Vermutlich waren das Enzos Gene.

Miss Existenzialismus hatte sich derweil in eine Diskussion über ein französisches Quiche-Rezept mit der Redaktionsassistentin vertieft. Die pseudointellektuelle Kuh konnte sie heute früh nicht ertragen, deshalb steuerte Polly zielstrebig den freien Platz neben Wolfgang Häusler an. Der dicke Sportredakteur hatte eine Sonderstellung in der Redaktion und konnte sich fast alles erlauben. Er war der Dienstälteste und hatte einen guten Draht zum Herausgeber. Bei ihm wurde sogar Forster zuweilen zum Lamm.

Der neue Praktikant Ronnie, ein hagerer Uniabsolvent mit Babyface, gähnte in sein Notizbuch, während der dünne Textchef an seinem Yogi-Tee nippte und mit Weltschmerzgesicht vor sich auf die Tischplatte starrte. Polly hatte ihn noch nie lachen sehen. Wahrscheinlich hatte er einfach irgendwann vergessen, wie das ging.

Da Forster auf sich warten ließ, suchte Polly nach einer Beschäftigung. Auf eine Unterhaltung hatte sie keine Lust. Womöglich würde ihr sonst noch ihre brandheiße Neuigkeit herausrutschen, bevor der richtige Zeitpunkt gekommen war. Auch wenn sie noch keine Ahnung hatte, wann der sein würde. Sie begann geschäftig in ihrem Kalender zu blättern. Ein dicker roter Eintrag fiel ihr ins Auge.

Enzos Geburtstag. War der letzte wirklich schon wieder ein Jahr her? Nur noch wenige Tage … Sie brauchte ein Geschenk. Wenn ihr Vater auch vorgab, auf Konventionen zu pfeifen, bestand er an Geburtstagen doch wie ein Kleinkind auf eine Torte, Geschenke und eine Feier im trauten Familienkreis. Um das Backwerk würde sich hoffentlich der Neuzugang in seinem kleinen Harem kümmern, Gitte oder wie die hieß. Für das Geschenk würde Polly allerdings selbst sorgen müssen. Das Problem bei Präsenten für alternative Freigeister war, dass man nicht einfach in ein Geschäft gehen und etwas Nettes kaufen konnte. Ein Geschenk musste unbedingt eigenhändig, individuell und mit Liebe gemacht sein. Doch Liebe kostete Zeit, die Polly nicht hatte. Auf Jack konnte sie nicht zählen. Der hatte seinem Schwiegervater, dem überzeugten Pazifisten, im vergangenen Jahr eine riesige Pumpgun zum Wasserspritzen gekauft – seine Marihuanapflanzen bräuchten schließlich Feuchtigkeit. *»Have fun!«*, hatte Jack mit schwarzem Edding quer über das Geschenkpapier mit Nato-Tarnfleck-Muster geschmiert. Zu seiner Überraschung war sein Schwiegervater ein guter Schütze: mit einem lässigen »*Peace*, Bruder« hatte er dem verblüfften Jack im Garten eine Dusche verabreicht. Und das im Februar. Polly lächelte bei der Erinnerung. Vielleicht konnte sie später mit den Mädchen etwas basteln. Blumentöpfe für die Setzlinge bekleben oder ein T-Shirt bemalen? Eher nicht. Heute musste sie sich um einen anderen Mann kümmern: um Georg Stecher.

Endlich riss Forster die Tür auf und Polly aus ihren Gedanken. Breitbeinig marschierte er an das Kopfende des Tisches. »Ronnie, mach die Jalousie zu. Wir brauchen Diskretion«, forderte er den Praktikanten auf.

Noch während Babyface damit beschäftigt war, aus den einzelnen Lamellen eine geschlossene Reihe zu bilden, ließ sich Forster mit theatralischem Stöhnen in seinen Konferenzstuhl fallen und – schwieg.

»Herr Forster, worauf warten wir?«, erkundigte sich Häusler nach einer Weile. So gemütlich er auch sein mochte, unnötig lange Konferenzen hasste er ebenso sehr wie Polly.

Ein ärgerlicher Blick, ein kurzes Räuspern, dann erzählte der Chefredakteur endlich, was Polly ohnehin schon wusste. »Georg Stecher ist tot, mein lieber Freund Georg Stecher. Brutal ermordet. Man hat ihn heute Morgen gefunden. Was für ein herber Verlust für uns alle.«

»Scheiße«, rutschte es Polly heraus. Die anderen schwiegen.

»Was genau ist denn passiert?«, fragte Häusler in die betretene

Stille hinein. Er hätte eindeutig das Format für Forsters Posten gehabt, war aber zu gemütlich und zu wenig Alphatier, um eine Führungsposition auch nur zu erwägen. Häusler fühlte sich wohl mit seinen Kreisliga-Vereinen und war tief in seinem Herzen wie so viele Bayern ohnehin Anarchist, was seiner Verehrung für den ewigen Kini Ludwig II. allerdings nicht im Wege stand.

Forster überging die Frage. »Mein guter Draht zur Polizei hat sich wieder einmal bezahlt gemacht. Kontakte sind das A und O eines guten Journalisten«, dozierte er.

Polly überlegte fieberhaft. Ihr Chef würde die Geschichte an sich reißen. Ihre Geschichte. Was sollte sie tun? Ihm schmeicheln? Forster stand auf sie, das wusste sie. Mit widerlichen, schlüpfrigen Anmachen hatte er nie gegeizt. Aber wie weit war sie bereit, für diese Story zu gehen? Vor ihrem geistigen Auge erschienen Julia und Charlotte und nahmen auf ihren Schultern Platz.

»Das ist unter deiner Würde«, gab Julia im weißen Engelsgewand zu bedenken.

»Nicht lange fackeln! Schnapp ihn dir, so schlimm wird's schon nicht werden«, forderte das kleine Charlotte-Teufelchen auf der anderen Seite.

Klar, du hättest da keine Hemmungen, dachte Polly. Wie beim Stones-Konzert in München: Mit wem muss man hier schlafen, wenn man in den Backstage-Bereich will? Nein, eine Offensive nach Charlotte-Art war keine Option. Sie warf einen kurzen Blick auf den Chef und unterdrückte einen Würgereiz. Nie im Leben!

Forster war aufgestanden und schickte ein gönnerhaftes Lächeln in die Runde, das er mit einem raschen Seitenblick in die spiegelnde Fensterscheibe überprüfte. »Leute, ich hoffe, es ist allen klar, dass wir hier eine Hammer-Titelgeschichte haben! Auch wenn ich mich damit zum Buhmann mache: Mord ist natürlich Chefsache. Das ist mein Arsch im Schaufenster.«

Polly biss sich auf die Lippen. Vor Wut hätte sie heulen können. Schnell stellte sie sich vor, wie Forster morgens nackt in seinen bescheuerten Cowboystiefeln vor dem Spiegel auf und ab stolzierte und sein arrogantes Arschgesichtgrinsen übte. Als sie aufschaute, stand der Buhmann direkt vor ihr und zwinkerte anzüglich.

»Natürlich gibt es viel hübschere Hintern in dieser Stadt«, sagte der Bähmann.

Vor allem professionell

Der Kommissar parkte einige Meter von der Adresse entfernt vor einem Schneehaufen und wartete auf den Streifenwagen. Draußen hatte es Minusgrade, und er bereute, am Morgen statt der Lederjacke nicht einen gefütterten Anorak angezogen zu haben. Er fröstelte. Weil er sich abgewöhnen wollte, im Auto zu rauchen, hatte er das Handschuhfach mit seiner Ersatzdroge der Marke Haribo gefüllt. Seit seiner frühesten Kindheit war er süchtig nach Gummibärchen, und bis heute legte er sein hart verdientes Geld fast täglich auf die Theke des Bahnhofskiosks, um mit dem gierigen Blick eines Sechsjährigen zu sagen: »Fünf von den Schlümpfen und drei von den sauren Schnüren.« Und weil er sich jedes Mal reichlich blöd vorkam, kaufte er zusätzlich immer noch extra Erwachsenen-Sachen wie etwa ein Politmagazin, das ihn nicht die Bohne interessierte, und natürlich Zigaretten.

Die Kälte tat den Süßigkeiten nicht gut. Herbst kaute auf einem harten Gummifrosch herum, während er überlegte, wie er vorgehen sollte. Diesen Teil seines Berufes hasste er. Er hoffte inständig, dass die Kinder des Opfers vormittags in einer Krippe oder bei einer Tagesmutter untergebracht waren. Es war schwierig genug, einen Erwachsenen vom Tod einer geliebten Person zu unterrichten.

Menschen reagierten sehr unterschiedlich auf Todesnachrichten. Herbst hatte sich schon oft gefragt, was wohl sein erster Gedanke sein würde, wenn eines Tages ein Kollege vor seiner Tür stünde und ihm eine Hiobsbotschaft überbrächte. Er wusste es nicht. Er stellte sich vor, dass er wie die Angehörigen der Opfer in den Fernsehkrimis die Fassung wahren würde. Aber das war einfach dahergesagt, denn in seinem Leben gab es auch keine geliebte Ehefrau und keine süßen Kinder, nur seine Mutter, bei der man seit Jahren mit dem Schlimmsten rechnen musste, und eine Handvoll Freunde. Das war sicher nicht dasselbe.

Die meisten Menschen, die er bei solchen Anlässen erlebt

hatte, reagierten im ersten Moment vor allem irritiert und ungläubig. Manche waren richtiggehend verwirrt. Ein älterer Mann hatte sich einmal höflich bei ihm bedankt und ihn dann unter einem Vorwand an der Tür abzuwimmeln versucht, so als wollte der Kommissar ihm einen neuen Staubsauger andrehen. Herbst wusste, dass es so viele verschiedene Reaktionen wie Menschen auf der Welt gab. Das Wichtigste für ihn war, zu erkennen, welche davon ehrlich waren.

Der uniformierte Polizist ließ sich Zeit, und der fröstelnde Kommissar wünschte sich einen egoistischen Moment lang, dass die Reaktion der Witwe darin bestehen würde, ihm als Erstes einen heißen Kaffee anzubieten und ihn in eine warme Decke zu wickeln. Pietätlos, schimpfte sein Über-Ich. Gehorsam verjagte er die ungehörigen Gedanken an koffeinhaltige Heißgetränke und tröstete sich mit einem weiteren eisigen Gummifrosch aus dem Handschuhfach. Es galt, möglichst schnell möglichst viele Informationen zu sammeln. Je mehr Zeit verging, desto ungenauer wurden Zeugenaussagen und desto stärker verklärten Wunschvorstellungen und Erinnerungen das Bild des Toten. Im Fall Stecher würde es besonders schwierig werden. Herbst hatte das Gefühl, dass die Person des Opfers schwerer als andere zu fassen sein würde. Jeder, der die Leiche im Schaufenster gesehen hatte, würde in irgendeiner Form von der grotesken Inszenierung des Toten geprägt sein. Wenn er ehrlich war, fiel es ihm selbst schwer, den Mann noch objektiv zu sehen. Herbst nahm sich vor, die Leiche bei nächster Gelegenheit noch einmal in der Pathologie in Augenschein zu nehmen, wenn sie, von allem Schnickschnack befreit, aussehen würde wie jeder andere Tote auch.

Endlich bog der Streifenwagen mit dem jungen Polizeianwärter um die Ecke. Ob es eine kluge Entscheidung gewesen war, ihn mitzunehmen? Wie hieß er noch? Tobias irgendwas. Herbst seufzte. Andererseits gab es für den Jungen nicht viel anderes zu tun, und ein Beamter in Uniform wirkte auf die Angehörigen in den ersten schwierigen Sekunden immer ein Stück realer als ein Zivilist. Außerdem konnte der Jungspund mitschreiben, während er selbst sich voll und ganz auf das Gespräch konzentrierte. Entschlossen klappte Herbst das Handschuhfach zu und stieg aus. Mit einem tiefen Atemzug sog er die kalte Luft in seine Lungen. Er würde sensibel sein, aber vor allem professionell.

Vor der Haustür nickte er dem Polizeianwärter kurz zu, dann drückte Herbst auf die Klingel. Wie um sicherzugehen, dass er auch vor der richtigen Tür stand, suchte er auf dem grünen Briefkasten noch schnell nach dem Namensschild. Als er las, was dort stand, begann er breit zu grinsen. Denk an was Trauriges, denk an was Trauriges, forderte ihn seine innere Stimme panisch auf, doch es war schon zu spät. Einer jener albernen Lachanfälle, die aus Stress und Übermüdung entstehen und sich nur schwer unterdrücken lassen, stieg in ihm auf. Als sich die Tür öffnete, hatte Herbst seine Gesichtsmuskeln nur notdürftig wieder unter Kontrolle gebracht. »Grüß Gott, Frau Stecher-von der Au«, japste er kläglich.

Im Türrahmen stand ihm ein blonder Engel mit klingelndem Handy in der Hand gegenüber. Eine zarte Madonna mit makellos weißer Haut und türkisblauen Augen, die Herbst endgültig aus dem Konzept brachten. Er konnte nicht sagen, warum, aber er hatte mit einer älteren Frau gerechnet, mit ersten grauen Strähnen im Haar, vom Leben gezeichnet, einer echten Witwe eben, jedenfalls nie und nimmer mit einer schönen Fee. Auch nicht mit einer, die genervt die Augen verdrehte. Offenbar war sie an alberne Reaktionen auf ihren Namen gewöhnt.

»Nur ›von der Au‹«, erklärte sie knapp und drückte den Anruf weg, sodass der Hörer in ihrer Hand aufhörte zu schrillen. »Stecher ist der Name meines Mannes. Was gibt's?«

Gute Frage. Herbst rang nach Worten. Er spürte, dass er rot geworden war. Professionalität beim Teufel. Vorbildfunktion dahin. Unter »ferner liefen« Sensibilität und Feinsinn. Und ganz tief in seinem Zwerchfell saß noch immer der verdammte Lachkrampf fest und drängte ins Freie. Wie alt bist du eigentlich, zwölf? Stecher ist auch nur ein Name, schalt er sich und merkte dabei, wie seine Mundwinkel wieder zu zucken begannen.

»War«, meldete sich jetzt der uniformierte Kollege zu Wort.

»Stecher war der Name Ihres Mannes. Er ist nämlich tot, deshalb sind wir hier.« Er geriet ins Stocken und blickte unsicher zu Herbst.

Der Kommissar schnappte nach Luft. Immerhin war ihm jetzt nicht mehr zum Lachen zumute. Er räusperte sich. »Frau von der Au, mein Name ist Leo Herbst, Kriminalhauptkommissar. Leider muss ich Ihnen die traurige Mitteilung machen, dass Ihr Mann heute Morgen tot in seinem Laden aufgefunden wurde. Können wir bitte einen Moment hereinkommen?« Er atmete durch. Wie aus dem Lehrbuch. Allerdings etwas spät, um sich dafür auf die Schulter zu klopfen.

Die Fee schien noch etwas blasser geworden zu sein. Ihre türkisfarbenen Augen huschten zwischen ihm und der Uniform des Kollegen hin und her. Ein Windhauch, und sie würde davonfliegen, so zerbrechlich wirkte sie. Herbst hatte das dringende Bedürfnis, sich zu entschuldigen. Für alles.

Plötzlich huschte ein gezwungenes Lächeln, das der Mona Lisa zur Ehre gereicht hätte, über Frau von der Aus Gesicht, und sie trat zur Seite. »Kommen Sie herein«, sagte sie mit unerwartet fester Stimme. »Ich brauche jetzt einen starken, heißen Kaffee. Möchten Sie auch einen?«

Eine Stadt sagt Adieu

»Also, Leute, wir müssen weiterkommen. Ideen, bitte! Und ich will nix Abgedroschenes hören. Wir brauchen eine sexy Schlagzeile, bevor ich das Haupthaus informieren kann.« Forster trommelte mit den Fingern auf den Konferenztisch.

»›Weltmann in Kleinstadt ermordet‹«, schlug Ronnie vor.

»›Eine Stadt sagt Adieu‹«, warf die Dobler ein.

»›Lebemann am Arsch‹«, feixte Häusler.

»Warum nicht gleich: ›Lustmord an Lustmolch‹? Oder besser noch: ›Schwanzlos in den Tod‹«, sagte Polly, die langsam die Faxen dicke hatte, und warf einen ungeduldigen Blick in die Runde. Die Tatsache, dass sie Fotos vom Tatort besaß, hatte ihr immerhin die zweifelhafte Ehre eingebracht, dem Chef bei der Titelgeschichte zuarbeiten zu dürfen. Bis sie die Mädchen vom Kindergarten abholen musste, blieben ihr noch knapp drei Stunden. Sie musste dringend an ihren Rechner.

»Es reicht«, unterbrach Forster das wilde Brainstorming. »Wir sind ein seriöses Blatt. ›Brutaler Mord schockiert Bad Moorach‹, ›Todesdrama in Weinhandlung‹ oder ›War es die Mafia?‹, das sind Schlagzeilen, die zu uns passen. Goldman, notieren Sie das, da war doch schon viel Schönes dabei.«

»Vielleicht war es ja wirklich ein Mafiamord?«, phantasierte Ronnie. »Immerhin hat man dem Typen den Pferdeschwanz abgeschnitten.«

»Das kann ich mir zwar nicht vorstellen, aber ich werde natürlich jeder Spur nachgehen«, versprach sein Chef, der noch vor wenigen Sekunden selbst die Mafia ins Spiel gebracht hatte. »Wir werden jetzt jedenfalls dem ganzen Landkreis zeigen, was investigativer Journalismus ist.«

»Jawohl, Chef, das werden wir. Wir finden den Mörder«, jubelte Ronnie.

Polly schaute auf ihre Notizen. Sie brauchte mehr Informationen. Mal sehen, ob aus dem Lackaffen Forster wenigstens ein zitierfähiges Statement über seinen Spezl herauszukitzeln war. Sie setzte ihr Laufsteg-Lächeln auf und wandte sich an den Chef. »Herr Forster, Sie haben doch regelmäßig mit Georg Stecher Karten gespielt. Erzählen Sie doch mal: Was war er so für ein Typ?«

»Der Schorsch war ein Mann von Welt, mit allen Wassern gewaschen.«

»Tatsächlich? Ich dachte, er wäre hier geboren und ist nie aus Bad Moorach herausgekommen?«

»Das glauben Sie vielleicht, Goldman, aber Sie haben den Mann ja auch nicht so gut gekannt wie ich. Stecher hat lange Zeit in Frankreich gelebt.«

»Wann und warum?« Polly zückte ihr Notizheft.

»Na, um Wein zu trinken, Frauen zu verführen und das Leben zu genießen. Was soll man denn sonst in Frankreich machen?« Forster zwinkerte den Männern in der Runde vielsagend zu.

Ronnie lachte. Wenn er auch sonst nicht viel auf dem Kasten hatte, dass es karriereförderlich ist, schlechte Witze von Vorgesetzten wie gute zu behandeln, hatte er schon am ersten Tag begriffen. Auch die Dobler kannte das Prinzip und kicherte.

Polly verdrehte die Augen und konzentrierte sich auf ihre nächste Frage. »Gab es Ihrer Meinung nach jemanden, der Stecher schaden wollte?«

»Da fällt mir nur seine Frau ein und so ziemlich jeder zweite Ehemann in Bad Moorach.« Forster lachte laut und dreckig.

»Mei, er war eben zu schade für eine allein«, meinte die Redaktionsassistentin. »Außerdem ist sie ja doch ziemlich arrogant, die Frau von der Au.«

»Wie kommen Sie denn darauf?«, fragte Polly bissig.

»Die Leut reden halt –«

»Ich glaube nicht, dass der Georg Feinde hatte«, riss Forster das Gespräch wieder an sich. »Aber viele Neider. Der Laden lief super, er fuhr einen Jaguar, und seine Frau ist eine Schönheit. – Meine übrigens auch.« Er grinste.

Vielleicht wird Forster dann ja als Nächster ermordet, dachte Polly hoffnungsvoll. »Und was hat Herr Stecher ursprünglich gelernt?«, fragte sie laut.

»Sein Vater war Metzger. Ein ziemlich strenger Mann mit vielen Prinzipien«, erzählte der Textchef, der sich sonst nie freiwillig zu Wort meldete. Er war so still, dass Polly immer wieder seinen Namen vergaß. »Ich kannte den Alten. War wohl keine so glückliche Kindheit. Nach dem Abitur ging der Georg nach München und hat dort studiert. Irgendwann ist er dann nach Frankreich. Das muss Anfang der Neunziger gewesen sein. Lange hat man nichts von ihm gehört. Vor allem für seine Mutter war das schlimm.«

»Ja, die Mutter«, mischte sich der Chef wieder ein. »Die könnten wir doch für den Nachruf interviewen. Wir brauchen Gefühl im Blatt, Emotion!«

Polly schaute ungeduldig auf die Uhr.

Die Dobler räusperte sich und wandte sich in ihre Richtung. »Nur so von Frau zu Frau, wie hat er denn ausgesehen, der Herr Stecher? Sicher hat er auch tot noch eine gute Figur gemacht, oder?«

»Mit einem Pferdeschwanz am Arsch machen nur preisgekrönte Zuchthengste eine gute Figur, Regina«, erwiderte Polly trocken.

Forster verzog ärgerlich die Mundwinkel. »Morgen werden Sie sich zusammen mit ganz Moorach davon überzeugen können, Frau Dobler. Goldman behauptet ja, sie hätte Fotos.«

»Wollen Sie Georg Stecher wirklich in dieser entwürdigenden Lage zeigen? Er war doch Ihr Freund ...« Polly bekam nun doch Gewissensbisse.

»Goldman, Ihre Frage enttäuscht mich. Schließlich sind wir Profis und müssen Auflage machen. Gefühle kann ich mir als Verantwortlicher nicht erlauben.«

»Apropos Auflage«, meldete sich Ronnie, »ich hab da eine scharfe Idee, Chef.«

»Nur zu«, ermutigte ihn Forster. »Ich mag es, wenn sich der Nachwuchs engagiert.«

»Wir könnten doch ein Online-Forum aufmachen, so nach dem Motto: Unsere Stadt sucht einen Mörder. Die Bürger könnten sich gegenseitig verdächtigen und den wahrscheinlichsten Mörder wählen ... Das wäre doch geil.«

»Echt super.« Aber Polly hatte vergessen, dass Ronnie Ironie nur vom Hörensagen kannte, also bedankte er sich höflich für das Kompliment.

Forsters Miene hellte sich hingegen auf. »Ronnie, Sie haben Talent. *Good job!*«

»Danke, Chef! Vielleicht wollen Sie parallel dazu ja auch noch einen Blog starten mit dem Titel: Forster ermittelt. Ich meine, mit Ihrer Erfahrung ... Die Leute interessieren sich sicher brennend für die Perspektive eines Insiders, und schließlich waren Sie einer von Stechers besten Freunden ...«

»Good! Very good!« Begeistert sprang der Chefredakteur auf. »Ronnie, kümmern Sie sich darum. Ich fasse noch einmal zusammen: Wir brauchen eine geile Titelgeschichte für den Bayernteil, eine etwas abgespeckte Version für die Lokalseite, den Blog ›Forster ermittelt‹ und ein interaktives Online-Forum, in dem unsere Leser diskutieren dürfen, wer der Mörder ist. Wahnsinn! Und wer am Ende auf den Richtigen getippt hat, gewinnt einen Geschenkkorb vom Feinkostladen Fritze. Oder nein, besser noch: eine Kiste aus Georgs Laden mit seinen Lieblingsweinen, quasi eine Posthum-Spezialempfehlung. Ronnie, rufen Sie gleich bei seinem Kompagnon Gruber an und machen Sie einen entsprechenden Deal für das Gewinnspiel. Das gibt Auflage und massenweise Klicks. Danke, Schorschi! Noch im Tod bist du mir ein guter Spezi. Ach ja, und um den Nachruf kümmert sich Goldman. Das hat sie sich verdient.«

Das ist wohl ein billiges Alibi

»Milch, Zucker?«, fragte Julia von der Au und stellte drei Kaffeebecher und eine große italienische Espressokanne auf den Couchtisch. Dass die Kanne eben noch fröhlich blubbernd auf der heißen Herdplatte gestanden hatte und nun einen dunklen Rand in den Couchtisch brannte, schien sie nicht zu stören. Beim Hineingehen hatte sie eilig einen Haufen Wäsche und etwas, das wie eine schwarze Mappe aussah, mit dem Fuß die Kellertreppe hinuntergeschubst. Da war sie, die typische Übersprunghandlung, die einem unwirklichen Moment Normalität verleihen sollte. Aufräumen. Insgesamt wirkte die Frau etwas abwesend, aber dennoch gefasst. Wenn sie in der Küche geweint hatte, war davon nichts mehr zu sehen.

»Weder noch«, antwortete Herbst. »Ich bilde mir ein, der Kaffee wirkt sonst nicht richtig.«

Julia von der Au schenkte ihm wieder ihr undurchsichtiges Mona-Lisa-Lächeln. Sie schob ein paar Zeitungsausschnitte beiseite, ließ sich auf das Sofa fallen und holte ein Zigarillo samt Feuerzeug aus der Brusttasche ihrer Bluse. Nach dem ersten tiefen Zug schien sie bereit, sich mit der Realität auseinanderzusetzen.

»Wie ist er gestorben?«

Herbst nahm ebenfalls Platz und beeilte sich zu antworten, ehe sein vorwitziger Kollege wieder das Wort ergreifen und die Sauerei im Schaufenster detailliert beschreiben konnte. »Er ist gewaltsam ums Leben gekommen.«

Das Wort »ermordet« vermied er bewusst. Er konnte die Frau auf dem Sofa nicht richtig einschätzen. Sie wirkte zart und zerbrechlich und dabei trotzdem auf eine seltsame Art resolut. Die Hand mit dem Zigarillo zitterte leicht, offenbar gab ihr das Nikotin nicht den Halt, den sie gerade suchte. Vielleicht hätte er doch auf die Psychologin warten sollen? Jedenfalls war es jetzt angebracht, so behutsam wie möglich vorzugehen, zumindest so lange, bis er sie besser kannte. Und irgendwo in seinem Kopf musste Herbst sich eingestehen, dass er sie gern besser kennen würde.

»Gewaltsam?«

»Ihr Mann ist erschossen worden.« Für Details war später noch Zeit. »Frau von der Au, uns ist klar, dass das ein schwerer Schock für Sie sein muss. Trotzdem müssen wir uns dringend mit Ihnen unterhalten. Glauben Sie mir, für das Gespräch, das wir führen müssen, gibt es keinen guten Zeitpunkt. Also, wenn Sie sich halbwegs in der Lage sehen, mir jetzt gleich ein paar Fragen zu beantworten, dann wäre das sehr förderlich für meine Arbeit.«

Einen kurzen Moment war es still. Regungslos saß sie da, dann nickte sie. »Es fühlt sich an, als wäre mein Kopf voller Watte. Wahrscheinlich werde ich nicht sehr kluge Antworten geben, aber ich verstehe natürlich, dass Sie mir Fragen stellen müssen, Herr …?«

»Herbst, Leo Herbst«, sagte der Kommissar und spürte eine leichte Enttäuschung darüber, dass sie sich seinen Namen nicht gemerkt hatte. »Zuerst wäre wichtig, wann Sie Ihren Mann zuletzt gesehen oder von ihm gehört haben.«

»Gestern beim Abendessen. Das muss gegen halb sieben gewesen sein. Wir essen so früh wegen der Kinder«, fügte sie hinzu.

Herbst dachte einen Moment nach. »Und dann ist er noch mal weg? Haben Sie sich nicht gewundert, als Ihr Mann nachts nicht nach Hause kam?«

»Nein, das kommt öfter vor. Außerdem wollte Georg verreisen, geschäftlich. Nach Frankreich. Er fährt lieber nachts Auto. Gegen zehn hab ich noch mal versucht, ihn zu erreichen, aber er ist nicht rangegangen. Ich weiß, dass er noch das Ladenfenster fertig dekorieren und dann irgendwann am späten Abend losfahren wollte.«

»Das Ladenfenster?«

»Für den Kunstpfad. Das Mooracher Spektakel hat sich also noch nicht bis in die Kreisstadt rumgesprochen. Ich erklär es Ihnen kurz: Die Geschäfte in Bad Moorach stellen jedes Jahr für drei Wochen die Arbeiten von lokalen Künstlern in ihren Schaufenstern aus. Das soll irgendwie zeigen, dass die Stadt weltoffen und kulturbegeistert ist. Das Thema dieses Jahr ist ›Sehen und gesehen werden‹.«

Herbst erinnerte sich an die Bilder, die im Hinterzimmer der Weinhandlung an der Wand gelehnt hatten. Entweder war Georg Stecher nicht mehr dazu gekommen, sie aufzuhängen, oder der Mörder war mit der Gestaltung des Schaufensters unzufrieden gewesen und hatte noch einmal umdekoriert. »Wissen Sie, ob Ihr Mann vor seiner Abreise noch mit jemandem verabredet war?«

»Davon hat er nichts gesagt.«

Herbst wandte sich an den uniformierten Kollegen, der eifrig Protokoll führte. »Wir müssen klären, ob ihn Passanten am Abend im Laden gesehen haben.«

»Das ist unwahrscheinlich. Georg hat das Fenster schon vor ein paar Tagen mit Papier abgeklebt. Er meinte, das würde die Spannung erhöhen.«

»Wissen Sie, was ausgestellt werden sollte?«

»Ja klar, eine Bilderserie von mir. Mein Mann wollte was mit Lokalbezug, also habe ich acht Karikaturen von prominenten Moorachern gezeichnet. Die Bilder sind durch die Blickrichtung der einzelnen Personen räumlich wie durch Wege miteinander verbunden, nur einer schaut aus dem Fenster hinaus dem Betrachter direkt ins Gesicht. Der resignierte Herr Kramer, unser Bestattungsunternehmer. Kennen Sie Escher, Herr Kommissar? Der mit den verdrehten Treppenhäusern? Ich wollte einen ähnlichen Effekt erzielen, nur eben mit Gesichtern. An der Anordnung der Bilder kann man sehen, dass sich in einem Provinznest wie Moorach das Denken in den Köpfen der Leute im Kreis dreht und nirgendwohin führt. Das ist natürlich nur mein ganz persönlicher Subtext. Allen anderen Betrachtern ›zeigt eine aufstrebende Kleinstadt ihre verschiedenen Gesichter und lädt Gleichgesinnte ein, sich in die Riege der großen Mooracher einzureihen‹, so heißt es jedenfalls in der Bildbeschreibung, die mein Mann für den Prospekt abgegeben hat.«

Herbst lächelte. »Das hört sich nach echter Kunst an.«

»Mit echter Kunst hat das nicht viel zu tun. Eigentlich ist es mehr das Ventil einer semifrustrierten Hausfrau, die gern eine richtige Künstlerin geblieben wäre und stattdessen kitschige Auftragsarbeiten zum Thema ›Trachtenumzug vor Wendelsteinpanorama‹ für betuchte Kurgäste macht. Die Karikaturen sind Ausdruck eines inneren Exils mit dem ungebrochenen Willen zur Revolte gegen das spießbürgerliche Umfeld, in das mich das Schicksal verschlagen hat.«

Der Uniformierte räusperte sich. »Herr Kommissar, wie soll ich das denn jetzt aufschreiben? Ich bräuchte schon Adressen von den Treppenhäusern. Und wie heißt dieser Herr Escher mit Vornamen?«

»Das passt schon, Kollege.« Herbst hatte ihn beinah vergessen. »Frau von der Au, ist Ihnen in letzter Zeit etwas an Ihrem Mann aufgefallen? War er verändert, hatten Sie das Gefühl, dass ihn etwas bedrückte?«

»Wenn ich ehrlich bin, habe ich keine Ahnung. Wir hatten die letzten Wochen – wie soll ich sagen – recht wenige Berührungspunkte. Mein Mann hat viel gearbeitet, und ich war mit einem Kunstprojekt, das ich betreue, sehr eingespannt. Ich bin Kunstlehrerin hier am Gymnasium. Außerdem durchleben meine Kinder gerade eine hartnäckige Trotzphase und brauchen viel Aufmerksamkeit. Ich bin mir nicht sicher, ob es mir aufgefallen wäre, wenn mein Mann sich verändert hätte.«

Es klang wie eine Entschuldigung, und trotzdem konnte Herbst kein echtes Bedauern aus ihren Worten heraushören. Er nahm sich vor, bei anderer Gelegenheit noch einmal detaillierter nach dem Verhältnis der Eheleute Stecher zu fragen. »Wissen Sie denn, wohin genau Ihr Mann wollte und welchen Zweck die Reise hatte?«, erkundigte er sich stattdessen.

»Er sagte etwas von Marseille. Er wollte wohl einige Weingüter in der Nähe besuchen und sich mit irgendwelchen Geschäftsfreunden treffen. Er plante, etwa eine Woche weg zu sein, aber da fragen Sie am besten seinen Partner.«

»Partner?«, meldete sich der uniformierte Kollege wieder zu Wort.

»Fabian Gruber. Er ist der Kompagnon meines Mannes. Sie

betreiben die Weinhandlung zusammen. Womöglich war er auch gestern noch mit ihm im Laden.«

»Danke, das ist ein guter Hinweis«, entgegnete der Kommissar. »Wir werden mit Herrn Gruber sprechen. Vielleicht können Sie uns gleich noch mit ein paar weiteren Namen aushelfen? Es ist sehr wichtig, dass wir uns ein möglichst genaues Bild vom privaten und geschäftlichen Umfeld Ihres Mannes machen können. Also: Mit wem verstand er sich besonders gut, hatte er vielleicht mit jemandem Streit?«

Julia von der Au dachte einen Moment lang nach und zählte dann eine Reihe von Personen auf, die der Polizist – Herbst würde ihn wohl noch einmal nach seinem Nachnamen fragen müssen – eifrig in sein Notizbuch kritzelte.

Er selbst nutzte die Gelegenheit und studierte die Frau, die ihm auf dem Sofa gegenübersaß. Sie war überdurchschnittlich schön, wirkte aber nicht so, als wäre sie sich dessen bewusst. Sie schminkte sich nicht, und auch mit ihrer Kleidung versuchte sie nichts zu betonen. Zu kaschieren gab es nichts. Das blonde Haar war locker im Nacken zusammengebunden. Als er mit seiner Musterung bei ihrem Gesicht angekommen war, bemerkte er erschreckt, dass ihn die türkisgrünen Augen direkt ansahen. Verlegen schaute er auf seine Schuhe, ließ sich aber nicht aus dem Konzept bringen.

»Ich muss Sie jetzt noch fragen, wie Sie den gestrigen Abend verbracht haben, ich meine, nachdem Ihr Mann gegangen war.« Warum konnte er sie eigentlich nicht anschauen? Das war eine ganz normale Routinefrage, die noch dazu jeder aus dem Fernseh-Tatort kannte. Irgendwie war in dieser Begegnung von Anfang an der Wurm drin. Er war doch kein Anfänger. Wieso konnte er nicht einfach das normale Programm abspulen? Er zwang sich, Frau von der Au kurz ins Gesicht zu sehen, und suchte dann hastig wieder seine Schuhspitzen. Ein angelutschtes rotes Gummibärchen klebte neben seinem rechten Stiefel auf den Holzdielen. Aus der Colorado-Mischung, dachte er. Die sind kleiner als die normalen Goldbären.

»Gestern Abend hab ich die Kinder gegen halb acht ins Bett

gebracht. Um halb neun kam die Babysitterin, dann bin ich zum Lehrerstammtisch gegangen.«

»Wann waren Sie wieder zu Hause?«

»So um halb elf.«

»Kann das jemand bestätigen?«

»Die Kollegen, mit denen ich den Abend verbracht habe, und die Babysitterin. Sie hat genau sechzehn Euro bekommen. Das ist der Lohn für zwei Stunden.« Frau von der Au lächelte. »Das ist wohl ein billiges Alibi, aber auf dem Land sind die Preise eben noch moderat.«

Herbst erwiderte das Lächeln und kam sich gleich wieder wie ein dummer Schuljunge vor. »Und danach sind Sie ins Bett gegangen?«

»Nein, ein Kollege hat mich nach Hause gebracht. Kurt Klausner. Er wollte mir zeigen, wie man vom eigenen Computer aus Noten und Ergebnisse von Schulaufgaben auf dem Server der Schule ablegen kann. Wir hatten beim Stammtisch darüber gesprochen, weil das Zwischenzeugnis ansteht und ich noch keine Noten übertragen habe. Es gab ein paar Probleme mit meinem Rechner, sodass es recht lange gedauert hat. Bestimmt bis kurz nach zwölf. Ich war schon hundemüde und hab nur noch die Hälfte kapiert von dem, was mir Kurt erklärt hat, aber irgendwann hat er es dann geschafft, die Daten zu speichern. Anschließend hab ich ihn heimgeschickt.«

Leo Herbst konnte die Enttäuschung des hilfsbereiten Lehrers förmlich spüren. Sicherlich hatte sich der Held der Datenübertragung etwas mehr von dem Abend erwartet. Dabei hatte Julia von der Au nicht nur einen Grund, ihm dankbar zu sein: Würde Kurt Klausner die Zeitangaben bestätigen, käme die Witwe als Täterin nicht in Frage. Herbst fragte sich gar nicht erst, warum er erleichtert war. Auch nicht, warum er eigentlich gar keine Lust hatte, die Befragung zu beenden. Aber es war Zeit zu gehen. Auf ihn wartete viel Arbeit. Er setzte sein Profigesicht auf und erhob sich. Das rote Gummibärchen klebte inzwischen an seiner Sohle. »Vielen Dank für Ihre Kooperation, Frau von der Au. Halten Sie sich doch bitte weiterhin zu unserer Verfügung.« Er streckte ihr die Hand entgegen. Ihre Finger fühlten sich angenehm warm an. Schon in der Tür fiel ihm noch etwas ein. »Wenn Sie möchten, lasse ich Ihnen die Nummer unserer Psychologin da. Manchmal ist es nicht schlecht, mit einem Profi zu reden …«

Aber Frau von der Au schüttelte den Kopf. »Ich muss jetzt erst einmal allein sein und überlegen, wie ich das alles den Kindern erkläre.« Und da waren sie endlich. Die Tränen.

Herzsau sticht

»Fotografieren Sie, Goldman, jetzt machen Sie schon!«

Mit gequältem Lächeln hob Polly die Kamera. Was genau tat sie hier eigentlich? Vier Männer und ein Dackel standen mit ernsten Mienen um einen leeren Wirtshausstuhl herum. Marinus Forster hatte in schnörkligen Lettern »In stillem Gedenken an das Ass unserer Schafkopfrunde« in die Sitzfläche einbrennen lassen. Vier ausgestanzte Herzen in der Rückenlehne sollten wohl an die entsprechende Spielkarte erinnern. Schaut eher aus wie die Tür von einem Plumpsklo, dachte Polly, drückte aber pflichtbewusst auf den Auslöser. Je schneller sie das hinter sich brachte, desto eher war sie wieder zu Hause. Den Kommissar musste sie auch noch anrufen. Wahrscheinlich würde es zum Abendessen wieder nur Tiefkühlpizza von der Tankstelle geben. Aber sie hatte keine Zeit für schlechtes Gewissen. Die Mädchen würden sich freuen, und Endorphine waren sicher genauso wichtig für eine gute Entwicklung wie Vitamine.

»Das hätten wir«, verkündete Forster zufrieden. »Goldman, Sie schreiben noch ein paar nette Zeilen dazu. Schafkopfrunde trauert und so weiter und so fort. Damit haben wir auch schon das Aufmacherbild für übermorgen.« Er winkte die Kellnerin heran, die beflissen fünf Stamperl Klaren auf den Tisch stellte. »Es ist zwar noch a bisserl früh, aber das ist ja auch eine In-memoriam-Veranstaltung.« Er hob sein Glas. »Männer, wir trinken auf unseren Freund und Schafkopfbruder Georg Stecher, der so brutal aus unserer Mitte gerissen wurde. Aber wir werden weiterspielen, so wie es sich der Georg von uns gewünscht hätte. Und zwar jetzt.«

Polly packte die Kamera in die Tasche und wartete die Schweigeminute ab, bevor sie sich verabschiedete.

»Sie wollen doch nicht schon gehen?« Forster nahm ihren Arm und führte sie an den Tisch. »Aber das ist doch die perfekte Gelegenheit für Sie. Stechers beste Freunde sind hier versammelt. Darf ich vorstellen: Eduard Kramer, Rudi Ziermayr und Fabian

Gruber. Setzen Sie sich, Goldman, trinken Sie einen Schnaps, und dann holen Sie Ihren Block raus. Beim Schafkopf wird Klartext geredet, da können Sie noch etwas lernen.« Gruber rückte höflich einen Stuhl für Polly zurecht.

»Aber Herr Forster, ich muss –«

»Setzen Sie sich, Goldman, setzen Sie sich. Sind Sie mit dem Spiel vertraut? Passen Sie auf. Es gibt vier Ober und vier Unter. Herz ist Trumpf – wie im echten Leben.« Forster zwinkerte anzüglich.

Das Männlein, das ihr als Eduard Kramer vorgestellt worden war, beugte sich zu ihr hinunter. Sie kannte es vom Sehen, ihm gehörte das örtliche Bestattungsinstitut. Auch modisch war Kramer eher unterirdisch unterwegs, registrierte sie mit einem Blick auf sein viel zu großes Sakko und die grüne Seidenfliege. Vielleicht bildete sie es sich nur ein, aber Herr Kramer roch etwas muffig. Berufskrankheit, vermutlich. Oder Mottenkugeln. Sie hoffte, er würde ihr nicht noch näher kommen. Kramer ging enthusiastisch auf Forsters Erklärungen ein. Polly hatte ihn noch nie reden hören, und als sich nun ein Schwall von oberfränkischen weichen Ps und anderen Konsonanten über sie ergoss, die so gar nicht zu Kramers pietätvoller Miene passen wollten, hätte sie fast laut losgelacht.

»Wissen Sie, Frau Goldman, Schafkobf ist ein durch und durch stradegisches Schbiel. Man geht geheime Bartnerschaften ein, die erst im Laufe des Spielvorganges ans Licht kommen. Am Anfang waß kanner, wer mit wem baktiert hat, das macht's so spannend. Und am Ende wird abgerechnet. Nach Bunkten.« Kramer zog den Gedenkstuhl heran, um sich neben Polly niederzulassen, aber ein Aufschrei von Forster und ein fester Griff von Gruber verhinderten, dass die Mottenkugelhose Stechers Platz entweihte.

»Der Stuhl bleibt leer, Boandlkramer. Du musst dich schon woanders hinsetzen.«

Kramer deutete schuldbewusst eine Verbeugung an. Sein Blick huschte zwischen Forster und Gruber hin und her. »Ich dacht nur, jetzt, wo der Georch doch dod is ...«

»Da hast du dir gedacht, das ist meine Chance, jetzt steig

ich vom Brunzkadderer in die Stammrunde auf? Boandlkramer, Boandlkramer. Wenn ich darüber nachdenke, ist das doch ein glasklares Mordmotiv, oder etwa nicht?« Forster grinste. »Und ein Geschäft machst du auch noch. Du sagst doch immer, dass es eine Schande ist, wie lange die Leute heutzutage leben. Ich denke, du hast einfach dringend mal wieder eine Leiche gebraucht. Die Beerdigung vom Georg wird bestimmt eine ganz große Nummer, da schaut viel Geld für dich raus.«

Kramer schaute betroffen von einem zum anderen. Er schien sich nicht sicher zu sein, ob er verschaukelt wurde.

»Was ist denn ein Brunzkadderer?«, meldete sich Polly zu Wort. Ihr tat das Männlein leid. Offenbar hatte es in der Runde nichts zu lachen. Schwer nachzuvollziehen, wie Kramer überhaupt seinen Platz zwischen den Profilneurotikern Forster und Stecher gefunden hatte. Vielleicht hatte er ihnen ja mal das Leben gerettet oder so.

»Der Brunzkadderer springt ein, wenn jemand aus der Runde mal aufs Örtchen muss«, erklärte Rudi Ziermayr. »Schafkopf spielt man zu viert, aber wir waren ja immer fünf.« Er sprach ruhig und sachlich, ganz so, als hätte er den Toten nicht gekannt. Vielleicht hatte man als Mediziner einfach ein nüchterneres Verhältnis zum Tod? Jedenfalls verhielt sich der Herr Ziermayr so ganz anders als seine Gattin, die Frau Stadträtin. Aber Gegensätze zogen sich ja bekanntlich an. Polly fragte sich, ob er wusste, was über seine Frau und den toten Schafkopfbruder gemunkelt wurde.

»Also, ich bersönlich bevorzuche den Ausdruck Reservespieler«, meldete sich Kramer kleinlaut, während er seinen Dackel tätschelte, der unter dem Tisch aus einem Wassernapf schlabberte.

Forster mischte die Karten. »Nichts für ungut, Boandlkramer. Da, heb ab.«

Polly schaute auf die Uhr. Noch eine halbe Stunde, dann musste sie die Mädchen aus der Krippe abholen, und dann ging die Arbeit erst richtig los. Wenn Forster jetzt den Kartbruder gab, würde der Aufmacher sicher an ihr hängen bleiben. Heimlich kramte sie ihr Handy aus der Tasche und schickte unter dem Tisch eine SMS an ihren Vater und anschließend ein Stoßgebet gen Himmel, dass er den Rest des Nachmittags die Kinder hüten würde.

»Mei, von jedem Dorf einen Hund«, stellte Forster mit einem Blick auf seine Karten fest. »Aber wer nicht wagt, der nicht gewinnt: Ich spiele ein rotes Solo. Du kommst raus, Rudi.« Mit einem Schnippen bestellte er eine weitere Runde Schnaps bei der Kellnerin. Die drei anderen studierten unterdessen ihr Blatt.

»Wusstet ihr, dass der Georg noch versucht hat, mich anzurufen?«, sagte der Chef beiläufig in die Stille hinein und genoss sichtlich den Moment, als alle erstaunt von ihren Karten aufsahen. Es gab einfach nur einen Ort für Forster: den Mittelpunkt.

»Und was wollte er?«, fragte Gruber betroffen. Auf Polly hatte er als Einziger einen ehrlich bedrückten Eindruck gemacht.

»Er hat mir auf die Mailbox gesprochen, wollte, dass ich seine Schaufensterdekoration für den Kunstpfad mit großem Foto ins Blatt nehme.« Forster schwieg bedeutungsvoll. »Und diesen Wunsch werde ich ihm auch erfüllen.« Er knallte mit Schwung den Eichel-Ober auf den Tisch. »Hier ist der Alte. Den kann keiner, und mich können alle. Her mit euren Trümpfen!«

Die Kellnerin brachte die Getränke und stellte auch ein Glas vor Polly ab.

»Auf den Stecher!«, polterte Forster und nahm seinen Stich aus der Tischmitte.

Polly sah sich verstohlen um und kippte ihr Glas dann mit einer schnellen Bewegung unter den Tisch. Sie hörte, wie der Dackel freudig zu schlabbern begann. Wohl sein!, dachte sie. Alkohol konnte sie sich angesichts des Pensums, das noch vor ihr lag, heute nicht leisten. Trotzdem war sie jetzt fast froh, geblieben zu sein. Womöglich würde sie doch noch etwas Nützliches erfahren. Sie musste einfach nur zuhören.

»Also irgendwie kommt mir das Ganze so bekannt vor«, sagte Gruber gerade.

»Was meinst du, dass ich schon wieder gewinne?«, fragte Forster und spielte die nächste Karte aus. »Herzsau sticht.«

»Nein. Ich meine die ganze Inszenierung. Mit dem Schaufenster und der Leiche. Geht es euch nicht so?«

»Also ich hab ja scho viele Dode auf meinem Disch ghabt, aber so was hab ich mei Lebdach noch net gsehn«, erwiderte Kramer.

Gruber zupfte nachdenklich an seiner Lippe. »Vielleicht gibt es einen Film oder ein Buch, in dem so was Ähnliches vorkommt? Ich hab jedenfalls die ganze Zeit das Gefühl, das Szenario zu kennen.«

Polly dachte nach. Irgendwo in ihrem Kopf klingelte ein Glöckchen, wurde dann aber von einem polternden »Und noch ein Trumpf!« aus Forsters Richtung übertönt.

»Du solltest bessere Bücher lesen, Fabian. So was gibt es, wenn, dann nur in absoluten Schundromanen. Aber wenn dem so ist, dann werden wir es bestimmt bald wissen. In einer Stunde geht mein Forum online, dann werden die Bürger in die Diskussion um den Mörder eingebunden. Wir versammeln quasi das Wissen der ganzen Stadt auf unserer Plattform. Und dann haben wir sie bald, die Sau, die dem Georg das angetan hat.« Forster rieb sich zufrieden die Hände, griff nach einem weiteren Stamperl aus der Runde, die die Kellnerin unaufgefordert gebracht hatte, und verteilte die anderen. »Ex oder nie wieder Sex!« Unter dem Tisch freute sich der Dackel über Pollys Enthaltsamkeit.

»Was wird jetzt eigentlich aus dem Loden?«, fragte Kramer mit leiser Stimme an Gruber gewandt.

»Ehrlich gesagt, weiß ich das auch nicht. Ohne Georg wird es schwer werden. Außerdem bräuchte ich eine Menge Geld, um seine Frau auszubezahlen. Mir gehört ja nur die Hälfte vom Bacchus.«

»Seine Frau wird bestimmt eh bald verhaftet. Wenn ihr mich fragt, dann war sie es. Könnt ihr ein Geheimnis für euch behalten?«, fragte Forster verschwörerisch.

Wieder wurde es mucksmäuschenstill am Tisch.

»Der Georg hat mich nach einem guten Anwalt gefragt. Ich denke, da war eine Scheidung im Busch. Wahrscheinlich hat die Julia den Gedanken einfach nicht ertragen, dass er sich von ihr trennen könnte.«

»Denkt ihr, er wollte sich drennen, damit er frei ist für eine andere?«, hauchte Kramer kaum hörbar, doch der Seitenblick auf Rudi Ziermayr war deutlich.

Also doch, dachte Polly. Der Stecher und die Frau Stadträtin.

»Boandlkramer, es reicht jetzt!« Ziermayr war aufgestanden. Von seiner gerade noch professionellen Ruhe war nichts mehr zu spüren. »Das sind doch alles nur haltlose Spekulationen, und du ziehst damit Georgs Andenken in den Dreck.«

»Ruhig, Männer«, beschwichtigte Forster. Auch er hatte sich erhoben. »Ich denke, wir machen hier jetzt Schluss. Lasst uns noch gemeinsam in die Sauna gehen, damit ein schöner Nachmittag ein würdiges Ende nimmt. Das wäre bestimmt auch in Georgs Sinne. Goldman, Sie können ja schon mal mit dem Aufmacher anfangen. Ich stoße dann später dazu. Wie schaut's aus, Fabian? Kommst du wenigstens heute mal mit?«

»Ich kann nicht. Hab noch einen Termin.«

»Gut, dann also nur wir drei. Boandlkramer, du übernimmst die Zeche. Mein Geldbeutel liegt im anderen Auto.«

»Na, des is wieder amal dübbisch! Des seh ich jetzt fei net ein.« Kramer zog mit beleidigtem Gesicht an der Leine. »Was is denn mit dem Hund los? Komm her, Anubis, mir gehen!«

Grußlos schwankten eine grüne Seidenfliege und ein Langhaardackel gemeinsam aus dem Lokal.

Und wo waren Sie gestern Abend?

Ausgerechnet Kräutertee! »Du weißt doch, dass ich nur Espresso vertrage, und gerade jetzt brauche ich den ganz besonders«, brummte Herbst seinen Assistenten an.

Moneypenny verdrehte die Augen. »Ich bin die einzige Frau, die sich um dich kümmert. Du solltest zauberhaft zu mir sein.«

»Danke auch, aber ich hätt gern eine Frau ohne Bartwuchs.«

Mit verächtlichem Blick nahm sein Assistent die Tasse wieder vom Schreibtisch und entschwebte Herbsts grauem Büro. Ein lilafarbener Schal flatterte hinterher. Die Farbe erinnert Herbst an die penetrante Journalistin, die heute früh plötzlich am Tatort aufgetaucht war, und gab seiner schlechten Laune den Rest. Genervt sah er auf die Bahnhofsuhr an der Wand. Die erste Zeugin hätte schon längst hier sein sollen: Nora Sendlinger, die Babysitterin.

Zehn Minuten später wippte das Mädchen dann auch tatsächlich auf seinem durchgesessenen Besucherstuhl. Offensichtlich fand sie die Situation aufregend, trotzdem bemühte sie sich, möglichst cool und abgebrüht zu erscheinen. Herbst bot ihr Gummibärchen aus seinem Schreibtisch-Vorrat an.

»Danke, aber aus dem Alter bin ich raus«, belehrte ihn der Teenager, griff aber gleichzeitig mit der ganzen Hand in die Tüte. Herbst würde schon bald Nachschub brauchen.

»Also, ich hab gestern auf die Kinder von Julia aufgepasst, die wollte zu irgendeiner Lehrerversammlung. Ihr Mann war nicht da. Wie üblich. Ich kannte ihn nicht gut, aber meine Mutter meint, er war ein Arsch. Vermutlich hat sie in diesem Fall sogar ausnahmsweise recht. Ein Kollege hat Julia kurz vor halb elf heimgebracht, früher als ausgemacht. Also hab ich wieder nicht viel verdient und bin mit dem Radl heimgefahren.«

»Haben Sie keine Angst, nachts so allein mit dem Fahrrad?«

»Wieso denn Angst? Wir sind hier doch nicht in New York – leider. Hier passiert nix.«

»Dem Herrn Stecher ist aber schon etwas passiert. Sind Sie direkt nach Hause gefahren?«

Nora Sendlinger sah ihn nicht an, als sie antwortete. »Klar. Wenn ich das nicht tue, flippt meine Mutter aus. Ich weiß, ich seh älter aus, aber ich bin erst vierzehn. Darf man hier eigentlich rauchen? – Nicht mit vierzehn? Spießerladen. Krieg ich dann wenigstens noch ein paar Gummibärchen?«

Herbst dachte an seinen knappen Vorrat. »Nein, aus dem Alter bist du schon raus.«

Als das Mädchen gegangen war, lehnte Herbst sich gegen die Bürotür und schnaufte erst mal tief durch. In solchen Momenten war er froh, keine Kinder zu haben. Ihm fehlte einfach die Geduld. Von dem Gespür ganz zu schweigen. Er hatte es nicht geschafft, hinter die Trotzfassade des Mädchens zu blicken, und trotzdem wurde er das Gefühl nicht los, dass da noch etwas war. Irgendetwas hatte der Teenager ihm vorenthalten. Die Tür ging auf.

»Der Mathelehrer.« Mit angewidertem Gesichtsausdruck schob Moneypenny Kurt Klausner durch die Tür.

»Mathe und Englisch«, korrigierte der. »Am Gymnasium.«

»Und was verbindet Sie mit Frau von der Au?«, fragte Herbst und löste damit eine wahre Begeisterungslawine aus. »Außergewöhnliche Frau. Die Einzige in der gesamten Fachschaft Kunst, die wirklich etwas draufhat. Verrückt, dass so eine dann als Kunstlehrerin in einer Provinzstadt landet. Haben Sie mal welche von ihren Arbeiten gesehen? Total inspiriert und mit Tiefgang. – Ihren Mann? Nein, den kenne ich nur vom Sehen. Man munkelt ja, dass er mit der halben Stadt ein Verhältnis gehabt hat. Keine Ahnung, was die Julia an dem gefunden hat. Ich schätze ja, sie hat sich wegen ihm in ihren Beruf geflüchtet. Mit unseren elften Klassen hat sie erst kürzlich ein tolles Projekt auf die Beine gestellt. Sie wollte zeigen, dass Pop-Art nicht nur ein weiterer fader Gattungsbegriff aus dem Lehrplan ist, und hat in einer Nacht- und Nebelaktion zusammen mit den Kindern die vielen Bauruinen in Moorach mit selbst entworfenen Graffitis besprüht. Der Bürgermeister ist fast ausgeflippt. Aber dann haben die Schüler mit ihrer Aktion den Wettbewerb ›Unsere Stadt soll schöner werden‹ gewonnen, und Bad Moorach wurde sogar in der Süddeutschen Zeitung vorgestellt. Da konnte natürlich keiner mehr etwas sagen.«

»Was ist denn nun gestern Abend passiert?«

»Frau von der Au und ich sind um exakt Viertel nach zehn vom Lehrerstammtisch aufgebrochen. Sehen Sie hier, die Rechnung: zehn Uhr fünfundvierzig. Ich nehm die Dinger immer mit, manchmal kann man mit dem Sekretariat was drehen, kommt drauf an, welche der Sekretärinnen Dienst hat. Bei Julia haben wir dann noch ein bisschen an ihrem Computer rumgetüftelt. Es gab ein paar Probleme, Daten auf den Schulserver zu laden. Als ich es endlich geschafft hatte, war's schon halb eins, und weil wir beide hundemüde waren, hab ich mich verabschiedet. Ich hatte ja heute in aller Früh Unterricht.«

Herbst konnte nur mit Mühe ein Gähnen unterdrücken, als er sich bei Klausner bedankte. Er rief Moneypenny zu sich, machte ihm ein Kompliment für den lila Schal und bat freundlich um einen starken Espresso. Diesmal erfolgreich.

Allerdings wurde der Kaffee mit Ratschlag statt mit Zucker serviert. »Schätzchen, du solltest wirklich ein bisschen mehr auf deine Kleidung achten. Mit deinen altmodischen Jeans und deiner antiken Lederjacke findest du doch nie eine Frau, zumindest keine, die Wert auf Stil legt.«

Herbst seufzte. Vielleicht hatte Moneypenny ja recht? Worauf Julia von der Au wohl Wert legte? Egal. Er riss sich zusammen und blätterte in seinen Unterlagen. Der Geschäftspartner von Georg Stecher war der Nächste auf seiner Liste. Sein Magen knurrte. Jetzt eine Butterbreze.

»Ich geh zum Bäcker«, bot Moneypenny ungefragt an.

»Danke dir.« Wirklich schade, dass er ein Mann war.

In der Tür wäre sein Assistent fast mit Fabian Gruber zusammengestoßen. »Sie sind aber ein Stürmischer«, grüßte Moneypenny im Vorbeigehen.

»Und, wo waren Sie gestern Abend?«, fragte Herbst nach der obligatorischen Begrüßung.

»So ab acht war ich im Squashtower. Dann bin ich ins Kino gegangen, in die Spätvorstellung. – Ja, allein. – Welcher Film? Also, ich steh nicht so auf Hollywood, Bruce Willis und die Typen. Ich mag gern Regionalfilme. Den Rosenmüller zum Beispiel. ›Wer früher stirbt, ist länger tot‹. Den kennen Sie sicher auch. Oder ›Sommer in Orange‹. Gestern war Premiere seines aktuellen Streifens, den müssen Sie anschauen, Sie würden sich schlapp lachen! Danach bin ich heim, das muss so gegen halb eins gewesen sein.«

Aber Herbst brauchte keine Filmtipps. Viel eher hatte er Lust, den Typen härter anzupacken. »Vermutlich profitieren Sie am meisten von Georg Stechers Tod.«

Gruber war nur einen Moment lang irritiert. »Die Vinothek gehört mir bislang nur zur Hälfte«, erklärte er dann. »Ich glaube nicht, dass mich Georg als Erbe eingesetzt hat, also muss ich seine Frau auszahlen.«

»Haben Sie die Mittel dazu?«

»Das kommt auf meine Bank an.«

»Wieso waren Sie heute fast gleichzeitig mit der Polizei am Tatort?«

»Vormittags kommen immer die Geschäftskunden und Lieferanten«, erklärte Gruber. »Für die normale Kundschaft ist nur am Nachmittag geöffnet. Wobei, normal kann man die auch nicht nennen. Betucht trifft es besser. Wir vertreiben in erster Linie französische Spitzenweine.«

»Wissen Sie, wer Ihnen *›In vino veritas‹* aufs Fenster gesprüht hat?«, unterbrach Herbst, der sich seinen guten Geschmack nicht leisten konnte.

»Die Aufschrift auf dem Fenster war gestern noch nicht da, aber eigentlich ein cooler Slogan für eine Vinothek. Wir – ich sollte das für die neuen Broschüren im Auge behalten. Entschuldigung, das war ziemlich geschmacklos. Ich bin noch immer durcheinander.«

»Wie war Ihre Zusammenarbeit?« Herbst war genervt, bisher hatte das Gespräch noch nicht viel ergeben.

»Georg kümmerte sich um die Kontaktpflege und unsere Partner im Ausland. Ich bin für den lokalen Vertrieb zuständig, unter anderem für die Betreuung unserer Gastro-Kunden in Moorach und Umgebung. Ich habe keine Ahnung, wie das ohne ihn jetzt weitergehen soll. Um ehrlich zu sein, war er der Experte von uns beiden. Ich kann eigentlich nur sagen, ob mir ein Wein schmeckt oder nicht. Dafür bin ich ganz gut mit Zahlen. Wir haben uns ergänzt.«

Als Herbst die Geschäftsreise erwähnte, zuckte Fabian Gruber die Achseln.

»Und wohin sollte die gehen, sagen Sie? Nach Marseille? Aber dort sitzt keiner unserer Handelspartner. Sehen Sie, die Provenzalen sind etwas charakterschwach – ich spreche natürlich von den Reben, nicht von den Menschen. Aus ihnen entstehen robuste, erdige Tropfen, die aber ohne jeden Tiefgang sind – so hat es Georg immer ausgedrückt. Für unseren Markt brauchen wir große Namen aus Bordeaux oder aus dem Burgund. Mit ehrlichen Landweinen verdient man heute nichts mehr. Ich bin sicher, Georg hätte mich informiert, wenn er einen neuen Kontakt aufgetan und eine Verkostung vor Ort geplant hätte. – Sein Auto? Üblicherweise hat er es auf dem Parkplatz der Sparkasse gegenüber geparkt – Sondererlaubnis, er kennt dort jemanden.«

»Haben Sie Georg Stecher gestern Abend noch gesehen?«, wollte Herbst wissen.

»Nein, aber gestern war ich auch gar nicht im Laden. Georg hatte mich gebeten, na ja, nicht dort aufzutauchen. Ich will ja nicht, man soll ja nicht … Also ich glaube, er hatte Damenbesuch. Das kam schon mal vor, er war eben … sehr beliebt.«

»Eine Ahnung, welche Dame?«

Als Gruber den Kopf schüttelte, hatte Herbst genug. Er bedankte sich und rief nach Moneypenny. Zeit für die Butterbrezn.

Sein Assistent pfefferte eine Tüte auf den Tisch. Seine gute Laune war anscheinend dahin. »Ruf jetzt bitte endlich diese Polly Goldman vom Mooracher Anzeiger zurück, Leo. Die Dame baut sonst noch eine Standleitung zu mir auf. Da, siehst du? Es läutet schon wieder.«

»Herr Herbst? Polly Goldman hier vom Mooracher Anzeiger, wir kennen uns vom Tatort. Ich hätte ein paar Fragen an Sie zum Mordfall Georg Stecher. – Wie, das hatte ich befürchtet? Und wann wird die sein, die Pressekonferenz? – Morgen früh? Na, bis dahin kursieren ja dann schon die wildesten Gerüchte. Dann sagen Sie mir doch wenigstens, was in der Pressemitteilung stehen wird, die Sie heute Abend herausgeben – die paar Stunden hin oder her machen doch keinen Unterschied. Die Öffentlichkeit hat ein Recht darauf, zeitnah informiert zu werden, Herr Kommissar. – Wie? Mal ehrlich, was ist denn jetzt noch von Stechers Persönlichkeitsrecht zu schützen, wo doch die ganze Stadt seinen … – Ich versteh Sie ja, aber sehen Sie, wenn ich bis Druckschluss keine seriösen Infos beisammenhabe, dann titelt mein Chef morgen mit ›Ärschlinks himmelwärts‹ oder etwas Ähnlichem. – Sie lachen, aber das ist kein Spaß. Julia, die Frau von Georg Stecher, ist eine gute Freundin von mir, und ich will nicht … – Nein, natürlich sag ich das jetzt nicht bloß so, Sie können sie ja fragen. – Ach, jetzt möchten Sie etwas von mir? Na, das sind doch ausgezeichnete Voraussetzungen für einen Deal, meinen Sie nicht? Dann treffen wir uns doch nach Dienstschluss im Café Lotte.« Es knackte in der Leitung. Die Journalistin hatte aufgelegt.

Herbst knallte den Hörer auf. Er hatte jetzt keine Zeit, sich zu ärgern. Er musste los. Einen weiteren Kondolenzbesuch absolvieren. Diesmal bei einer Witwe älteren Datums: Johanna Stecher, der Mutter des Mordopfers.

Der Spießer bist du!

Er atmete tief durch, tastete hoffnungsvoll in seiner Jackentasche nach der Zigarettenschachtel. Leer. Natürlich, er hatte an diesem Nachmittag so viel geraucht wie die ganze letzte Woche nicht. Er hatte telefoniert, hatte Klinken geputzt und Leute aufs Revier zitiert und trotzdem noch nicht einmal die halbe Liste von Bekannten und Freunden abgearbeitet, die Julia von der Au seinem fleißigen Schreiberlein diktiert hatte. Das Einzige, was er als Fakt verbuchen konnte, war das Alibi von der frisch gebackenen Witwe. Die Erkenntnis erfüllte ihn auf eine seltsame Art mit Befriedigung. Aber war es wirklich so einfach? Ein Alibi allein war schließlich noch nicht die ganze Miete. Aber seine Konzentration begann, ihn im Stich zu lassen. Seine Synapsen brauchten ihren Transmitter. Im Schritttempo fuhr er die Bahnhofstraße entlang und hielt begierig nach einem Zigarettenautomaten Ausschau. Hinter ihm hupte ein weinroter Opel. Im Rückspiegel sah er eine Frau mit großer Jacky-O-Sonnenbrille. Irgendwie kam sie ihm bekannt vor, aber die schwarzen Gläser verdeckten das halbe Gesicht. Sie hupte abermals, während sie hektisch in ihr Telefon sprach und ihm mit einer ungeduldigen Geste klarzumachen versuchte, wo er nach dem Gaspedal suchen solle.

Herbst kurbelte trotz Kälte das Fenster herunter. »Dafür kann ich Ihnen zeigen, wie eine Freisprechanlage funktioniert!«, blaffte er.

Aber die Frau machte sich nicht die Mühe zu antworten. Sie klemmte das Handy zwischen Ohr und Schulter, schenkte ihm eine weitere unzweideutige Geste und setzte zum Überholen an. Auf dem Rücksitz erkannte er zwei kleine Mädchen, die ihm wild schielend die Zunge herausstreckten.

Ganz die Mama, dachte er und parkte am Straßenrand. Ein paar Schritte an der frischen Luft würden ihm guttun, und bis zu seinem nächsten Termin hatte er noch eine Stunde Zeit. Irgendwo in dieser Scheißstadt würden die Nichtraucherschützer vielleicht doch einen einzelnen Zigarettenautomaten stehen gelassen haben, dachte er, während er zügig auf die Altstadt zumarschierte.

Was hatte er bisher erfahren? Dass Georg Stecher eine sehr ambivalente Person gewesen sein musste. Die eine Hälfte der bislang Befragten hatte ihn in den höchsten Tönen gelobt, aber es hatte auch andere Stimmen gegeben. So wie die der Mutter des trotzigen Babysitter-Teenagers, die den Ermordeten als frauenverachtenden Arsch tituliert haben sollte. Etwa eine versteckte Warnung an das Töchterlein, das regelmäßig im Hause Stecher verkehrte? Herbst war sich fast sicher, dass das Mädchen mehr wusste, als es gesagt hatte. Bei Gelegenheit würde er da noch mal nachhaken, vielleicht auch mit der Mutter sprechen müssen. Möglicherweise würde ihn das dem Arsch ja näherbringen.

Außerdem musste er in den nächsten Tagen unbedingt noch einmal mit der Witwe reden, um ein bisschen mehr über den Lebenslauf des Verstorbenen und über eine ganz entscheidende Unstimmigkeit zu erfahren. Wieso hatte Stecher seinem Kompagnon nichts von seinen Reiseplänen erzählt? War das wahrscheinlich? Eigentlich nicht. Es gab nur eine Antwort: Julia von der Au hatte ihm nicht die Wahrheit gesagt. Aber das machte wiederum nur Sinn, wenn sie etwas mit dem Tod ihres Mannes zu tun hatte. Oder? Immerhin konnte Stecher auch einfach vergessen haben, die Reise zu erwähnen. Oder Gruber hatte nicht richtig zugehört, als sein Partner ihn darüber informierte? Oder Gruber log? Vielleicht wollte Stecher ganz privat verreisen, mit einer der Liebschaften, die ihm so zahlreich nachgesagt wurden, und hatte nur seiner Frau gesagt, er werde geschäftlich unterwegs sein? Der Kommissar schüttelte verzweifelt den Kopf und sah im gleichen Moment einen Lichtschein am Ende des Tunnels. Der Lichtschein war viereckig, hing neben der Ladentür eines Bäckers an der Hauswand und führte seine Zigarettenmarke.

Herbst zündete eine Zigarette an und sah auf die Uhr. Langsam wurde es Zeit, das Café zu suchen, das die Lokalredakteurin als Treffpunkt vorgeschlagen hatte. Wenn diese Polly Goldman am

Telefon die Wahrheit gesagt hatte, könnte sie für seine Ermittlungen in doppelter Hinsicht interessant sein: als Freundin der Witwe und als Quelle für jede Art von Lokaltratsch. Am Tatort hatte sie ihn genervt, aber mittlerweile beeindruckte ihn ihre Hartnäckigkeit irgendwie auch. Nicht zuletzt vielleicht deshalb, weil sie ihn an seine eigene Penetranz erinnerte, wenn es darum ging, Dinge zu erfahren, die unter allen Umständen verschwiegen werden sollten.

Und einige Aspekte dieses Falles schienen durchaus Penetranz zu erfordern. Da war zum Beispiel die Mutter des Toten, die sich momentan nicht einmal daran erinnerte, einen Sohn zu haben. Die Pfleger hatten ihn gewarnt, trotzdem hatte er es für richtig gehalten, die nächste Angehörige nach der Ehefrau persönlich zu informieren. Das hätte er sich genauso gut schenken können. Johanna Stecher hatte ihm viel erzählt, unter anderem, dass ihr Mann zu Lebzeiten den Innungspreis für die besten Weißwürste im Landkreis gewonnen hatte. Gleich danach hatte sie um Hilfe gerufen, weil sie den Kommissar für einen Einbrecher hielt. Er seufzte und dachte an seine eigene Mutter. Ein seltsamer Zufall, dass auch Stecher eine senile Mutter hatte. Allerdings stand es um Johanna Stecher deutlich schlechter als um Herbsts Mama. Trotzdem fragte er sich oft, wann wohl der Tag kommen würde, an dem er sie besuchte und sie ihn nicht erkennen würde. Noch hatte sie nur Probleme mit dem Kurzzeitgedächtnis. Sie fragte oft drei Mal innerhalb weniger Minuten, ob er mit dem Auto gekommen sei, ob er schon etwas gegessen habe oder wie es ihm in der Arbeit erginge. An Dinge aus der Vergangenheit erinnerte sie sich hingegen einwandfrei. Deshalb verbrachten sie während seiner Besuche viel Zeit damit, in alten Fotoalben zu blättern. Dabei lief seine Mutter zu Höchstleistungen auf und erzählte ihm ganze Romane aus der Familiengeschichte, unter anderem, wie sie seinen feschen schwedischen Vater kennengelernt hatte, an den wiederum Herbst keine Erinnerung mehr hatte. In den Erzählungen seiner Mutter war Gunnar Herbst so lebendig und präsent, als wäre er eben erst aus dem Zimmer spaziert.

Die Art, wie die alte Frau Stecher von ihrem »Schorsch« gesprochen hatte, erinnerte den Kommissar stark an die Geschichten seiner Mutter, und er war sicher, dass irgendwo in Hannerl Stechers Gehirn auch noch ein paar nützliche Informationen über ihren Sohn verborgen waren. Für den Moment war ihm allerdings noch nicht klar, wie er diese zutage fördern sollte.

Sein Telefon klingelte. »Servus, Moneypenny, was gibt's?«

»Neues vom Arsch«, erwiderte Fred wieder gut gelaunt. Immerhin. »Also, pass auf. Der Doktor war fleißig. Er legt sich auf einen Todeszeitraum zwischen einundzwanzig Uhr dreißig und dreiundzwanzig Uhr dreißig fest. Abgesehen von dem Loch im Herzen war der Tote kerngesund. Der Schuss war sofort tödlich und wurde aus etwa zwei Metern Entfernung abgegeben. Der Doc hat das Projektil entfernt und an die Ballistik weitergegeben. Spätestens morgen kann ich dir also sagen, um was für eine Tatwaffe es sich handelt. Abgesehen von ein paar kleineren Schürfwunden und unspektakulären Hämatomen an Armen, Beinen und Bauch war Stecher unverletzt – aber die hat er auch nicht mehr gespürt. Wahrscheinlich hat er sie sich zugezogen, als ihn der Mörder ins Schaufenster geschleppt und auf das Fass drapiert hat. Hinter den Ohren hat der Doc schwache Abdrücke von den Teufelshörnern gefunden, wir können also davon ausgehen, dass es nicht seine eigenen waren.«

»Sehr witzig.«

»Na, aber was ich eigentlich sagen wollte, ist, dass ihm die Dinger erst nach dem Ableben aufgesetzt worden sind. Auch der Pferdeschwanz hat erst nach Eintritt des Todes seinen neuen Platz bekommen, weshalb wir ziemlich sicher sagen können, dass der Mörder einen sauberen Hau haben muss. Aber das hast du dir vielleicht auch schon selbst gedacht. Und dann steht hier noch etwas von einer dilettantischen Tätowierung auf der linken Schulter, einem etwa zehn Zentimeter großen tanzenden Satyr. Weißt, was das ist?«

Der Kommissar bejahte. »Hatte er das Vieh schon lang?«

»Der Doc meint, es muss auf jeden Fall älter als drei Jahre sein, aber darin ist er kein Experte. Wenn du es genau wissen willst, muss ich mich noch mal schlaumachen.«

»Ich bitte darum. Wenn der Stecher sich das Tattoo als Erwachsener hat machen lassen, sagt das doch einiges über seinen Charakter aus.«

»Und zwar was genau? Ich finde, deine Vermutung sagt eher etwas über deinen Charakter aus: Du bist ein Spießer, Herr Kommissar.«

»Der Spießer bist du, Moneypenny. Ich mein doch nur, dass das Motiv eine deutlich größere Bedeutung für ihn gehabt haben wird, wenn er es sich im Erwachsenenalter, quasi im Vollbesitz seiner geistigen Kräfte, hat stechen lassen. Wenn er aber als Sechzehnjähriger auf pimpernde behufte Lustmolche stand, hat das vielleicht mit seinem heutigen Ich nur noch wenig zu tun.«

»Also ich stand in dem Alter auf Brad Pitt und würd ihn auch heute nicht von der Bettkante stoßen.«

»Vergiss es einfach, Moneypenny, und finde uns einen Experten. Wenn das Tattoo noch nicht so alt ist, kann man vielleicht auch feststellen, wo und von wem es gestochen wurde. Keine Ahnung, ob das wichtig ist, aber was ma ham, des ham ma.«

»Wird erledigt, Chef. Ansonsten hab ich eh nicht viel. Wir wissen noch, dass der Mann kurz vor seinem Ableben Geschlechtsverkehr hatte, der Glückliche. Und dass er ein reinlicher Mensch war, denn er hat danach geduscht. Ach ja, es scheint, als hätte er einen Ring getragen. Am Ringfinger der linken Hand ist ein Abdruck. Allerdings hat die Spusi keinen gefunden. Wart, ich les dir auch gleich noch den Bericht von denen vor, Sekunde …«

»Lass stecken, Moneypenny. Ich ruf dich später noch mal an. Ich bin gestresst, weil ich gleich noch einen Termin und das Lokal noch nicht gefunden hab. Nur noch ganz kurz: Was hältst du von der Sache?«

»Für mich schreit alles nach Eifersucht. Die Hörner, der Schuss ins Herz, die Musik, die Demütigung des Opfers … Ich denke, wir suchen eine verletzte, vielleicht misshandelte Frau, die ihre Rache inszeniert hat. Vielleicht die Unbekannte, mit der Stecher sich vor seinem Tod noch vergnügt hat. Ich meine, es müsste schon ein Weib mit ziemlich viel Schmalz gewesen sein, wenn sie den Toten einmal quer durch den Laden geschleppt und dann hübsch auf das Fass drapiert hat, das sie vorher schon in die Auslage gewuchtet haben muss. Aber wer bin ich, von einem schwachen Geschlecht zu sprechen? Und vielleicht war sie ja nicht allein.«

»Danke, Moneypenny. Ich meld mich dann später noch mal. Ach, wart noch kurz … Kannst du bitte für mich überprüfen, ob der Wagen des Toten auf dem Sparkassenparkplatz oder sonst wo in der Nähe des Ladens steht? Wichtig wäre auch, ob sich irgendeine Art von Gepäck im Auto befindet.«

»Und was ist das für ein Auto?«

»Keine Ahnung, aber du findest das raus. Und schickst du mir noch schnell die Pressemitteilung aufs Handy? Ich sag dir dann gleich Bescheid, ob die so veröffentlicht werden kann. Servus derweil!«

Als hätte er ein paar seiner eigenen Watschen kassiert

Herbst schlug den Kragen seiner Jacke hoch. Der Spaziergang hatte gutgetan, aber auch deutlich gemacht, dass er sich morgen wärmer anziehen musste. Seit seine Mutter den Platz in einem netten Pflegeheim mit Bergblick bekommen und er sich deshalb aufs Land hatte versetzen lassen, waren zwei Jahre vergangen. Die Winter hier waren auch nicht wirklich anders als die in München. Wenn er ehrlich war, bestand der einzige Grund, warum er hier von November bis März konstant leicht erkältet war, darin, dass er sich auf keinen Fall wie ein Landei kleiden wollte. Gefütterte Anoraks waren in seinen Augen genauso provinziell wie Trachtenjanker. Als er noch in München gewohnt hatte, war ihm die Kleiderfrage reichlich wurscht gewesen, da hatte er sich auch nicht extra als Großstädter ausweisen müssen. Doch seit er hier lebte, hatte er das trotzige Bedürfnis, sich modisch als »Zuagroaster« zu markieren, und mit Lederjacke fühlte er sich einfach gleich viel weltmännischer.

Sein Telefon brummte in seiner Gesäßtasche, Moneypenny hatte die Pressemeldung geschickt. Rasch steuerte er den einzigen ihm bekannten Copyshop in der Innenstadt an und ließ sich die Datei ausdrucken. Obwohl er sich selbst nicht als Technikmuffel sah, las er längere Texte lieber auf Papier als auf irgendeinem Display. Er überflog die Meldung. Moneypenny hatte die Fakten in kurzen, verständlichen Sätzen zusammengefasst, perfekt wie immer. Dass am Tatort die Stereoanlage gelaufen war und in Endlosschleife den Song »Highway To Hell« wiedergegeben hatte, hatte sein Assistent jedoch verschwiegen, ebenso wie die Tatsache, dass das Opfer vor seinem Ableben noch Damenbesuch empfangen hatte. Herbst nickte zufrieden und tippte sein Okay ins Handy. Dann machte er sich wieder auf den Weg.

Als er das vereinbarte Café gefunden hatte, merkte er plötzlich, wie hungrig er war. Kein Wunder, für eine richtige Mahlzeit war heute noch keine Zeit gewesen.

Eine nicht gerade zierliche, blinkende Plastik-Muttergottes thronte im Fenster des Cafés. Das grelle Pink des Madonnenmantels war schon von der Straße aus zu sehen und strahlte wie eine vielversprechende Reklame für das seligmachende Himmelreich in das trübe Wintergrau hinaus. Das Ambiente des Café Lotte sprach ihn sofort an. Da er der einzige Gast war, nahm er in einem gemütlichen Ohrensessel Platz, der auf seltsame Art mit dem pastellfarbenen Nierentischchen aus den fünfziger Jahren davor kontrastierte, und studierte die Karte. Es gab hausgemachte Limonaden, eine kleine Auswahl an Weinen und das Bier der örtlichen Brauerei. Er schaute kurz zur Theke: Die große Barista-Kaffeemaschine versprach exzellenten Espresso. Was feste Nahrung anbelangte, war das Angebot leider überschaubar, offenbar verfügte das Café über keine Küche. Herbst entschied sich für die Tagessuppe, die hinter dem Tresen auf einer einzelnen Kochplatte vor sich hin brodelte, und bestellte dazu zwei Laugensemmeln mit scharfer italienischer Salami.

Der Kellner schenkte ihm ein breites Grinsen, indem er zwei strahlend weiße Zahnreihen entblößte, und deutete auf Herbsts rote Ohren und Nase. »Kalt draußen, was?«

Der Kommissar nickte. Der andere lief in einem kurzärmeligen T-Shirt herum, von dem das Konterfei von Bud Spencer verschwörerisch herunterzwinkerte, als wolle es sagen: »Wir sind die richtig harten Kerle.«

Mit gut gelauntem Pfeifen verschwand der Kellner hinter der Theke, um Herbsts Bestellung herzurichten. Es wirkte etwas unbeholfen, wie er sich in dem schmalen Zwischenraum zwischen Tresen und Kühlschrank hin- und herbewegte, was wohl an seinen Muskelpaketen lag, die er offenbar ständig anspannen musste. Dabei verbeulte sich Bud Spencers Gesicht, als hätte er ein paar seiner eigenen Watschen kassiert. Herbst beeilte sich, seine Jacke auszuziehen. In dieser Runde wollte er auf keinen Fall als Warmduscher dastehen.

Die Tür flog auf, und mit einem Schwall kalter Februarluft wehte eine dünne Person in einer dicken pinkfarbenen Daunenjacke herein. Noch bevor sie die Tür wieder schloss, rief sie den zwei bärenstarken Typen hinter der Theke ihre Bestellung zu. »Beppo-Schatz, ich brauch einen Riesen-Cappuccino mit fettarmer Milch – weißt eh! Ach, und weil's schon nach fünf ist, nehm ich –«

»Auch noch einen Grappa dazu«, ergänzte Beppo-Schatz mit seinem Perlweiß-Grinsen.

Die Frau lächelte ertappt und schälte sich aus ihrer Jacke. Herbst musste sich eingestehen, dass es auch Anoraks gab, die ihre Träger nicht automatisch als Landeier auswiesen.

Er erhob sich und ging auf die Reporterin zu, die ihn erst zu bemerken schien, als er ihr schon die Hand entgegenstreckte. »Nachdem unsere bisherigen Begegnungen von Eile geprägt waren, freue ich mich umso mehr, mich Ihnen endlich in Ruhe vorstellen zu können. Leo Herbst.« Er deutete eine kleine Verbeugung an. »Oder der, der das Gaspedal nicht findet. Und Sie sind Polly Goldman, die rasende Reporterin mit der großen Sonnenbrille. Ich hab Sie am Stinkefinger erkannt.«

Zu seiner Überraschung wirkte die Journalistin nicht im Geringsten verlegen, sondern lächelte entwaffnend. »Und ich dachte, wenigstens die Polizei kann Autofahren«, erwiderte sie mit einem Achselzucken. »Oh, ich sehe, Sie haben sich meinen Sessel ausgesucht. Macht es Ihnen etwas aus, einen weiterzurutschen?« Und schon ließ sie sich auf den von Herbst vorgewärmten Platz fallen.

Verwundert zog der Kommissar seine Jacke von der Lehne des Ohrensessels und nahm auf dem Stuhl gegenüber Platz. Polly Goldman hatte bereits ein schmales Diktafon aus ihrer wildledernen Umhängetasche gekramt und auf dem kleinen Tischchen zwischen ihnen positioniert. Sie zückte einen zusätzlichen Notizblock und sah Herbst erwartungsvoll an. Er verkniff sich ein Grinsen. Sie schien sogar noch eifriger zu sein als erwartet. Dabei wirkte ihr Engagement in keinster Weise aufgesetzt.

»Frau Goldman«, begann er vorsichtig, »es tut mir leid, wenn ich mich am Telefon missverständlich ausgedrückt habe. Es wird kein Interview mit dem Kommissar zum spektakulären Leichenfund in Moorach geben. Ich habe dem Treffen zugestimmt, weil

Sie mir glaubhaft versichern konnten, mir einige Informationen zu dem Toten zukommen lassen zu können.«

»Ich würde unser Treffen gern als eine Art Informationsaustausch betrachten«, erwiderte Polly keck. »Mir ist klar, dass es für mich keine Extrawurst gibt, Herr Kommissar. Aber so etwas wie eine Wurst für d' Hand sollte schon drin sein.«

Herbst lächelte. Den Ausdruck hatte er das letzte Mal in seiner Kindheit gehört. Als Bub hatte ihm der Metzger immer ein Radl Gelbwurst zum Gleichessen über die Theke gereicht, die sogenannte »Wurst für d' Hand«. Ob die Kids von heute wohl *»slice to go«* dazu sagten?

Bud Spencer kam an den Tisch zurück und servierte die Getränke nebst den beiden Laugensemmeln. Die Suppe hatte er wohl vergessen.

Gierig biss Herbst in eines der belegten Brote. »Ich mache Ihnen einen Vorschlag, Frau Goldman«, sagte er kauend. »Sie stecken das Diktiergerät wieder ein, und wir unterhalten uns einfach ein bisschen. Ich verspreche auch, dass Sie so viel erfahren werden, wie Sie für Ihren Aufmacher morgen brauchen. Einverstanden?«

»Einverstanden. Aber ich erzähle Ihnen keinen Tratsch über meine Freundin Julia, falls Sie sich das erhofft hatten.«

»Objektivität kommt mir sehr entgegen«, sagte Herbst. »Lassen Sie uns so anfangen: Was können Sie mir über das Opfer sagen?«

»Wahrscheinlich nichts, was Sie nicht schon wissen. Georg Stecher war ein Ur-Mooracher. Er ist hier geboren und hat fast sein ganzes Leben hier gewohnt. Seine Eltern hatten eine gut gehende Metzgerei. Nach dem Tod seines Vaters wollte Stecher den Laden verkaufen. Ich glaube, er machte sich nix aus Würsten. Aber anscheinend hat er wohl keinen geeigneten Käufer gefunden, er hat ihn erst mal verpachtet und ihn dann irgendwann in die Vinothek umgewandelt. Seiner Mutter hat das fast das Herz gebrochen. Die lebt noch, ist aber inzwischen nicht mehr ganz – na ja, ganz frisch im Kopf. Sie wohnt im Stift.«

Herbst nickte. »Ich hatte bereits das Vergnügen mit Johanna

Stecher. Sie wollte mich verhaften lassen, weil sie gedacht hat, ich sei ein Räuber.«

»Na, ich hoffe, Sie waren gleich zur Stelle, um sich selbst in Gewahrsam zu nehmen.« Polly grinste. »Aber im Ernst, viel mehr weiß ich auch nicht. Ich bin zwar hier zur Schule gegangen, war dann aber recht schnell weg – Angst vor dem Provinzmief. Ich weiß nur, dass Stecher nach dem Abi in München studiert hat. Irgendwas Schöngeistiges. Ich recherchiere seinen Lebenslauf gerade für seinen Nachruf in der Zeitung, hab aber noch nicht herausgefunden, ob er je einen Abschluss gemacht hat. Seit er wieder in Moorach lebte, also seit etwa fünf Jahren, hat er gern den Bohemien gegeben. Er war sehr stolz auf sich als Geschäftsmann und Kunstkenner.«

»Das klingt alles nicht übermäßig sympathisch«, bemerkte Herbst.

»Stimmt. Ich habe nie so recht verstanden, was Julia an ihm fand. Ich denke, er war einfach nur ein selbstverliebter Angeber, aber ich kannte ihn wie gesagt auch nicht besonders gut. Soweit ich weiß, hatten die beiden überhaupt keinen gemeinsamen Freundeskreis. Wenn wir uns trafen, war Stecher meist nicht dabei. Und umgekehrt hatte ich immer den Eindruck, dass Julia mit seinen Spezln nicht besonders viel anfangen konnte. Einer davon ist übrigens mein Chefredakteur.«

»Der mit den intelligenten Schlagzeilen?«

»Genau der. Man sollte meinen, er würde wenigstens beim Tod seines Freundes versuchen, seriös zu arbeiten. Aber ich glaube, er erhofft sich mit der Geschichte den großen Durchbruch. Dass sie im Verlag in München endlich mal Notiz von ihm nehmen und ihn vielleicht zu einem Lifestyle-Heft versetzen.«

»Bedauernswert ehrgeizige Kreatur«, bemerkte Herbst. »Aber kommen wir zurück zu unserem Toten. Was können Sie mir noch sagen?«

»Es scheint, dass Stecher eine Schwäche für Frankreich hatte und wohl eine Weile dort gelebt hat, um Sommelier zu werden. Aber auch dazu fehlen mir noch einige Infos, die ich für den Nachruf bräuchte. Bisher war ich noch nicht bei Julia. Wissen Sie, es ist bestimmt nicht leicht für sie, vor allem wegen der Kinder. Da wollte ich nicht mit meinen blöden Fragen daherkommen ...«

»Wie war denn die Ehe der beiden?«

»Tut mir leid, Herr Kommissar, aber dazu müssen Sie Julia schon selbst fragen. Das Thema fällt eindeutig in die Kategorie Tratsch.«

»Verstehe. Aber mir wurde ohnehin schon so einiges zugetragen.«

»Zum Beispiel, dass der Stecher unsere ehrenwerte Stadträtin Ziermayr ge..., also dass er ein Verhältnis mit ihr hatte?«

»Zum Beispiel das«, log Herbst. »Was halten Sie von dem Gerücht?«

»Netter Versuch, Herr Kommissar. Ich werde nichts weitergeben, was das Privatleben meiner Freundin auch nur indirekt betrifft.«

»Das muss ich dann wohl so akzeptieren. Können Sie mir aber vielleicht noch sagen, ob der Tote Ihrer Meinung nach auf Hardrock stand?«

»Auf Hardrock? Hm, keine Ahnung. Ich weiß nur, dass Julia so was mag. Aber Stecher?«

»Schon gut. Und vielen Dank, Frau Goldman. Das war ein sehr interessantes Gespräch.« Herbst schob seinen leeren Teller zurück und legte Geld auf den Tisch. »Sie sind eingeladen.«

»Was soll das denn? Was heißt hier überhaupt war?«, protestierte Polly. »Was ist mit den Spezialinfos für meinen Aufmacher?«

»Ach, stimmt ja.« Herbst erhob sich, zog seine Jacke an und schob mit einem verschwörerischen Zwinkern Moneypennys Pressemeldung über den Tisch. »Auf der zweiten Seite fehlt ein Komma«, sagte er im Gehen.

Mooracher-Anzeiger.de – Community: Unsere Stadt sucht einen Mörder

Jetzt einloggen, mitdiskutieren und gewinnen!

Am Dienstagmorgen entdecken Passanten den Weinhändler Georg Stecher tot in seinem Schaufenster. Ausgezogen, ausgestellt und ausradiert. Bad Moorach, eine Stadt, in der man seines Lebens nicht mehr sicher ist? »Der Mörder ist unter uns«, sagt Marinus Forster, Chefredakteur des Mooracher Anzeigers.

Kommentare:

Spitzenkandidat♀ • vor 53 Minuten
Wieso suchen wir einen Mörder, vielleicht war es eine Mörderin? Liebe und Eifersucht sind die stärksten Motive überhaupt. Ich tippe auf die Ehefrau. Die Mistmatz.

Anubis • vor 49 Minuten
Frauen können grausam sein.

Spitzenkandidat♀ • vor 45 Minuten
Weil ihnen manchmal nichts anderes übrig bleibt.

Die Walküre • vor 44 Minuten
Ich bin entsetzlich traurig. In was für einer Welt leben wir überhaupt? Und der Georg war so ein guter Mensch. Immer höflich, immer charmant. Gebildet. Männer wie ihn trifft man nicht jeden Tag …

Wutbürger • vor 43 Minuten
Quatsch. Ein Hurenbock war er. Nennen wir das Kind doch beim Namen. Nicht einmal vor verheirateten Frauen hat er haltgemacht. Und jetzt tun alle so erschüttert. Verlogene Bagage! Ich wette, viele sind froh, dass es ihn nicht mehr gibt.

Spitzenkandidat♀ • vor 42 Minuten
Du auch? Eifersucht? Am Ende warst du es ja …

Lonesome Cowboy • vor 40 Minuten
Wir wollen doch sachlich bleiben. Für mich riecht die ganze Inszenierung stark nach Mafia.

Gaudibursch38 • vor 30 Minuten
Ganz bestimmt. Die Mooracher Camorra! Ihr habt's doch alle einen an der Klatsche. Wir müssen nach dem Motiv fragen. Schließe mich Spitzenkandidat♀ an: Es war ein Eifersuchtsdrama.

Lonesome Cowboy • vor 29 Minuten
Also doch die Ehefrau?

Die Walküre • vor 25 Minuten
Ich denke, sie hat gemerkt, dass sie ihrem Mann nicht das geben konnte, was er brauchte. Er hatte zwar eine Seelenverwandte, aber mit der war er nicht verheiratet …

Anubis • vor 20 Minuten
Seine Frau ist so schön. Ich glaube, sie ist unschuldig.

Spitzenkandidat♀ • vor 19 Minuten
Wusstet ihr, dass er manchmal ganz schwermütig geworden ist? Wenn er besoffen war. Ich glaube, er hatte Angst vor etwas.

Lonesome Cowboy • vor 18 Minuten
Vielleicht gab es ja ein dunkles Geheimnis in seiner Vergangenheit, das ihn jetzt eingeholt hat? Irgendwas mit der Mafia …

Spitzenkandidat♀ • vor 17 Minuten
Ich sag: Seine Frau hat ihn in flagranti erwischt und ist dann durchgedreht. Des hat ma eben davon, wenn man so a Zuagroaste ehelicht!

Anubis • vor 16 Minuten
Ich glaube, er war auch nicht immer nett zu ihr.

Die Walküre • vor 15 Minuten
Ihr solltet nicht so über ihn reden. Der Georg war ein guter Mensch. Der beste. Er hätte ein Denkmal verdient. Es war so viel Liebe in ihm. Vielleicht können wir ja eine Straße nach ihm benennen? Ich bin dafür.

Gaudibursch38 • vor 10 Minuten
Ich schlage vor: die Straße der Liebe.

Wutbürger • vor 8 Minuten
Klingt irgendwie nach Straßenstrich.

Go fuck yourself!

Polly rieb sich die Augen. Hinter ihr lag das übliche Abendprogramm, dessen Hauptdarstellerinnen ihre Töchter waren. Beide waren Meisterinnen ihres Faches, wenn es darum ging, das Einschlaf-Ritual in die Verlängerung zu spielen. Auch heute waren aus einer Gute-Nacht-Geschichte wieder drei geworden, hinterher musste Ella im Fünf-Minuten-Takt Pipi, was sie mit den Worten »Mama, ich muss pissen!« ankündigte, und Olivia hatte nach der zweiten Flasche Milch angeblich immer noch Durst. Dass sie heute Nacht die Windel »vollpissen« würde, war irgendwie vorhersehbar. Die Schuld dafür, dass die kleinen Mädchen über ein außergewöhnlich großes Repertoire an Kraftausdrücken verfügten, trug Opa Enzo. Er brachte ihnen unanständige Reime bei und ermunterte sie diesbezüglich auch zu eigener Kreativität. Polly erinnerte sich widerwillig schmunzelnd an eine Szene im Supermarkt, als die sprachbegabte Ella Pollys etwas beleibte Nachbarin Frau Jäger an der Kasse mit den Worten begrüßt hatte: »Ist das nicht die Jägersfrau, die dicke, fette Sau?«

Natürlich hatte sich Polly wie jeden Abend vorgenommen, ihre Töchter konsequent ins Bett zu bringen und sich nicht durch Geschrei und Tränen erpressen zu lassen. In anderen Familien klappte das Einschlafen doch auch, zumindest, wenn man den Erzählungen der Supermütter aus der Kinderkrippe Glauben schenkte. Alle anderen Kinder schliefen schnell ein, bis zum Morgen durch und machten selbstverständlich auch beim Essen keine Zicken. Nur Pollys Kinder nicht. Dabei konnten Ella und Olivia am allerwenigsten dafür, es musste an ihr liegen. Sie war die Erwachsene, sie sollte alles im Griff haben. Stattdessen legte sie in regelmäßigen Abständen pädagogische Vollbremsungen hin, so wie vorhin, als sie Ella entnervt ins Bett gepfeffert und Olivia angedroht hatte, ihr erst den Hintern zu versohlen und sie dann an die hungrigen Eisbären am Nordpol zu verfüttern.

Pollys Nerven waren nach einem Tag wie diesem zum Reißen

gespannt. Sie musste unbedingt zur Ruhe kommen. Autogenes Training vielleicht? Es reichte wirklich, dass sie ihre energievollen, eigenwilligen Mädchen regelmäßig Quälgeister, Heulbojen oder Krawallschwestern nannte und sie aufforderte, die Klappe zu halten. Grobe Fehler, wie sie aus Erziehungsratgebern wusste, von denen hatte sie eine ganze Reihe in ihrer überladenen Billy-Bücherwand stehen.

Sie wollte nur noch weg. Allein. Und dabei wollte sie doch eigentlich nur allen gerecht werden, ihren Mädchen, ihrem Mann und ihrem Beruf – beziehungsweise dem kläglichen Rest, der davon noch übrig geblieben war. Vom Haushalt ganz zu schweigen. Der blieb meistens auf der Strecke – so wie sie selbst. Jack war keine große Hilfe. Das Versprechen, sich einen anderen Job zu suchen, sobald sie Kinder hatten, war in dem Moment vergessen gewesen, in dem er es gegeben hatte. Stattdessen war er Offizier geworden. Wie hatte es Enzo damals nur geschafft, sie allein großzuziehen? Der Mann verdiente Respekt, sie sollte nicht immer so streng mit ihm sein. Und sie selbst musste endlich geduldiger werden. Mit allen und allem. Sie hatte die süßesten Töchter der Welt, sollten sie doch einschlafen, wann sie wollten. Polly wischte sich eine Träne aus dem Auge. Das war Jacks Vorschlag und gleichzeitig sein einziger Beitrag zum Thema gewesen. Aber ihr Mann musste die Abende zu Hause auch nicht wie sie nutzen, um zu arbeiten. Seit der Tagesschau saß er bequem auf dem Sofa und wartete darauf, dass Polly sich zu ihm gesellte. Wie er sich den Rest des Abends vorstellte, hatte er ihr im Vorbeigehen ins Ohr gehaucht, als sie sich abmühte, der widerborstigen Ella die Zähne zu putzen. *»Let's fuck when they are asleep. You really need it. It will help you to relax.«*

»Du kannst mich mal.«

»Und genau darum geht es mir, *honey*.« Er hatte sie geküsst und war weg gewesen. Wie auch immer, obwohl seine Qualitäten am heimischen Krisenherd zu wünschen übrig ließen, liebte sie ihn. Vielleicht würde sie später auf sein Entspannungsangebot zurückkommen, aber jetzt musste sie arbeiten. Dringend.

Sie dachte an ihren Chef. Wollte sich lieber nicht vorstellen, wie er sich nach dem Schafkopfstammtisch in der Sauna geräkelt und sich darauf verlassen hatte, dass sie seine Arbeit erledigen würde. Wie so oft war aus dem Zuarbeiten ein Vollzeitjob geworden. Sie hatte den Aufmacher für die Lokalseite allein geschrieben, was ihr eigentlich sehr gelegen gekommen war. Sie war kein Teamworker – und schon gar nicht, wenn das Team außer ihr nur noch aus ihrem profilneurotischen Chef bestand. Polly war zufrieden mit ihrer Geschichte. Auch wenn der Kommissar sie gelinkt hatte, war die Pressemeldung sehr brauchbar gewesen. Noch im Café hatte sie den Text fertig geschrieben und rechtzeitig vor Druckschluss zur Freigabe an Forster geschickt.

Das Ergebnis ihrer Arbeit lag bereits in Form der Zeitung von morgen vor ihr auf dem alten Eichentisch. Bevor ihr Apple-Laptop das massive Möbel zum Schreibtisch befördert hatte, hatte es in einer bayerischen Wirtschaft gestanden. Polly mochte ihren Arbeitsplatz, der die Spuren zahlloser Maßkrüge trug. Sie stellte sich gern vor, was an diesem Tisch schon alles diskutiert und ausgehandelt worden war. Außerdem bildete das alte Möbel einen schönen Kontrast zu nüchternen, aber praktischen Lagerregalen aus Metall, die den Hauptbestandteil der Einrichtung ihres kleinen Büros ausmachten.

Sie fuhr den Rechner hoch, um die Ergebnisse ihrer heutigen Recherchen aus dem Notizbuch in eine Datei zu übertragen. Während sie wartete, dass der Computer bereit war, faltete sie den Vorabdruck der morgigen Ausgabe des Mooracher Anzeigers auseinander und blätterte von der Politik bis zum Regionalteil. Keine zwei Minuten später sprang sie von ihrem rückenfreundlichen Bürostuhl auf. »Scheiße! Dieses unfähige Arschloch! Dieser Provinz-Cowboy!«

Marinus Forster hatte nicht nur in ihrem Artikel gewütet, sondern auch noch seinen Namen daruntergesetzt. Pollys sachliche Schlagzeile hatte Forsters Fabulierlust nicht überlebt. »Ausgezogen, umgebracht, entwürdigt. Die Kunst des Mordens auf dem Kunstpfad!«, stand jetzt da. Polly zerknüllte die Zeitungsseite. Wut kochte in ihr hoch, sie brauchte dringend frische Luft. Mit einem entschlossenen Ruck riss sie ihre neue rote Designer-Strickjacke vom Drehstuhl. Das gute Stück hatte ihr Konto noch weiter in die Miesen getrieben, doch getreu ihrem Motto »Geld muss Freude machen« hatte sie das schlechtes Gewissen an der Kasse abgeschüttelt. Und jetzt konnte sie die Jacke sogar brauchen. Es war bitterkalt auf dem kleinen Balkon.

Polly atmete tief durch und pustete weiße Kondenswölkchen in die Luft. Wahrscheinlich sollte sie wirklich endlich kündigen. Wieso sollte sie für einen Vollidioten wie Forster und sein Provinzblatt bis an die Grenzen ihrer Belastbarkeit gehen? Noch während sie darüber nachdachte, wusste sie, dass Kündigung keine Option war. Sie wollte diese Story weder ihrem Chef noch sonst wem überlassen.

Ich werde den Mörder finden, schwor sie sich. Der Moment hatte etwas Feierliches, und gleichzeitig kam sie sich kindisch vor. Sie lehnte sich auf die Balkonbrüstung und schaute abwesend auf das Nachbargrundstück mit der Ruine des ehemaligen Nobelhotels Königshof hinüber. Früher war hier die High Society zum Kuren abgestiegen, heute waren die Flügeltüren der ehemals ersten Adresse am Platz vernagelt. Trotzdem schien das alte Gebäude von Zeit zu Zeit belebt – so wie heute. Hinter den matten Fensterscheiben tanzten Lichtreflexe, und durch die alten Ziegelwände hämmerte ein harter Rhythmus. Polly vermutete, dass Jugendliche in dem alten Gemäuer eine illegale Party feierten, und störte sich nicht daran. Das Kinderzimmer mit den schlafenden Mädchen lag auf der anderen Seite der Wohnung. Ein paar Wortfetzen verirrten sich zu Polly auf den Balkon. Vermutlich standen Kids zum Rauchen auf der verwilderten Fläche zwischen dem Hotel Königshof und dem Mehrfamilienhaus, in dem die Goldmans wohnten. Nikotinschwaden begleiteten die Geräusche in den zweiten Stock hinauf. Angeekelt verzog Polly das Gesicht und flüchtete zurück ins warme Zimmer. Es war Zeit, sich um den nackten Arsch auf ihrer Festplatte zu kümmern.

Der Nachruf war eine Herausforderung. Zwar waren Julia und sie befreundet, aber zu Stecher hatte sie kaum Kontakt gehabt. Irgendwie würde er dem Nest fehlen, da hatte ihr Chef schon recht, er war ein guter Weinhändler und eine amüsante Figur im Kleinstadtleben gewesen, wenn auch kein Sympathieträger. Was Julia wohl gerade fühlte? Trauer? Polly hatte noch keine Gelegenheit gehabt, mit ihr zu sprechen. Aus irgendeinem Grund war sie bei solchen Anlässen immer etwas zögerlich, auf den oder die Angehörigen zuzugehen. In keinem Fall wollte sie aufdringlich sein. Also hatte sie Julia nur eine kurze SMS geschickt, ob sie ihr irgendwie helfen könne. Eine Antwort hatte sie bisher nicht erhalten, und jetzt war es gleich Mitternacht, in jedem Fall zu spät, um anzurufen. Sie würde sich morgen bei Julia melden.

Polly setzte sich an den Computer und öffnete die Fotodateien. Da hing er, der Georg Stecher, wie ein nasser Sack über seinem Weinfass. Irgendetwas begann an ihrem übermüdeten Hirn zu nagen. Sie betrachtete das Bild aufmerksam. Wieso hatte sie bei seinem Anblick nur die ganze Zeit das Gefühl, sich in einem Déjà-vu zu befinden?

Sie zoomte das lange Haarbüschel heran, das aus der Poritze herauszuwachsen schien. Dann ein Klick, und die Nahaufnahme einer Tätowierung füllte den Bildschirm. Der Satyr auf der Schulter des Toten zeugte von Humor und Bildung, war aber schlampig gestochen worden. Müde gab Polly ihrem Computer den Befehl, das nächste Bild zu öffnen, und begann, die Fotos auszudrucken. Sie musste nachdenken. Sie massierte ihre Schläfen und überlegte, wie sie morgen vorgehen sollte. Sie hatte nicht wirklich Lust, den Nachruf zu schreiben. Lobhudeleien über jemanden, den sie kaum kannte, lagen ihr nicht. Aber es half alles nichts. Mit etwas Glück fand der Chef die Sache genauso langweilig wie sie und würde wenigstens nicht groß in ihrem Text herumstreichen. Sie musste nur darauf achten, ihn oft genug als »besten Freund des Opfers« zu zitieren, dann würde er sich schon zurückhalten. Zum Glück hatte sie noch etwas Zeit. Von dem freundlichen Assistenten des Kommissars hatte sie erfahren, dass die Leiche noch nicht freigegeben war und damit auch noch kein Termin für die Beerdigung feststand. Forster hatte angeordnet, dass der Nachruf am Tag nach der Beisetzung ins Blatt sollte. Logisch war das nicht, aber Polly würde einen Teufel tun, um sich die Deadline selbst zu verkürzen.

Nachdenklich betrachtete sie die Bilder vom Tatort, die nun auf dem Tisch verstreut lagen. Was bist du für ein Mensch gewesen?, fragte sie Stecher stumm. Was hast du getan, dass dich jemand auf diese Weise zum Teufel geschickt hat?

Polly drehte sich um und kramte in ihrer Handtasche nach einem Labello. Mitten in der Bewegung hielt sie inne. »Zum Teufel geschickt …«, murmelte sie, dann wusste sie es. Sie saß ganz still da. Überlegte, was diese Erkenntnis für eine Bedeutung haben würde. War es überhaupt eine Erkenntnis? Was, wenn sie sich irrte? Unwahrscheinlich. Die Parallelen waren zu deutlich. Gruber hatte recht gehabt, auch wenn die Szene nicht aus einem Buch oder einem Film stammte. Ob sie den Kommissar anrufen sollte? Zögerlich nahm sie ihr Telefon zur Hand. Nein, wieso sollte sie ihm helfen? Sie könnte ihm morgen immer noch eine Pressemitteilung zukommen lassen. Stattdessen wählte sie Julias Nummer. Mitternacht hin oder her, die Sache duldete keinen Aufschub.

»Wir treffen uns in zehn Minuten bei Charlotte«, schärfte sie der müden Stimme am anderen Ende der Leitung ein, schlüpfte in ihre trendigen Lederstiefel – auch hier hatte sich Geld in Freude verwandelt – und griff ihren Mantel.

»Baby, where are you going? Don't you wanna fuck?«, hörte sie Jack noch flüstern, als sie schon die Haustür hinter sich zuzog.

»Liebling, *go fuck yourself.*« Polly hatte jetzt wirklich ein anderes Problem.

Du warst es, stimmt's?

Sie fuhr viel zu schnell, aber das Tempo half ihr, sich zu konzentrieren. Vor Charlottes Haustür stieß sie mit einer blassen Julia zusammen.

»Alles klar?«, fragte sie angespannt. Und als ihr bewusst wurde, dass sich das angesichts der Lage reichlich blöd anhörte, schob sie rasch hinterher: »Wie geht's den Kindern?«

»Meine Mutter ist da. Die zwei sind deshalb ganz aus dem Häuschen. Alles andere verstehen sie noch nicht«, erklärte Julia müde. »Was zum Teufel tun wir hier?«

Polly antwortete nicht und drückte stattdessen auf die Klingel. Die beiden Frauen quetschten sich nebeneinander die enge Treppe zu Charlottes Wohnung hinauf. Auf halbem Weg ging das Licht im Flur aus, und Polly wäre um ein Haar gestolpert, hätte Julia sie nicht geistesgegenwärtig gehalten. Es war nicht das erste Mal, dass Polly sich wunderte, wie kräftig ihre zierliche Freundin zupacken konnte. Im dunklen Treppenhaus lief ihr ein kalter Schauer den Rücken hinunter. Blöde Kuh, schalt sie sich selbst in Gedanken.

Oben ging die Tür auf, und Charlotte blinzelte verschlafen aus einem lindgrünen Morgenmantel. »Macht's nicht so einen Krach. Ich hab schon genug Probleme mit den Nachbarn, weil die Nora immer so laute Scheißmusik hört.« Sie zog die beiden in die Wohnung und umarmte Julia. »Wie geht's dir, Süße? Kommt's rein, ich hab schon einen Wein aufgemacht.«

Polly fühlte sich unbehaglich. Im Vergleich zu ihr verhielt sich Charlotte großartig. Sie war einfühlsam, traf stets den richtigen Ton und fragte sich wahrscheinlich nie, welches Verhalten in einer Situation angebracht war und welches nicht. Sie machte einfach. Ihre Herzlichkeit war ehrlich. Naiv, aber ehrlich.

Und sie selbst? Sie war eine Scheißfreundin. Was hatte sie sich überhaupt dabei gedacht? Wieso hatte sie nicht einfach eine Nacht darüber geschlafen? In Charlottes behaglich warmem

Wohnzimmer kam ihr alles plötzlich total abwegig vor. Julia hockte in eine Decke gehüllt auf dem durchgesessenen Blümchensofa und nahm eben ein bauchiges Glas Rotwein entgegen, das Charlotte fürsorglich bis kurz unter den Rand gefüllt hatte. Die plauderte leichthin über irgendein Missgeschick, das ihr heute bei der Arbeit im Hotel unterlaufen war, und entlockte der durchsichtig wirkenden Julia sogar den Ansatz eines Schmunzelns.

Polly schloss die Augen und atmete tief durch. Was würde sie darum geben, wenn sie sich jetzt einfach gepflegt mit den Mädels betrinken könnte. Wenn es keinen toten Stecher gäbe und sie morgen in der Arbeit einfach irgendeine saublöde Geschichte über das hundertjährige Jubiläum der Kleingartenfreunde schreiben könnte. Wenn sie diesen nackten Arsch im Schaufenster nie gesehen hätte und – vor allem – nicht wüsste, wer der Mörder war.

Polly räusperte sich, und bevor sie es sich noch mal anders überlegen konnte, sagte sie laut: »Du warst es, stimmt's?« Ihre Stimme klang fremd und belegt.

Es dauerte eine Weile, bis Julia und Charlotte reagierten. Unverständnis sprach aus ihren Gesichtern.

Jetzt gab es kein Zurück mehr. Polly holte Luft. »Es hat eine Weile gedauert, bis ich es kapiert habe, aber es liegt auf der Hand. Du hast ihn umgebracht, Julia. Du hast immer gesagt, du würdest es tun, und einmal hast du sogar beschrieben, wie du es machen würdest.«

»Spinnst jetzt total?«, fuhr Charlotte sie an.

Polly knallte die Fotos vom Tatort auf den Tisch. »Ich spinn ganz sicher nicht. Da, schau dir das an. An was erinnert dich das?«

Charlotte warf ihr einen vorwurfsvollen Blick zu, sah sich aber dann die Bilder an. »Jedenfalls steht ihm der Pferdeschwanz im Arsch definitiv besser als am Kopf.« Sie wandte sich an Julia. »Aber deshalb wirst ihn ja nicht gleich abgemurkst haben, oder? Ich mein, weil dir seine Frisur gestunken hat?«

»Ich find's echt nicht witzig, Leute.« Polly rang um Fassung. »Meint ihr denn, mir macht es Spaß, mitten in der Nacht meine Freundin des Mordes an ihrem Mann zu bezichtigen?«

»Dann lass es doch einfach bleiben«, schlug Charlotte vor. Sie nahm einen großen Schluck aus ihrem Weinglas, dann blätterte sie weiterhin interessiert die Fotos durch, als wären es Urlaubsbilder und nicht Ablichtungen einer Leiche.

Julia schwieg. Sie starrte in ihr Weinglas, gähnte. Minuten vergingen.

Polly betrachtete sie aufmerksam. Vielleicht steht sie noch unter Schock? Womöglich hätte ich etwas sensibler vorgehen müssen? Wenn sie ihn umgebracht hat, muss das irgendetwas in ihr kaputt gemacht haben. Was, wenn sie jetzt zusammenbricht?

Plötzlich regten sich Zweifel in ihr. Hatte sie wirklich das Richtige getan? Und wenn ihre Freundin ihren Mann ermordet haben sollte, wollte sie das dann wirklich wissen? War es nicht vielmehr so, dass irgendeine blöde Berufskrankheit sie immer wieder dazu brachte, Fragen zu stellen, auf die sie eigentlich lieber keine Antwort erhalten wollte? Sie war ein Trampel. Unsicher musterte sie Julia. Das Schweigen war fast noch unangenehmer als die Fragen, die ihr auf der Zunge brannten. »Julia, hör zu, ich bin hier. Ich bin nicht zur Polizei gegangen, aber wir müssen darüber reden. Du musst darüber reden …« Sie geriet ins Stocken.

Julia sah auf und warf ihr einen kühlen Blick zu.

»Ich weiß, was du meinst«, sagte Charlotte plötzlich und starrte auf eines der Fotos. Ungläubig blickte sie zwischen Polly und Julia hin und her. »Des gibt's doch nicht. Julia, sag, dass das nicht wahr ist!«

Julia schwieg.

»Antworte endlich!« Charlotte war kurz davor zu explodieren. »Warst du's?«

Im Raum hätte man eine Stecknadel fallen hören können, aber stattdessen quietschte leise die Wohnungstür. Als hätte sie nur auf dieses Signal gewartet, sprang Charlotte auf. Wahrscheinlich musste sie einfach irgendwie die innere Spannung entladen, die sich in den letzten Minuten in ihr aufgebaut hatte. Sie eilte in den Flur. Als sie zurückkam, zog sie eine widerspenstig zappelnde Nora hinter sich her.

»Wo kommst du jetzt her, junge Dame?« Charlotte baute sich bedrohlich vor ihrer Tochter auf.

Die Arme, dachte Polly. Eigentlich ist der Wutausbruch gar nicht für sie bestimmt, aber sie bekommt alles ab. Typischer Fall von Zur-falschen-Zeit-am-falschen-Ort. Es war feige und unfair, trotzdem dankte Polly Nora im Stillen, dass sie zumindest für einige Minuten als Ventil herhalten und die Endgültigkeit von Julias Antwort aufschieben würde.

Nora versuchte, sich unbeeindruckt zu zeigen. Trotzig starrte sie auf die Spitzen ihrer Plateaustiefel.

»Wo bist du gewesen?«, wiederholte ihre Mutter die Frage, die angesichts des vorangegangenen Gespräches eigentlich gerade so unwichtig war wie sonst nur was.

»Ich war mit Freunden unterwegs«, gab Nora zurück.

»Mit Freunden? Unterwegs?«, blaffte Charlotte. »Willst du mich verarschen? Es ist weit nach Mitternacht. In ganz Moorach gibt es nicht einen Laden, der nicht schon vor zwei Stunden dichtgemacht hätte. Und das ist auch ungefähr die Zeitspanne, seit der du im Bett liegen und schlafen solltest. Du bist erst vierzehn!«

»Danke, aber ich kenne mein Alter, für das übrigens nur du allein verantwortlich bist. Ich wär gern schon achtzehn.«

»Werd mir bloß nicht pampig! Du kennst die Regeln. Du bist um elf Uhr zu Hause, ansonsten ist Schluss mit Ausgehen.«

»So ein Scheiß! Schau dich doch mal an. Du sitzt hier bis zum Morgen und säufst mit deinen Freundinnen. Ein schönes Vorbild bist du. Und dass du nicht weißt, wo man um die Zeit in Moorach noch weggehen kann, liegt nur daran, dass du ein Spießer bist.«

Charlotte schnappte nach Luft. Hoffentlich rutscht ihr nicht die Hand aus, dachte Polly besorgt. Sie erinnerte sich, noch vor ein paar Stunden von ihren deutlich jüngeren Töchtern ähnlich auf die Palme gebracht worden zu sein, und beeilte sich, die Situation zu entschärfen.

»Wisst ihr, wo zum Beispiel ganz oft noch nach Mitternacht was los ist?«, fragte sie in leichtem Plauderton. »Ihr kennt doch die Ruine vom alten Königshof, gleich gegenüber von unserem Haus?«

Charlotte schaute sie irritiert an.

»Dort steigen ziemlich häufig Partys. Ich hör das nachts vom Arbeitszimmer aus. Wahrscheinlich feiern dort die jungen Leute von heute.« Es schien, als hätte sie mit ihrem Einwurf die Situation etwas entspannt. Zumindest für den Moment.

»Eine Bauruine als Party-Location?« Zum ersten Mal schaltete sich auch Julia ein. Wahrscheinlich war sie dankbar, nicht mehr Mittelpunkt des Gespräches zu sein, wollte aber Nora vor dem Wutausbruch beschützen, der eigentlich ihr gegolten hatte. »Da geht man also jetzt zum Feiern hin?«

»Ja, und auch, wenn man einen Freund hat und es zu Hause nicht machen kann, weil dort eine oberspießige Mutter sitzt«, fügte Nora hinzu und blitzte ihre Mutter provokativ an.

Polly zuckte zusammen. Dem Kind war nicht mehr zu helfen. So etwas sagte man einfach nicht, geschweige denn, dass man es tat. Es sei denn, man war scharf darauf, den Rest seines minderjährigen Daseins in einem Kloster mit dicken Mauern und strengem Keuschheitsgelübde zu verbringen. Sie konnte nur beten, dass sie selbst in naher Zukunft endlich den richtigen Erziehungsratgeber finden würde, um später gegen solche Auftritte ihrer eigenen Töchter gewappnet zu sein. Sie wandte sich leicht ab, als sich Charlottes Zorn lautstark über Nora entlud.

»So, Madame, damit bist du eindeutig zu weit gegangen. Ich sage dir jetzt Folgendes: In den nächsten vier Wochen gehst du nirgendwo mehr hin, außer in die Schule. Jeden Mittag kommst du zu mir ins Hotel, wo du im Personalraum deine Hausaufgaben machen wirst, bevor wir nach meinem Dienstschluss gemeinsam nach Hause fahren. Das Bravo-Abo wird mit sofortiger Wirkung gekündigt. Und *last but not least*: Her mit deinem Handy!« Charlotte streckte die Hand aus, und als Nora nicht regierte, schnappte sie nach deren Handtasche und wühlte das Telefon eigenhändig heraus. »Du bekommst es nur für von mir genehmigte Telefonate zurück. Und wenn ich mitkriege, dass du dich heimlich mit einem Typen triffst, dann gnade dir Gott! Glaube mir, ich finde es heraus!«

Nora schwieg fassungslos. Für einen Moment wurde das Kind hinter der viel zu stark geschminkten, coolen Teenagermaske sichtbar, und Polly fragte sich, ob sie jetzt anfangen würde zu weinen. Aber dazu ließ es Nora nicht kommen. Sie katalysierte ihre Gefühle in einem Wutausbruch, der dem ihrer Mutter um nichts nachstand.

»Dann lies doch gleich mein Tagebuch, wenn du so neidisch auf mein Leben bist, dass du es mir verbietest«, fauchte sie. »Wundert mich gar nicht, in deinem ist ja nix los!« Dann flog mit einem Krachen die Wohnzimmertür hinter ihr zu, und es war wieder mucksmäuschenstill im Raum. Nur noch ein sehr leises Schluchzen und ein Klicken waren zu hören, als Nora ihr Zimmer hinter sich abschloss.

An das Universum: Bitte mach, dass es kein Traum ist!

Ich habe lange nicht mehr Tagebuch geschrieben, weil in meinem Leben nicht viel passiert ist. Bis jetzt. Denn jetzt wird alles anders werden. Vorher: Einsamkeit, Unsicherheit, viele Fragen. Schon vierzehn Jahre alt und immer noch keinen Freund. Das war alles.

Ich hab mir so oft vorgestellt, wie er aussehen müsste. Auf jeden Fall ein Held und kein Feigling. Ich war mir schon immer sicher, dass er irgendwann kommen würde. Und jetzt weiß ich, wer er ist. Mein Prinz. Ich hab ihn erkannt! In einem winzigen Moment ist mir klar geworden, dass er es ist und kein anderer. Bei der Weinprobe heute waren bestimmt fünfzig Leute, und trotzdem haben sich unsere Blicke getroffen. Nur einen kurzen Moment lang. Es war wie ein Blitzschlag in mein Herz. Und ich bin sicher, dass es ihm genauso ging. So hat mich noch nie jemand angesehen. Eine Sekunde lang stand die Welt still. Dann ist sein Glas heruntergefallen und der Augenblick zerplatzt. Ich habe versucht, in seiner Nähe zu bleiben, aber das Gedränge war zu groß.

Später hat er mich angesprochen. Ich hatte schon Angst, ich hätte mich getäuscht, aber er kennt sogar meinen Namen! Und es hört sich so schön an, wenn er ihn sagt.

Er meinte, er müsse sich entschuldigen, dass er mich so angestarrt hat, aber ich würde ihn an jemanden erinnern. Dabei hat er ganz süß gezwinkert. Leider hat ihn dann jemand gerufen, und er musste weg. Ich bin extra noch länger geblieben, weil ich dachte, wir könnten vielleicht noch weiterreden, aber dazu ist es nicht gekommen. Die anderen Gäste haben im Gegensatz zu mir keine feste Zeit, zu der sie im Bett sein müssen. Ich bin gegangen, aber ich gebe nicht auf. Wenn ich ihm das nächste Mal begegne, werde ich ihn einfach ansprechen.

Er ist so anders als die Jungs in meinem Alter …

Wird gemacht, Chef!

Am Anfang war es nur ein leichtes Kitzeln in der Nase gewesen, das Herbst während der Pressekonferenz mehrmals zum Niesen gebracht hatte. Aber nach dem Pflichtbesuch in der saukalten Gerichtsmedizin hatte die Nase begonnen zu laufen, das Kitzeln war in den Hals umgezogen und in ein schmerzhaftes Stechen beim Schlucken übergegangen. Daran hatte auch Moneypennys fürsorglich zubereitete, aber scheußlich schmeckende heiße Zitrone mit Honig im Präsidium nichts mehr ändern können.

»Du gehörst ins Bett«, hatte Fred resolut festgestellt und Herbst in seine Jacke gestopft. Resigniert hatte der sich auch noch den blasslila Schal aus Moneypennys Accessoire-Depot umbinden und ein kleines Röhrchen in die Hand drücken lassen. »Da, des nimmst jede Stunde. Immer fünf Kügelchen unter die Zunge legen.«

Herbst hatte gerade noch Zeit gehabt, sich den Bericht der Spurensicherung vom Stapel auf seinem Schreibtisch zu schnappen, bevor er auch schon zur Tür hinausgeschoben worden war.

Nun saß er seit zwei Stunden an seinem Küchentisch und versuchte, sich trotz Halsweh und laufender Nase auf seinen Fall zu konzentrieren. Moneypenny hatte recht. Die ganze Inszenierung schrie förmlich nach einem Eifersuchtsmotiv. Aber das machte die Sache nicht einfacher, denn im Fall des Verstorbenen schien sein Name Programm gewesen zu sein.

Er hatte den halben Tag damit verbracht, Stechers engste Freunde zu befragen, einen alles in allem recht heterogenen Haufen Männer: der Chefredakteur der Lokalzeitung, Marinus Forster, der Internist Rudolf Ziermayr, seines Zeichens Ehemann der Stadträtin Irmgard Ziermayr, die die Leiche gemeldet hatte, sowie ein kleines, mickriges Männlein im schwarzen Anzug mit grüner Fliege, das sich als der örtliche Bestattungsunternehmer Eduard Kramer vorgestellt hatte und am wenigsten in die illustre

Runde zu passen schien. Was alle drei einte, war die unverhohlene Bewunderung für das Opfer. »Er wusste immer, was er wollte, und das hat er dann auch bekommen«, hatte es der Arzt Ziermayr auf den Punkt gebracht.

Wenn man den Andeutungen seiner Freunde Glauben schenken durfte, war der Tote ein ziemlicher Weiberheld gewesen. Jede Menge Potenzial also für verletzte Gefühle, Rachegedanken und Mordgelüste. Zu den Geliebten kamen die betrogenen Ehemänner, die alle ebenfalls handfeste Mordmotive besaßen. Allerdings stand für gewöhnlich die Ehefrau des Opfers im Zentrum jedes Eifersuchtsdramas. Sollte Julia von der Au die Faxen endgültig sattgehabt und ihrem Alten buchstäblich die Pistole auf die Brust gesetzt haben? Herbst schüttelte den Kopf. Nie und nimmer hatte sie es selbst getan, sie hatte ein Alibi. Blieb also für die Witwe nur noch die Möglichkeit eines Auftragsmordes. Aber ging da jetzt nicht die Phantasie mit ihm durch? Wo sollte man in Bad Moorach einen Auftragskiller herbekommen? Eine Heizdecke – klar, handbemalte Krippenfiguren – auch kein Problem, aber einen kaltblütigen Söldner? Vielleicht ja jemand von außerhalb? Aber würde eine Mutter ihren Kindern so mir nichts, dir nichts den Vater abknallen lassen? Irgendwie glaubte er nicht so recht daran. Man lebte im 21. Jahrhundert, Frau von der Au hätte sich doch einfach scheiden lassen können, eine Möglichkeit, die einer gekränkten Geliebten nicht offenstand. Aber hätte die dann nicht eher die störende Ehefrau als das Objekt der Begierde ermordet?

Herbst nahm seinen inzwischen lauwarmen Kaffee und ging ins Wohnzimmer hinüber. Trotz der dicken Wollsocken, die er angezogen hatte, war ihm kalt. Hausschuhe besaß er nicht.

Er trat ans Fenster. Draußen schneite es schon wieder. Dicke Flocken fielen auf die Dorfstraße. Der Kommissar lebte in einer gemütlichen Drei-Zimmer-Einliegerwohnung auf dem Land. Seine Vermieterin, Frau Moosleitner, hatte sie wohl ursprünglich in der Hoffnung eingerichtet, ihr einziger Sohn werde eines Tages zu ihr ziehen. Aber der machte seit mehreren Jahren irgendein Selbsterfahrungstraining mit Fokus auf ökologische Landwirtschaft in Neuseeland und zeigte keine Ambitionen, die große weite

Welt wieder gegen das oberbayerische Heimatnest einzutauschen. Glück für Herbst. Er hatte die möblierte Wohnung für einen Spottpreis mieten können und auch mit seiner Mitbewohnerin einen Glückstreffer gelandet. Er hegte große Sympathie für die resolute ältere Dame. Sie musste damals eine der ersten alleinerziehenden Mütter in dem Kaff gewesen sein, und Herbst konnte nur ahnen, was es vor vierzig Jahren bedeutet haben musste, sich mit einem unehelichen Kind in einem vorurteilsbehafteten, erzkatholischen Dorf zu behaupten. Frau Moosleitner sprühte nur so vor Energie und Lebensmut und zeigte sich für ihre Generation ausgesprochen aufgeschlossen Neuem gegenüber. Während ihres mittlerweile zweijährigen Zusammenlebens hatte der Kommissar sie sowohl für chinesisches Take-away-Essen als auch für amerikanische Actionfilme erwärmen können. Nur in einem war die Moosleitnerin strikt altmodisch: Sie war der Meinung, ein Mann sollte seine Hemden nicht selbst bügeln und auch nicht den Staubsauger schwingen. Mit der Zeit hatte sie begonnen, dem Kommissar die mütterliche Fürsorge zuteilwerden zu lassen, vor der ihr Bub ans andere Ende der Welt geflohen war.

Die rustikale Einrichtung der Wohnung entsprach zwar nicht ganz seinem Stil, trotzdem hatte er vor zwei Jahren seine wenigen eigenen Möbel kurzerhand auf unbestimmte Zeit im Lager eines Freundes untergestellt und war nur mit seinem Fernseher, der Anlage und seiner Schallplattensammlung eingezogen. Das war praktisch und gab ihm außerdem das Gefühl, eine Art Pfand in München zurückgelassen zu haben, das er nach Belieben jederzeit wieder einlösen könnte, wenn er Heimweh nach der Stadt bekam. Oder wenn der Grund für seinen Landaufenthalt eines Tages nicht mehr da sein würde.

So kam es, dass er morgens an einer rustikalen Eckbank in der Küche frühstückte, nach der Arbeit auf einem alten giftgrünen Cordsofa vor dem Fernseher Platz nahm und sich abends in einen gemütlichen, aber für einen Mann seiner Größe absolut ungeeigneten Alkoven zwängte, in dem wohl schon Urgroßmutter Moosleitner geschlafen hatte.

Nachdem Herbst den Kamin im Wohnzimmer angefeuert

hatte, nahm er sich den Bericht der Spurensicherung vor und übertrug das Bürokratendeutsch des acht Seiten langen Textes in eine übersichtliche Stichpunkteliste, was seine ganze Konzentration erforderte. Nach einer halben Stunde war er noch immer nicht über Seite eins hinausgekommen, und der Berg an benutzten Taschentüchern vor ihm war kurz davor, seinen ersten Höhenmeter zu verzeichnen.

Er zündete sich eine Zigarette an und inhalierte vorsichtig. Es ging besser als erwartet, und er wandte sich zufrieden wieder seiner Arbeit zu.

Dass es keine verwertbaren Fußspuren vor dem Laden gab, war zu erwarten gewesen. Obgleich es in der Mordnacht reichlich Neuschnee gegeben hatte, waren alle Abdrücke von der Horde Schaulustiger am nächsten Morgen unwiederbringlich zertrampelt worden. Interessanter war dagegen schon die Tatsache, dass es in der Vinothek selbst keinerlei Schneespuren gegeben hatte. Die Kollegen hatten einen Wischmopp mit Salz- und Schneeresten neben der Eingangstür zum Geschäft gefunden. Offenbar hatte der Mörder nach seiner Tat den Boden sorgfältig gereinigt. Nicht mal Salzränder hatte es gegeben.

Was den Verkaufsraum anbelangte, lieferte der Bericht nur wenig neue Informationen. Die Musik aus der Stereoanlage stammte von einem »handelsüblichen Tonträger«, dem Album »Highway To Hell« der Band AC/DC aus dem Jahr 1979. Die Aufnahme war auf Wiederholung gestellt gewesen, die entsprechenden Knöpfe der Anlage waren mit Handschuhen gedrückt worden, was darauf hindeutete, dass es nicht das Opfer gewesen war, was die Dauerschleife eingelegt hatte.

An Fingerabdrücken waren bislang diejenigen des Opfers, die des zweiten Inhabers sowie die der Ehefrau identifiziert worden. Auf den einzelnen Weinflaschen befanden sich zahllose weitere Prints, die von allen möglichen Kunden stammen mussten und unmöglich zuzuordnen waren. Weder auf dem Fass im Fenster noch auf der Leiche selbst waren irgendwelche verwertbaren Gewebe-, Textil- oder sonstige Spuren gefunden worden. Herbst seufzte und blätterte weiter.

Der von Moneypenny erwähnte Geschlechtsverkehr mit der großen Unbekannten hatte im Hinterzimmer des Geschäfts stattgefunden. Entsprechende Spuren waren auf dem Schreibtisch sichergestellt worden. DNA der Dame war reichlich vorhanden, und auch ihre Fingerabdrücke hatte sie zusammen mit einem fliederfarbenen Lippenstift auf ihrem Weinglas hinterlassen. Leider passte nichts davon zu den Daten in Moneypennys Kartei, sodass die Identität von Stechers letzter Gespielin nach wie vor im Dunkeln lag. War Miss X nach dem Sex mit ihrem Opfer etwa so in Rage geraten, dass sie Stecher kaltblütig erschoss, um ihn dann für alle sichtbar in demütigender Haltung mit dem Arsch voran im Schaufenster auszustellen? Was musste ein Mann getan haben, um ein solches Schicksal zu erleiden? Und nach dem Mord hatte die blutrünstige Lady dann sorgfältig den Putzlumpen geschwungen, aber darüber vergessen, im Hinterzimmer ihre Spuren zu verwischen? »Alles Mist«, stöhnte Herbst. »Hier passt einfach gar nichts zusammen.«

Er überflog den Rest des Berichtes, aber es fiel ihm immer schwerer, sich zu konzentrieren. Die Halsschmerzen waren, wenn überhaupt möglich, noch schlimmer geworden. In der Gesäßtasche von Stechers Hose war der Geldbeutel des Opfers mit Ausweis, Führerschein, Bankkarten und etwa einhundertfünfzig Euro in bar sichergestellt worden. Ein benutztes Handtuch, eine angebrochene Weinflasche – alles deckte sich mit den bereits gewonnenen Erkenntnissen: Georg Stecher hatte zwischen halb acht Uhr, als er sein Haus verlassen hatte, und halb zwölf Uhr, als er spätestens das Zeitliche gesegnet hatte, in seinem Geschäft Damenbesuch empfangen, Wein getrunken, Sex gehabt und anschließend geduscht, bevor der oder die Mörder ihn zwischen Viertel nach zehn und halb zwölf aus etwa zwei Metern Entfernung ins Herz geschossen hatten, mit einer – Herbst blätterte nach – halbautomatischen Neun-Millimeter-Makarov mit eingebautem Schalldämpfer. Laut Ballistik keine sehr ungewöhnliche Waffe: ein etwas älteres russisches Modell, das aber bis heute unter anderem beim Militär und in manchen Ländern auch im Polizeidienst eingesetzt wurde. Nichts, was sich nicht jeder irgendwie besorgen könnte, resümierte Herbst resigniert und machte einen entsprechenden Vermerk auf seiner Liste.

Als sein Telefon klingelte, war er gerade im Begriff gewesen, über seinen Notizen einzunicken. Er schreckte hoch und schüttete sich den mittlerweile kalten Kaffee über die Hose. »Scheiße!«

»Hier Fred Stangler, auch angenehm!«

»Moneypenny, was gibt's denn so Dringendes, dass du meine Kreise stören und mich auch noch dazu bringen musst, mich mit Kaffee vollzusauen?«

»Ja, spinnst denn du? Du sollst doch Tee trinken! Und Saft. Kaffee ist ein reiner Vitaminfresser, da kannst du dir auch gleich eine Ladung Grippeviren intravenös reinpfeifen. Fang bloß nicht auch noch an zu rauchen. Ich hab fei keine Lust, den Laden hier wochenlang allein zu schmeißen, nur weil du mit deiner Gesundheit Schindluder treibst. Hast du wenigstens jede Stunde die Globuli genommen?«

»Moneypenny, ich leg auf, wenn du mir nicht sofort etwas Interessantes erzählst.«

»Männer! Aber sag hinterher nicht, ich hätte dich nicht gewarnt, wenn du wegen verschleppter Grippe an der Herzrhythmus-Maschine hängst und mich um meine linke Niere anflehst, weil deine bis obenhin mit Nikotin und Espresso zugepappt ist.«

»Im Moment flehe ich dich nur darum an, dass du endlich sagst, was du sagen willst, damit ich nicht auch noch dumm sterben muss – an meiner Nikotin-Koffein-Vergiftung.«

»Na gut. Also, pass auf, ich fang mal klein an: Das Auto vom Stecher – übrigens ein todschicker champagnerfarbener Jaguar – steht tatsächlich auf dem Parkplatz hinter der Sparkasse. Gepäck ist keines drin. Der Wagen ist grad abgeholt worden, um genauer auf Fasern und so weiter untersucht zu werden. Des Weiteren: Leider ist es nahezu unmöglich, die Herkunft der Hörner festzustellen, die dem Herrn aufgesetzt wurden. Die gibt es im Moment in jedem zweiten Laden in Moorach, schließlich ist Fasching. Der Hersteller sitzt in Taiwan.«

»Handelsübliche Teufelshörner und kein Gepäck im Wagen, war das alles, Moneypenny?«, fragte Herbst gähnend.

»Pressiert's etwa? Ich hab da noch zwei brandheiße News, da wird dir das Gähnen schon vergehen. Der Stecher hat um zweiundzwanzig Uhr fünfzehn noch gelebt. Da hat er nämlich noch mal mit seinem Handy telefoniert, und weißt auch, mit wem?«

»Mit Marinus Forster von der Zeitung. Der Stecher wollte unbedingt, dass das Foto von seiner Schaufensterdeko für den Kunstpfad am nächsten Tag groß auf die Lokalseite kommt. Aber der Forster war mit seiner Frau bei irgend so einem Linedance-Wettbewerb in München und hat die Nachricht erst in der Früh vor der Arbeit abgehört. Hat er mir alles heute Morgen erzählt. Was ist die zweite Neuigkeit?«

»Spielverderber«, moserte Fred enttäuscht. »Aber pass auf, jetzt kommt der Knüller: Gestern Nacht um null Uhr dreiundvierzig wurde die Kreditkarte vom Stecher mit zehntausend Euro belastet. Der Clou dabei ist, dass der Gute zu dieser Zeit schon am Arsch war und die Kreditkarte in seinem Geldbeutel steckte, als wir ihn gefunden haben. Was sagst jetzt?«

Herbst setzte sich aufrecht hin und versuchte mit seinem wattierten Hirn die Nachricht zu verarbeiten. »Du meinst, jemand hat dem Toten die Kreditkarte geklaut, zehntausend Euro abgebucht und die Karte danach wieder ordentlich in den Geldbeutel gesteckt? Aber wieso? Ich meine, hat er die Transaktion etwa im Laden gemacht? Und wer ist der Empfänger des Geldes?«

»Das Empfängerkonto ist vor einer Woche online bei einer dieser Direktbanken eröffnet worden und läuft auf den Namen Georg Stecher. Das EC-Kartenlesegerät im Laden transferiert die Beträge, die mit Karte bezahlt werden, automatisch dorthin.«

»Das kapier ich nicht. Was soll das bedeuten? Und wie bist du überhaupt so schnell an die Daten gekommen? Normalerweise werden Kreditkartenabrechnungen immer erst ewig lang nach der Zahlung verschickt.«

»Ich hab da so meine Connections. Allerdings komm ich momentan selbst mit denen nicht weiter. Was denkst du?«

»Keine Ahnung. Jedenfalls interessant. Gute Arbeit so weit, Fred. Ich glaub, ich muss da erst mal drüber schlafen. Gibt's sonst noch was?«

»Bei der Farbe auf der Fensterscheibe der Vinothek handelt es sich nicht um Blut, sondern um ganz normale rote Farbe, vermutlich aus einer FCKW-armen Sprühdose, wie man sie in jedem Baumarkt kaufen kann. Wegen der Schmiererei hab ich mir von allen bislang verhörten Personen Schriftproben geben lassen und an die Experten weitergeleitet. Das grafologische Gutachten sollte in etwa einer Woche vorliegen.«

»Sprühdose, Sprühdose«, Herbst blätterte in dem Bericht, der vor ihm lag. »Da hab ich doch vorhin etwas gelesen … im Hinterzimmer der Vinothek haben sie eine Tüte mit Sprühdosen gefunden, in den Farben … bla, bla … hier: rot! Eine rote war auch dabei. Lass bitte sofort diese Tüte sicherstellen und die Farben mit der am Fenster abgleichen. Natürlich auch die Fingerabdrücke auf den Dosen …«

»Wird gemacht, Chef«, erwiderte Fred mit deutlich gedämpftem Enthusiasmus. »Außerdem bin ich an der Herkunft des Tattoos dran.«

»Ist schon recht. Meldest dich halt wieder, wenn du was hast, ja? Ich muss mich jetzt echt ausruhen. Servus derweil!«

An das Universum: Bitte mach, dass er mich küsst!

Ich hab mich getraut, ihn anzusprechen … Wir haben uns unterhalten. Richtig lange. Obwohl auch noch andere da waren, die ständig was von ihm wollten. Er steht total auf Stephen King. Hat mich gefragt, ob ich »Misery« kenne. Das ist ein Roman. Hab ihn mir gleich gekauft. Cooles Buch, aber schon irgendwie gruselig. Er sagt, es geht darin um die menschliche Psyche. Wie besessen jemand von einem anderen Menschen sein kann und wie viel Einfluss der dann auf einen hat. Wie stark Liebe ist und dass man ihr kaum entkommen kann: Und dabei hat er mir ganz tief in die Augen gesehen …

Den Altersunterschied merkt man eigentlich gar nicht. Natürlich hat er schon viel mehr erlebt als ich und hat mehr Erfahrung … Aber wir verstehen uns prima, und das ist doch der erste Schritt! Ich bemühe mich sehr, erwachsen zu wirken. Ich will auf keinen Fall, dass er denkt, ich wäre ein kleines naives Mädchen. Ich hoffe, er findet mich reif, mutig und auch ein bisschen verwegen. Mit Zicken kann er bestimmt nix anfangen. Hab ihm deshalb erzählt, dass ich gern ein Tattoo hätte, da hat er mir seines gezeigt. Seine Freunde haben das gleiche. Es soll ein Zeichen sein für das, was sie verbindet oder so ähnlich. Sieht jedenfalls wirklich cool aus.

Ich glaube, wir haben viel gemeinsam. Er war auch ein Einzelkind und viel allein. Aber er redet nicht gern darüber, hat er gesagt. Er ist sehr sensibel. Ich glaube, Mama hätte nichts gegen ihn einzuwenden, wenn sie ihn kennen würde. Aber das geht nicht.

Als er gehen musste, hat er mir kurz die Hand auf den Arm gelegt. Wenn ich die Augen schließe, kann ich immer noch spüren, wo er mich berührt hat. Es war nur ganz sanft, aber es ist, als hätte sich seine Wärme an mir festgeglüht. Ich wünschte, er würde mich küssen!

Konnte er auch Latein?

Der Traum war verwirrend. Er war sich sicher, dass es nur ein Traum sein konnte, und doch gelang es ihm nicht, aufzuwachen. Der Schweiß stand ihm auf der Stirn, und er fror.

Ein feixender Satyr tanzte um sein Bett herum. Als er es endlich schaffte, sich aufzusetzen, nahm das behaarte Wesen seinen lila Schal ab und band ihn ihm um den Hals. Mit grinsender Fratze zog es immer fester zu, bis er meinte, ersticken zu müssen. Als er sich aus dem Griff zu befreien versuchte, bemerkte er, dass noch jemand im Raum war. Ein Mädchen, das er von irgendwoher zu kennen glaubte, prostete ihm mit einer halb vollen Weinflasche zu. Er wollte sie vor dem unheimlichen Wesen warnen, das wie im Wahn durch das Wohnzimmer sprang, wollte sagen, dass Alkohol für Jugendliche unter sechzehn Jahren verboten sei, brachte aber nur ein heiseres Gurgeln heraus. Das Mädchen sah ihn trotzig an und setzte die Flasche an die Lippen. Plötzlich verschwamm ihr Gesicht, als hätte jemand den Fokus einer Kamera verdreht. Er konnte nur noch ihre Umrisse deutlich sehen. Hinter seinen Schläfen begann es rhythmisch zu pochen. Auch der Satyr hatte das Mädchen nun bemerkt und näherte sich ihm langsam. Das fratzenhafte Grinsen war aus seinem Gesicht verschwunden und einem kriecherischen Lächeln gewichen. Fast war er bei ihr angelangt. Sein behaarter Penis erigierte, und er zwinkerte Herbst verschwörerisch zu. Der versuchte vergeblich zu rufen und rappelte sich mühsam auf. Das Pochen in seinem Kopf war jetzt unerträglich laut. Da zog der Pan ein Geldbündel hervor und warf es kichernd in den Kamin. Es explodierte in einer lila Wolke, die den Satyr und das Mädchen verschluckte.

Mit einem Ruck setzte Herbst sich auf und sah sich benommen im Zimmer um. Fast rechnete er damit, der Satyr würde aus irgendeiner Ecke hervorspringen und seinen unheimlichen Reigen fortsetzen. Langsam, sehr langsam kehrte die Wirklichkeit zurück. Alles war wie immer. Er war allein im Wohnzimmer. Auf dem Sofa lagen die Seiten des Berichtes verstreut, in dem er vorhin gelesen hatte, draußen begann es dunkel zu werden. Das Feuer im Kamin knisterte noch, er konnte nicht sehr lange geschlafen haben. Dann realisierte er, dass das Pochen, das er im Traum gehört hatte, von seiner Wohnungstür kam. Immer noch verwirrt, stand er auf.

»Entschuldigen Sie. Ich weiß, ich komme ungelegen. Ihr Assistent sagte mit schon, dass Sie krank sind, aber ich muss ganz dringend mit Ihnen sprechen, also habe ich mir einfach Ihre Privatadresse rausgesucht. Ich würde Sie bestimmt nicht stören, wenn es nicht wirklich wichtig wäre.« Türkise Augen lächelten schuldbewusst zum Kommissar hinauf.

Herbst starrte seinen Gast an und überschlug im Kopf seine Möglichkeiten. Er konnte die Tür einfach wieder zuknallen – vielleicht hatte Julia von der Au das Ausmaß seines maroden Zustandes noch nicht voll erfasst. Andererseits schien sie ihm etwas zu sagen zu haben, und im Moment war eine heiße Spur das, was er am dringendsten brauchte. Mit dem Versuch eines Lächelns bat er sie herein, während er sorgfältig darauf achtete, mit der Tür den riesigen Kaffeefleck auf seiner Hose zu verdecken.

Er führte sie ins Wohnzimmer, klaubte hastig die verstreuten Zettel zusammen und bot ihr einen Platz auf dem Sofa an. Dann murmelte er etwas von »Kaffee machen« und verschwand eilig im Badezimmer, wo er die verdreckte Hose auszog und verzweifelt nach einer anderen im Wäschekorb wühlte. Unter den getragenen Sachen fand er eine zwar verknitterte, aber unbefleckte Jeans, die er anzog. Er streifte auch die peinlichen Strickstrümpfe ab. Zufrieden stellte er fest, dass er darunter Socken ohne Löcher trug, die, soweit er sehen konnte, sogar halbwegs dieselbe Farbe hatten. Nicht unbedingt selbstverständlich, denn er machte sich selten die Mühe, seine Strümpfe nach dem Waschen zu Paaren zusammenzusuchen. Die Sockenschublade seines Schrankes glich einer Partnerbörse, und Herbst nahm sich jeden Tag die Freiheit, spontan zu entscheiden, wer hier zu wem passte.

Er vermied es bewusst, zu lange in den Spiegel zu sehen. Wegen des Schnupfens fühlte sich sein Gesicht an wie eine einzige große Nase. Er begnügte sich damit, rasch etwas Wasser in sein verschlafenes Gesicht zu spritzen und seine Haare mit den Händen zu frisieren, dann eilte er weiter in die Küche und setzte den versprochenen Kaffee auf. Als er mit der Blümchenkanne von Frau Moosleitner und zwei Bechern ins Wohnzimmer zurückkam, saß Julia von der Au angespannt in der Ecke seines abgewetzten Sofas und schaute ins Kaminfeuer.

»Ich glaube, ich habe meinen Mann umgebracht«, sagte sie, als er ihr den Kaffee reichte, und sah ihn unverwandt an.

Um den heißen Brei herumzureden, war wohl nicht ihre Sache. Langsam, sehr langsam stellte Herbst seine Tasse ab. Einen Moment lang wusste er nicht, wie er reagieren sollte, und beschloss, sich erst mal zu setzen. Die Situation war bizarr. Da hockte er nun mit einem lila Schal um den Hals neben einer geständigen Mörderin auf seinem Sofa. Fast wünschte er, der Pan aus seinem Traum würde wieder hereinhüpfen, um ihn in seine irre Welt zu entführen. Herbst suchte in der Sofaritze nach seiner zerknitterten Zigarettenschachtel und bot, als er sie gefunden hatte, seinem Gast eine Zigarette an.

»Sie glauben?«, fragte er, als sich graue Rauchschwaden beruhigend zwischen ihnen ausbreiteten.

Julia von der Au nickte.

Dann wäre das jetzt der geeignete Zeitpunkt, um mit ihr ins Präsidium zu fahren und das Geständnis offiziell aufzuzeichnen, mahnte eine Stimme in Herbsts Kopf. Doch aus irgendeinem Grund blieb er sitzen und wartete.

Julia von der Au atmete tief durch und lächelte unsicher. »Soll ich anfangen?«, fragte sie dann.

Das wusste er auch nicht so genau. Wie sollte er sich verhalten, wenn sie ihm nun die ganze Wahrheit erzählen würde? Die kleinen Verhörkabinen auf dem Präsidium verliehen jeder Geschichte, und sei sie noch so irr, eine gewisse Nüchternheit, die ihm als Kommissar half, die Distanz zu wahren und das »Böse in der Welt«, wie er es gern nannte, professionell hinzunehmen, ohne darüber zu verzweifeln. Doch hier auf seinem eigenen Sofa bei gemütlich knisterndem Kaminfeuer fühlte er sich unsicher und ausgeliefert. Fast so, als hätte er selbst eine Beichte abzulegen. Wollte er wirklich hier mit einer Frau sitzen bleiben, die ihren Mann auf grausamste Weise hingerichtet und dem Spott der Welt preisgegeben hatte? Zu seinem Erstaunen gab es keinen Zweifel, dass er genau das wollte. Er glaubte nicht an kriminalistische Instinkte, es war etwas anderes, das ihn auf dem Sofa festhielt, seiner Besucherin einen aufmunternden Blick zuwerfen und fast schon ein bisschen zu souverän sagen ließ: »Am meisten interessiert mich, wann Sie Ihren Mann umgebracht haben. Während Sie beim Lehrerstammtisch saßen oder danach, als Sie mit Herrn Klausner gearbeitet haben? Und anschließend will ich natürlich auch den Grund dafür wissen.« Er atmete durch, zufrieden mit der Art, wie er reagiert hatte. Manchmal kann man sogar von sich selbst noch etwas lernen, dachte er, und wartete gespannt auf das, was jetzt kommen würde.

»Umgebracht habe ich ihn vor etwa vier Wochen auf der Präsentation unserer Graffiti-Aktion in der Schule. Und getan habe ich es, weil er ein Arsch ist.« Die unsagbar türkisfarbenen Augen sahen Herbst so unschuldig an, dass es ihm schwerfiel, sich zu konzentrieren.

»Vor vier Wochen?«

Julia von der Au zog einen zerknitterten Briefumschlag aus der Tasche und reichte ihn dem Kommissar. Als sich ihre Finger berührten, wäre er um ein Haar zusammengezuckt.

»An dem Tag drohte mir mein Mann mit diesem Brief vom Anwalt. Im Falle einer Scheidung wollte er gerichtlich und mit allen Mitteln das alleinige Sorgerecht für die Zwillinge erstreiten. In dem Schreiben setzt der Anwalt meine Chancen in einem eventuellen Sorgerechtsprozess gleich null. Georg hatte diesem Advokatenschnösel ein Video gezeigt, das mich zusammen mit meiner ehemaligen Münchner Künstler-WG beim Koksen während einer Performance zeigt. Das ist schon einige Jahre her, und ich bin sicher nicht stolz darauf. Wo er das Video herhatte, ist mir bis heute schleierhaft.« Sie schaute zu Boden. »Mir ist immer noch nicht klar, was er mit der Aktion bezwecken wollte. Verstehen Sie, ihm hat nie viel an den Kindern gelegen. Natürlich war er ihr Vater, aber er hatte kein sonderlich liebevolles Verhältnis zu Max und Lea. Meistens gingen sie ihm auf die Nerven. Ich habe keine Ahnung, warum er plötzlich allein für sie sorgen wollte, was er sowieso nie geschafft hätte. Allein der Gedanke, dass sie bei ihm von irgendeiner Nanny oder – noch schlimmer – von irgendeiner seiner Tussis aufgezogen werden würden, raubte mir fast den Verstand. Ich hab ihn erst angefleht, dann gebettelt und geflucht. Aber er hat nur gelacht und gemeint, vorerst sei es ja nur eine Warnung. Es läge ganz bei mir, ob wir weiterhin eine glückliche Familie bleiben oder zwei gestörte Trennungskinder aus den Scherben unserer Ehe hervorgehen. In dem Moment habe ich ihn gehasst. Ich habe meine Tasche geschnappt und bin zur Tür raus. An dem Abend hat meine Kunstklasse in der Aula der Schule unser Projekt vorgestellt, und ich sollte als verantwortliche Lehrkraft dabei sein. Die Schüler können ja nichts dafür, hab ich gedacht, also bin ich hingefahren und hab mich die ganze Zeit zusammengerissen. Aber als dann der offizielle Teil vorbei war und ich mit zwei Freundinnen ein paar Gläser Prosecco getrunken hatte, konnte ich nicht mehr. Ich bin einfach geplatzt. Hab rumgebrüllt, dass Georg mein Leben zur Hölle macht und dass das genau der Ort wäre, wo ich ihn hinschicken würde, wenn ich könnte. Dass ich ihm so gern alles heimzahlen und ihm am liebsten seinen Pseudo-Macho-Pferdeschwanz in den Arsch stecken und viel Geld bezahlen würde, wenn ich ihn nie wiedersehen müsste. Lauter solche Sachen eben. Ich glaube, in diesem Moment habe ich ihn umgebracht.« Sie verstummte.

Herbst versuchte, das Gehörte zu verdauen. Er brauchte einen Moment, bis er alles kapiert hatte. »Sie wollen damit sagen, Sie haben an diesem Abend quasi den Mord an Ihrem Mann in Auftrag gegeben?«

Julia von der Au nickte. »Ich weiß, es klingt total bescheuert, aber ich glaube, dass es so ist. Eine Freundin hat mich darauf gebracht. Sie arbeitet bei der Zeitung und hat Bilder vom …, na ja, vom Tatort gemacht. Die Art, wie Georg da zur Schau gestellt wird, mit dem Pferdeschwanz und den Hörnern, Sie wissen schon, das alles hat sie an meinen Ausraster erinnert. Ich hatte schon wieder vergessen, was ich gesagt habe – ich hatte ein bisschen zu viel getrunken –, aber Polly hat sich an alles erinnert. Sie meinte, ich hätte geschrien, dass Georg mir andauernd Hörner aufsetzt und ich ihm wünschen würde, es würde mal jemand das Gleiche mit ihm tun. Ich soll auch gesagt haben, dass man ihm getrost ins Herz schießen könnte, weil das keins seiner lebenswichtigen Organe sei.«

Herbst zündete sich eine weitere Zigarette an und musterte sein Gegenüber. Plötzlich war die Erkältung wie weggeblasen, die Watte in seinem Kopf verschwunden. Seine Gedanken rasten. Endlich eine Spur. Eine dunkle Ahnung nahm in seinem Hirn Gestalt an. Eine hässliche, erschreckende Gestalt, aber zum ersten Mal, seit er die Ermittlungen aufgenommen hatte, fühlte er, dass er dem Täter einen Schritt näher gekommen war. Da ist eine wunderschöne, hilflose Frau, verletzt, verzweifelt, seelisch misshandelt, die um Hilfe ruft. Und da ist jemand, der sie erhört, jemand mit einem kranken Hirn, der sich zu ihrem persönlichen Racheengel berufen fühlt. Jemand, der in dem spontanen Wutausbruch eine Botschaft sieht, die nur für ihn bestimmt ist. Jemand, der nicht zögert, in die Tat umzusetzen, worum er meint, gebeten worden zu sein. Waren die zehntausend Euro vielleicht seine Aufwandsentschädigung?

»Sie sagen ja gar nichts«, meldete sich Julia von der Au leise. »Ich sehe es Ihnen an: Sie glauben mir nicht. Ich weiß ja auch, wie dumm sich das alles anhört. Charlotte und Polly haben mir auch erst nicht geglaubt. Und irgendwie versteh ich sie sogar. Es ist so – grotesk.«

»Es ist grotesk, ja. Aber das heißt nicht, dass es nicht wahr sein könnte«, erwiderte Herbst nachdenklich. »Können Sie sagen, wer Ihren Wutausbruch mitbekommen hat?«

»Wir haben gestern die halbe Nacht darüber nachgedacht. Es waren ziemlich viele Leute da: Schüler, Eltern, Kollegen, der Bürgermeister … Und ich war wohl nicht gerade diskret. Ich fürchte, es kommt fast jeder in Frage, der auf der Veranstaltung war. Hier ist die Liste mit Leuten, von denen wir sicher noch wissen, dass sie irgendwann an dem Abend da waren.« Sie reichte dem Kommissar einen dicht beschriebenen Zettel mit etwa fünfzig Namen.

»Das ist ja eine ganze Menge«, bemerkte Herbst mit einem Anflug von Resignation. Und dabei hatte sich alles so vielversprechend angehört. Ein paar Namen kannte er bereits, wie er beim Überfliegen der Liste feststellte. Mit einigen der Leute hatte er sogar schon wegen des Mordes gesprochen. Die Stadträtin war unter den Gästen gewesen, ebenso der Mathelehrer, der Geschäftspartner von Stecher und der Café-Besitzer. »Ich fürchte, auf diesem Wege werden wir nur sehr langsam weiterkommen«, sagte er. Er würde Moneypenny bitten, sich darum zu kümmern. Fred hatte ein Talent für Nadeln im Heuhaufen. »Mal angenommen, Sie haben tatsächlich recht und irgendjemand hätte Ihren Ausbruch als Aufforderung aufgefasst, wer käme dafür in Frage?« Er beobachtete seinen Gast aufmerksam, als Julia von der Au einen tiefen Zug von der Zigarette nahm und nachdachte. Seit ihrer Ankunft schien ihre Anspannung deutlich nachgelassen zu haben. Sie hatte jetzt ein Bein angezogen und lehnte entspannt in der Ecke seines Sofas. Das Kaminfeuer warf warmes flackerndes Licht auf ihre blonden Haare. Sie ist wirklich außergewöhnlich schön, dachte der Kommissar, aber er hatte nicht vor, sich davon ablenken zu lassen.

»Gibt es jemanden, der«, er überlegte kurz, »der Ihnen so nahesteht, dass er einen Mord für Sie begehen würde?« Die Formulierung war nicht sehr geschickt gewesen. Er konnte an ihrem Gesicht sehen, dass er genauso gut den Zaunpfahl hätte nehmen können.

»Sie wollen wissen, ob es da einen Mann gibt, der für mich über Leichen gehen würde?«

Wieso nur musste er jetzt rot werden? Gut, dass es außer dem Feuer kein Licht im Raum gab. Er nickte.

»Nein. Und die Scheidung habe ich auch nicht wegen eines anderen Mannes eingereicht. Ich habe einfach gemerkt, dass Georg und ich nicht mehr zusammenpassen.« Sie starrte eine Weile vor sich hin. Als sie wieder aufsah, sagte sie mit fester Stimme: »Vielleicht haben wir das noch nie. Ich liebe ihn nicht.«

Triumph! Wieso fühlte sich das bloß so gut an? Sollte sie doch lieben oder hassen, wen sie wollte. Herbst riss seinen Blick von den türkisfarbenen Augen los und räusperte sich. »Vielleicht ein Verehrer?«

Julia von der Au schüttelte den Kopf. »Nicht dass ich wüsste.«

Schon wieder dieses warme Gefühl in der Brust, das ihn alarmieren sollte. Er schob den Gedanken beiseite und versuchte, einen anderen zu fassen. Musste es überhaupt ein Mann gewesen sein? Das war doch spießiges Einbahnstraßendenken. Traute er der emanzipierten Frau von heute etwa keinen ambitionierten Rachemord zu? Er musste an Moneypennys Einschätzung denken: »Für mich hat das Ganze etwas klar Weibliches.«

Natürlich konnte es nach wie vor Julia von der Au selbst gewesen sein, ihr Motiv war stark. Aber wieso saß sie dann hier und erzählte ihm das alles? Das ergab keinen Sinn. Und ihr Alibi war wasserdicht, es sei denn, sie hatte den Mord zusammen mit dem Mathelehrer und der Babysitterin begangen. Schwachsinn, mahnte er sich sofort. Außerdem war da noch die große Unbekannte, die Stecher vor seinem Ableben in der Weinhandlung beglückt hatte.

»Was denken Sie?«, fragte Julia von der Au vorsichtig.

»Ich überlege gerade, wie weit weibliche Solidarität gehen kann«, sagte er. »Könnte es sein, dass eine Frau derart Mitleid mit Ihrer Situation hatte, dass sie den ›Auftrag‹ angenommen hat?«

Julia von der Au überlegte einen Moment. »Irgendwie kann ich mir das nicht vorstellen. Wissen Sie, ich bin hier nicht sehr beliebt. Die meisten sehen mich als die eingebildete ›Zuagroaste‹ oder wie das heißt. Richtige Freundinnen hab ich nur zwei, und für die leg ich meine Hand ins Feuer. Obwohl, so wie die mich gestern Nacht rangenommen haben, wäre es nur fair, ich würde sie auch ein bisschen verdächtigen«, sie grinste leicht.

»Ich nehme an, das muss ich nicht verstehen«, erwiderte Herbst. Seine Gedanken waren schon einen Schritt weiter, er wusste nur nicht, wie er das Thema »Georg Stecher und seine Liebschaften« diskret ansprechen sollte.

Frau von der Au kam ihm zuvor. »Wahrscheinlicher ist doch eher, dass eine seiner Gespielinnen sich in einer ähnlichen Situation befand wie ich und bei ihr die Sicherungen durchgebrannt sind. Vielleicht sind meine Ideen einfach nur auf fruchtbaren Boden gefallen?«

Herbst nickte. Es wäre ausgesprochen klug von der Unbekannten gewesen, alles genauso aussehen zu lassen, wie Julia – nannte er sie in seinem Kopf wirklich schon beim Vornamen? – es sich in ihrem Zornesausbruch vorgestellt hatte. Bei so vielen Zeugen könnte sich die Betreffende darauf verlassen, dass irgendjemand den Zusammenhang verstehen und die Polizei informieren würde. Der letzte Sex mit dem Opfer gab dem Ganzen eine weitere tragische Dimension, die einer gekränkten und natürlich auch kranken weiblichen Seele entsprechen könnte. Herbst musste in Ruhe darüber nachdenken.

Julia von der Au machte Anstalten, aufzustehen. Mit einer Geschwindigkeit, die er sich selbst gar nicht zugetraut hätte, schaffte es Herbst, ihr Kaffee nachzuschenken. Sie lächelte und ließ sich wieder in die Polster fallen. »Haben Sie noch Fragen, Herr Kommissar?«

»Diverse«, erwiderte er und goss sich ebenfalls nach. Er nippte an seiner Tasse und versuchte, den Faden wieder aufzunehmen. Eigentlich war das eine gute Gelegenheit, ausführlicher und in aller Ruhe mit seiner vom statistischen Standpunkt aus betrachtet wahrscheinlichsten Hauptverdächtigen zu sprechen. Das redete er sich jedenfalls ein. »Was hat Ihr Mann eigentlich studiert?«, fragte er.

»Ein bisschen von allem. Kunstgeschichte, Literatur, Politologie, Musikwissenschaften – er liebte es, überall mitreden zu können. Allerdings hat er nichts davon abgeschlossen und daraus auch kein großes Geheimnis gemacht. ›Das Einzige, was ich richtig gut kann, ist Französisch!‹, hat er immer gesagt, und das stimmte auch.«

War sie rot geworden? Im Feuerschein schwer zu sagen. Herbst beeilte sich zu fragen: »Konnte er auch Latein?«

Julia von der Au griff dankbar nach dem Anker. »Keine Ahnung. Wegen der Aufschrift auf der Scheibe? Gut möglich, dass er das schon vor seinem Tod wegen des Kunstpfads hingeschrieben hat. Ich mein, es passt nicht unbedingt zu den Bildern, die ich gemalt habe, aber ein cooler Slogan ist es für eine Vinothek doch trotzdem, oder? Und Georg stand auf pseudointellektuellen Quatsch.«

»*In vino veritas* – im Wein Wahrheit«, überlegte Herbst laut. Ich bin kein Experte, aber da fehlt doch das Verb, oder? Von wegen logische Sprache. Das hab ich schon in der Schule für ein Klischee gehalten.«

»Vielleicht stammt der Satz ja ursprünglich gar nicht von einem richtigen Römer«, mutmaßte sie. »Vielleicht von einem mit Migrationshintergrund, so jemandem wie Spartakus?«

»Das würde zumindest erklären, warum sein Aufstand gescheitert ist. Wenn er immer die Verben vergessen hat, dürften es seine Leute schwer gehabt haben, sein Anliegen zu verstehen.«

Ihr Lachen war befreiend. »Gefallen wegen spartanischer Grammatik im Felde, nicht gerade ein Heldentod.« Julia von der Au wirkte gelöst, so als wäre der Stress der letzten Tage für einen Moment von ihr abgefallen.

Jetzt aber wieder zurück zum Thema, mahnte sich Herbst in Gedanken. Laut sagte er: »Wie kam Ihr Mann darauf, Weinhändler zu werden, wenn er doch eigentlich eine akademische Zukunft vor Augen hatte?«

»Vor Augen ist wohl etwas übertrieben. Er hat sehr lange studiert. Irgendwann ist es seinem Vater zu blöd geworden. Er hat ihm den Geldhahn zugedreht und verlangt, dass Georg in seine Metzgerei einsteigt. Das war aber das Letzte, was er wollte, also ist er nach Frankreich abgehauen, wo er dann seine Liebe zum Wein entdeckt hat. Wahrscheinlich brauchte er einfach dringend Geld und hat auf irgendeinem Gut als Erntehelfer angefangen. In seinen Erzählungen klang es immer so, als habe der Wein ihn magisch angezogen, als hätte er eine Art Offenbarung gehabt, als er da verschwitzt mit krummem Rücken und blutigen Händen im Weinberg stand, den Geruch der Traktoren in der

Nase, den Geschmack des Weines auf der Zunge. Er sagte, er habe plötzlich gewusst, dass Wein seine wahre Leidenschaft sei. Er hatte dort wohl so etwas wie einen Mentor gefunden, der ihm viel beigebracht hat und ihn auf den Beruf des Sommeliers brachte. Als sein Vater dann starb, kam er aus Frankreich zurück und hat die Metzgerei in seinen Laden umgewandelt. Damals kannte ich ihn aber noch nicht. Übrigens hatte Georg während seines Dauerstudiums in München bei Feinkost Käfer gejobbt und auf verschiedenen Veranstaltungen schon eine Art Gespür dafür bekommen, worauf die Leute abfahren. Das hat ihm sicher geholfen, denn die Vinothek lief von Anfang an ziemlich gut.«

»Und woher kannte er seinen Partner? Ich hatte das Gefühl, dass Herr Gruber deutlich jünger ist als Ihr Mann.«

»Soweit ich weiß, ist der Fabian das Einzige, was Georg von der Metzgerei seines Vaters behalten hat. Er war früher der Lehrbub beim Weißwurst-Stecher und ist irgendwann Georgs Partner geworden. Wahrscheinlich, weil er so gute Kontakte zu den Wirten am Ort hat. Genau weiß ich das aber nicht. Damals waren wir noch nicht verheiratet.«

»Wann haben Sie sich kennengelernt?«

»Vor vier Jahren. Ich habe noch in München gelebt. Ein Bekannter von mir hatte eine kleine Ausstellung hier im Kurhaus. Georg war auch da. An dem Abend haben wir nicht einmal miteinander gesprochen, aber er sagte immer, er habe sofort gewusst, dass ich die Richtige für ihn sei. Er hat danach eine ganze Weile recherchieren müssen, bis er meinen Namen und meine Adresse herausgefunden hatte. Und dann stand er plötzlich vor meiner Tür und gestand mir seine Liebe. Es war verrückt, aber irgendwie auch unglaublich romantisch. Er hat mich, ja, ich schätze, er hat mich einfach beeindruckt. Ich hatte vorher nie jemanden wie ihn gekannt. ›Mit Pennern gesoffen, mit Fürsten gespeist‹, das war sein Motto. Und ich glaube, es entspricht der Wahrheit.«

Herbst nickte nachdenklich. »Wissen Sie, was es mit der Tätowierung Ihres Mannes auf sich hat? Seit wann er sie hatte und ob das Motiv eine spezielle Bedeutung für ihn besaß?«

»Natürlich habe ich ihn am Anfang unserer Beziehung mal danach gefragt. Damals hat er sehr geheimnisvoll getan und gesagt, Tattoos würden zur absoluten Intimsphäre ihres Trägers gehören. Er meinte, vielleicht würde einmal der Tag kommen, an dem er mir davon erzählen würde. Inzwischen glaube ich, dass die Tätowierung einfach eines der vielen Dinge war, die er tat oder sich zulegte, um interessanter zu wirken, als er war. Seit wann er sie hatte, weiß ich nicht. Mir hat der Satyr nie besonders gefallen.«

Herbst überlegte kurz. »Da ist noch ein kleines Detail«, sagte er dann. »Im Hinterzimmer der Vinothek haben wir Farben gefunden. Wissen Sie, wofür die waren?«

»Klar. Die Schüler und ich haben bei unseren Graffiti-Aktionen die Vinothek als Treffpunkt genutzt – wir mussten ja nachts arbeiten. Die Sprühdosen haben wir immer dort deponiert. Wieso fragen Sie?«

Herbst winkte ab. So etwas hatte er sich schon gedacht. Aber hatte der Mörder von den Farben gewusst oder sich spontan zu der Sprühaktion entschieden, als er die Dosen entdeckte? Sie hatten sich in dem Raum befunden, in dem auch der Geschlechtsverkehr stattgefunden hatte. Hatte das eine Bedeutung?

Der Kaffee war ausgetrunken. Draußen war es stockdunkel, und auch das Feuer im Kamin war fast heruntergebrannt. Julia von der Au schaute den letzten kleinen Flammen zu, wie sie an der rußigen Kaminwand züngelten. Das warme Licht schmeichelte ihr. Warum konnten die Umstände nicht anders sein? Wieso war sie eine Verdächtige in einem Mordfall und er der Kommissar? Für einen Moment erlaubte er sich die Illusion, sie seien einfach ein Mann und eine Frau, die gleich zusammen Pizza bestellen und eine gute Flasche Wein aufmachen würden. Und dann? Ja, dann würde man sehen, was der Abend bringen würde. Aber so war das Leben eben nicht.

Als Herbst Julia von der Au an der Haustür die Hand gab, fiel ihm auf, dass kein Ring daran war. »Trug Ihr Mann eigentlich einen Ehering?«, fragte er.

»Ja, an der linken Hand.« Sie sah auf ihre Finger, und Herbst beeilte sich, ihre Hand loszulassen. »Ich trage meinen schon lange nicht mehr.« Dabei sah sie ihn direkt an.

Wäre ich jetzt einer dieser *hardboiled* Hollywood-Cops wie Bruce Willis, wäre das der Moment, wo ich sie an mich ziehen, ihr meine Zunge in den Mund stecken und sie vor morgen Mittag nicht mehr aus meinem Bett lassen würde, dachte Herbst. Aber Leo Herbst war keine coole Sau, also wischte er die Phantasie beiseite und sagte mit leicht belegter Stimme: »Vielen Dank für Ihren Besuch, Frau von der Au. Und für Ihre Offenheit. Und schade, dass ...« Den Rest des Satzes verschluckte er.

»Schade, dass wir uns nicht unter anderen Umständen kennengelernt haben?«, fragte sie lächelnd. »Ja, das finde ich auch.« Der Neuschnee knirschte leise unter ihren Stiefeln, als sie in der Dunkelheit auf der Dorfstraße verschwand.

Bestimmt hat er sie sich geschnappt, und sie ist die nächste Leiche!

Rot karierte Boxershorts, verschlafener Blick aus halb geöffneten Augen und eine von Kinderhand gemalte Fee auf der hängenden Schulter – Kriegsgott Ares hätte angesichts dieser Interpretation eines modernen Kriegers auf der Schwelle kehrtgemacht. Anders der nächtliche Besucher.

Grußlos fegte Charlotte herein, das Gesicht hinter einem großen Taschentuch verborgen. Mit verdutztem Gesicht stand Jack in der offenen Wohnungstür, durch die er die heulende Freundin seiner Frau hereingelassen hatte. Es war kurz vor Mitternacht, und auch wenn er schon in vielen Krisensituationen weltweit seinen Mann gestanden hatte, weinende Frauen konnte er nicht ertragen. Deshalb beeilte er sich, im Schlafzimmer zu verschwinden, ehe er weiter in das Geschehen involviert werden würde, und überließ den weinenden Überraschungsgast seiner Frau. Seine Befürchtungen waren unbegründet. Kaum waren die beiden Frauen in den Polstern des Wohnzimmersofas versunken, hatten sie den Soldat in Unterhosen auch schon vergessen.

Charlotte schluchzte so heftig, dass Polly in den ersten paar Minuten genauso wenig verstand wie zuvor am Telefon. »Nora«, »Mörder« und »Scheißbullen« waren sich stetig wiederholende Vokabeln, die Charlotte zusammenhanglos hinter dem Taschentuch hervorschleuderte. Auch nach einem großzügig eingeschenkten Grappa wollten die Worte für Polly keinen rechten Sinn ergeben. Erst ein weiterer Schnaps verlangsamte Charlottes Zungenschlag und schuf Klarheit. Nora war verschwunden, und das offenbar schon seit dem Morgen.

»Der Direktor hat angerufen und gesagt, dass er nicht mehr hinnehmen kann, dass Nora so oft unentschuldigt fehlt und dass ich doch bitte nächste Woche in seine Sprechstunde kommen soll. Ich hatte überhaupt keine Ahnung, dass sie schwänzt! Mittags ist sie dann nicht bei mir im Hotel aufgetaucht, so wie es ausgemacht war, und als ich nach der Arbeit nach Hause gekommen bin, war sie immer noch nicht da. Ich habe bei der Bullerei angerufen, aber der Saftarsch am Telefon hat sich nur über mich lustig gemacht und gemeint, wenn sie jeder hysterischen Mutter beistehen würden, deren Kind mal eine Ausgangssperre missachtet, hätten sie überhaupt keine Freizeit mehr. Kannst du dir das vorstellen?« Charlotte hielt Polly das leere Grappaglas entgegen und wischte sich die Augen.

»Hast du es auf Noras Handy versucht?«, fragte Polly, während sie nachschenkte.

»Das hab ich ihr doch weggenommen. Was bin ich nur für eine Mutter, sie konnte nicht einmal um Hilfe telefonieren!«

»Du redest, als wäre deine Tochter mausetot oder Schlimmeres. Dann war sie eben ein paarmal nicht in der Schule. Na und? Mal ehrlich, ich habe die gesamte neunte Klasse im Café verbracht. In dem Alter ist Zeit ein kostbares Gut, das man nicht freiwillig auf binomische Formeln verwenden will.«

Ein leises Klopfen an der Wohnungstür unterbrach ihre Beruhigungsversuche, und Polly beeilte sich zu öffnen. »Gut, dass du kommst«, flüsterte sie dankbar, während sie Julia einen der schlafenden Zwillinge abnahm. Sie deutete auf die Schlafzimmertür. »Am besten legen wir sie einfach zu Jack ins große Bett. Im Kinderzimmer sind alle Betten belegt.«

Ein paar Minuten später ließ sich Julia neben Charlotte auf das Wohnzimmersofa fallen. »Also, was ist los? Haben sich neue Verdachtsmomente gegen mich ergeben? Ich weiß ja nicht, wie es euch geht, aber wenn das mit den Mitternachtspartys bei uns einreißt, sollten wir über eine zuverlässige Kinderbetreuung nachdenken.« Sie verstummte, als sie Charlottes verheultes Gesicht sah.

»Nora ist verschwunden«, erklärte Polly und unterdrückte ein sehr unpassendes Gähnen. »Seit heute früh hat sie niemand mehr gesehen, aber die Polizei fängt erst nach vierundzwanzig Stunden an zu suchen. Wenn wir so lange warten, ist Lotti ein Wrack und hat eine massive Alkoholvergiftung von meinem sündteuren Grappa.«

Julia sah von einer zur anderen. »Haben wir einen Verdacht, wo sie sich herumtreiben könnte?«

»Aber es ist alles noch viel schlimmer«, meldete sich Charlotte mit verschleiertem Blick zu Wort. Umständlich fummelte sie einen Gegenstand aus ihrer Umhängetasche. »Sie trifft sich gerade mit dem Mörder deines Mannes.« Sie hielt den beiden verdatterten Freundinnen einen Haarreif mit roten Teufelshörnern entgegen. »Die hab ich in ihrem Zimmer gefunden. Bestimmt hat er sie sich geschnappt, und sie ist die nächste Leiche!«

Polly holte tief Luft. »Charlotte, das ist doch totaler Quatsch. Wieso sollte Nora die Teufelshörner vom Mörder haben? Das ist ein ganz normaler Faschingsartikel. Die halbe Stadt geht dieses Jahr als der Teufelsmörder von Moorach, vielleicht fand Nora das einfach nur witzig.«

»Fand?«, kreischte Charlotte. »Siehst du, jetzt redest du schon in der Vergangenheit von ihr! Ich bin sicher, dass sie die nur vom Mörder haben kann. Sie hatte sie unter dem Kopfkissen versteckt, das macht man doch nicht mit einem Faschingskostüm!«

»Wir sollten versuchen, in Ruhe nachzudenken«, schaltete sich Julia ein. »Ich halte es auch für unwahrscheinlich, dass Nora den Mörder kennt oder ihn in diesem Moment trifft. Aber wenn es dich beruhigt, kann ich gleich den Kommissar anrufen, der sich um Georgs Fall kümmert. Der scheint ziemlich clever zu sein und nimmt uns bestimmt ernst.«

Charlotte nickte dankbar.

»Aber vielleicht können wir uns erst mal überlegen, was wir wissen, einverstanden?«, fuhr Julia fort.

Charlotte schwieg, aber ihre Mundwinkel zuckten bedenklich. Um einer weiteren Heulattacke zuvorzukommen, beeilte sich Polly mit einer möglichst nüchternen Zusammenfassung. »Nora war heute nicht in der Schule. Sie ist bis jetzt nicht wieder aufgetaucht. Und sie hat Hörner, wie sie der Mörder Julias Mann aufgesetzt hat, in ihrem Zimmer versteckt. Ist es schon mal vorgekommen, dass sie nicht nach Hause gekommen ist?«

Charlotte wischte sich die Augen und überlegte. »Eigentlich nicht. Aber in letzter Zeit hat sie die vereinbarte Sperrstunde immer öfter überzogen. Zum Beispiel wenn sie bei Julia zum

Babysitten war.« Der Vorwurf hing schwer in der ohnehin schon dicken Luft.

»Spinnst jetzt? Wenn sie bei mir war, hab ich sie immer pünktlich um elf nach Hause geschickt und ihr Extrakohle für das Taxi gegeben.«

»Quatsch. Das letzte Mal war sie erst um Viertel nach zwölf zu Hause. Da wollt ich dich eigentlich eh schon drauf ansprechen, aber dann ist so viel passiert.«

»Wann war Nora denn das letzte Mal bei dir, Julia?«, fragte Polly mit einem unguten Gefühl im Magen.

»Das war am … in der Nacht, als Georg ermordet wurde.«

»Und wann ist sie bei dir weg?«

»Schon um halb elf. Sie war ein bisschen enttäuscht, weil ich eine halbe Stunde früher als vereinbart nach Hause gekommen bin.«

An Julias Blick konnte Polly sehen, dass ihre Freundin begriffen hatte. Nur Charlotte schien noch auf dem Schlauch zu stehen. Vielleicht lag das am Grappa.

»Hast du gesehen, wie sie ins Taxi gestiegen ist?«, fragte Polly.

Julia schüttelte mit besorgtem Blick auf Charlotte den Kopf. Also war Nora an diesem Abend nicht direkt nach Hause gefahren. Sie hatte einen Abstecher gemacht. Oder eine Pause. Die Vinothek Bacchus lag etwa auf der Hälfte ihres Heimweges. Was, wenn das Mädchen etwas beobachtet hatte?

Polly fasste einen Entschluss. »Julia, ich denke, es ist wirklich das Beste, wenn du jetzt deinen Kommissar anrufst.«

Julia schnappte sich ihr Handy und ein Zigarillo aus ihrer Tasche und ging auf den Balkon, um zu telefonieren. Polly nahm Charlottes Hand, und gemeinsam beobachteten sie durch die Balkontür, wie Julia sich in grauen Rauch hüllte und in ihrem Telefon nach der richtigen Nummer suchte. Polly dachte darüber nach, was wohl wäre, wenn eine ihrer Töchter eines Nachts in ferner Zukunft nicht nach Hause kommen würde. Wahrscheinlich wäre sie dem Wahnsinn nahe, würde Jack in kompletter Feldausrüstung losjagen und ihm befehlen, alles niederzumähen, was sich dem Mädchen auch nur auf zehn Meter genähert hätte.

Sie wischte das Bild beiseite. »Sag mal, gibt es keine Freundinnen von Nora, die wir anrufen können?«, fragte sie nach einer Weile. »Vielleicht weiß eine von ihnen, wo sie steckt, und alles entpuppt sich als harmlos?«

Charlotte schüttelte den Kopf. Angst stand in ihren Augen, aber sie weinte nicht mehr. »Ich hab schon von zu Hause aus mit allen gesprochen, die mir eingefallen sind. Keine konnte mir was sagen.« Erwartungsvoll sah sie zum Balkon, als Julia begleitet von einer Wolke kalten Rauches wieder hereinkam.

»Er ist nicht rangegangen, aber ich hab eine Nachricht hinterlassen. Sag mal, Polly, was geht denn da drüben in der Königshof-Ruine ab? Da steppt ja der Bär.«

»Das hab ich euch doch erzählt«, erwiderte die abwesend. »Da gehen die Kids zum Feiern hin, wenn die Rentnerbars in Moorach die Lichter ausgemacht haben.«

Julia schaute von Charlotte zu Polly und wieder zurück zu Charlotte. »Oder sie gehen dahin, wenn sie es sonst nirgendwo machen können, weil sie eine oberspießige Mama zu Hause sitzen haben«, zitierte sie sinngemäß Noras provokative Äußerung bei ihrem letzten Zusammentreffen.

Sie hatte kaum zu Ende gesprochen, da war Charlotte auch schon aus der Tür. Julia überlegte eine Sekunde, dann rannte sie hinterher. Polly schnappte sich schnell noch Julias Handy, das die achtlos auf das Sofa geworfen hatte, flüsterte ihrem Mann im Schlafzimmer zu, dass sie noch mal dringend wegmüsse und er sich um die vier schlafenden Kinder kümmern solle, dann stürmte auch sie aus der Wohnung.

An dem wackeligen Bauzaun, der das Gelände des Königshofes bereits seit Jahren umgab, holte Polly die beiden Freundinnen ein. Charlotte war gerade dabei, sich fluchend durch die Lücke zwischen zwei Zaunelementen zu quetschen.

»Das ist wirklich nur was für Teenager mit Size Zero«, schimpfte sie, als sie es endlich geschafft hatte und ihre Klamotten zurechtrückte. »Mein Busen fühlt sich an, als hätte Picasso ihn gemalt.«

»So, ihr Lieben«, keuchte Polly leicht außer Atem. »Und was

genau ist jetzt der Plan? Wir stürmen den Laden und durchsuchen jeden Winkel nach deiner Tochter? Geht es nur mir so, oder findet wenigstens eine von euch beiden das auch albern?«

»Albern? Mein Kind ist in Gefahr! Von mir aus kannst du ja hierbleiben, aber ich geh jetzt da rein und schau, ob ich Nora finde. Eine bessere Idee haben wir nicht«, fauchte Charlotte und wandte sich zum Gehen.

»Wir haben keine bessere Idee«, wiederholte Julia und stolperte hinter Charlotte her in die Dunkelheit.

Großartig, dachte Polly. »Dann passt wenigstens auf, wo ihr hintretet. Das ist immerhin eine Baustelle.« Zum Glück hatte sie daran gedacht, das Telefon mitzunehmen. Sie sah sich um und entdeckte eine nur halb vernagelte Balkontür im ersten Stock des Hotels, neben der eine Leiter lehnte. Sie pfiff die Freundinnen zurück und testete vorsichtig die erste Sprosse. »Da geht's lang«, sagte sie, dann stiegen sie die Leiter hinauf. Hoffentlich war der Balkon nicht so baufällig, wie er aussah. Irgendwo aus dem Inneren der Ruine tönte noch immer Musik. Polly stieg voran, die anderen beiden hinterher. Die Leiter ertrug ihre verschiedenen Gewichtsklassen, wenn auch nicht klaglos.

»Scheiße, die Balkontür ist zu.« Polly drückte vergeblich dagegen. »Hier, das Fenster ist offen«, bemerkte Charlotte und schob die anderen auf dem brüchigen Balkon ein Stück weiter. Polly schob Julias Handy durch die Öffnung. Im bläulichen Licht des Displays erkannte sie ein altes Gästezimmer. In einer Ecke stand noch ein Schrank ohne Türen, daneben lag ein Waschbecken auf dem Boden. »Alles gut, hier kommen wir rein. Aber halt deinen Busen fest, Lotti, sonst verlierst du noch eine Körbchengröße.«

»Am besten, du sammelst sie auf. Dir fehlt schließlich eine«, parierte die und traf Pollys wunden Punkt.

Als sie zu dritt in dem Zimmer standen, machte sich ein Gefühl der Beklemmung breit. Hatten sie draußen auf dem freien Gelände noch herumgewitzelt, so herrschte jetzt drückende Stille. Nur das rhythmische Hämmern der Musik dröhnte wie ein Herzschlag von irgendwo tief im Bauch des alten Gemäuers zu ihnen herauf. Was, wenn sie Nora tatsächlich finden würden? Abseits der großen Party, tot in einem der Gästezimmer?

»Bullshit«, sagte Polly laut in die Stille des Raumes, öffnete die Tür und kommandierte ihre Freundinnen nach draußen. Ein alter Teppich schluckte ihre Schritte, bis sie zu einer großen Freitreppe gelangten. Im Licht des Handydisplays erkannte Polly mehrere große Löcher in den alten Holzstufen. Vorsichtig führte sie die Freundinnen im Zickzack die Treppe hinunter. Ihr Jagdinstinkt war stärker als ihre Angst. All ihre Sinne waren aufs Äußerste geschärft. Sie fühlte sich lebendig. Ein Gefühl, das sie in Bad Moorach selten hatte.

Systematisch öffneten sie Türen, betraten Personalräume, Lager und Abstellkammern, fanden aber nichts als Bauschutt, Dreck und den stumpfen Glanz vergangener Zeiten. »Eigentlich ein bisschen zu verstaubt für eine angesagte Teenie-Party«, bemerkte Julia müde, als sie in die ehemalige Küche kamen.

Polly merkte, wie ihre Konzentration nachließ. Auch hier empfing sie nur kalte, staubige Leere. Sie wollten gerade wieder gehen, als sie schwache Geräusche hörten. Durch die Tür am Ende der Küche drang eine Männerstimme, dann ein unterdrückter Schrei. Ehe Polly irgendetwas denken oder tun konnte, wurde sie von hinten beiseitegerempelt. Mit zwei Schritten war Charlotte an ihr vorbei. Mit einem Gesichtsausdruck, der klarmachte, dass sie zu allem bereit war, riss sie die Tür auf und stürmte in den dahinterliegenden Raum.

Für Vernunft war es zu spät, zu spät auch, sich eine Waffe zu suchen. Hatten sie eine Chance? Das Überraschungsmoment, hörte Polly Jacks Stimme in ihrem Kopf sagen. Wieso um alles in der Welt hatte sie nicht ihre Kampfmaschine hierhergeschickt?, dachte sie noch, während sie dicht gefolgt von Julia gegen Charlottes Rücken prallte.

Die stand stocksteif da und rührte sich nicht. Der Raum, wohl so etwas wie eine Kühlung, wurde von einer flackernden Neonröhre in blaues Licht getaucht. Außer den drei Frauen befanden sich noch vier weitere Personen im Zimmer. Alle waren mehr oder weniger in samtig rote Umhänge gehüllt. Drei offensichtlich männliche Protagonisten waren in verschiedenen Positionen mit Handschellen an das alte metallene Vorratsregal gefesselt. Dabei waren ihre Umhänge in einer Weise drapiert, dass der für die Interaktion entscheidende Körperteil unbedeckt blieb. Die vierte Person hatte sich ihres Umhangs entledigt und trug eine Zorro-Maske zu einer violetten Korsage, die ihren voluminösen Busen eindrucksvoll in Form quetschte. Sie thronte im perfekten Spagat auf einer wohl eigens für die erotische Session mitgebrachten Klappliege und präsentierte den Gefesselten und dem unfreiwilligen Publikum ihr frisch rasiertes, weit geöffnetes Geschlecht. Auf ihrem Kopf blinkten zwei rote Teufelshörner.

An das Universum: Bitte mach, dass es für immer ist!

Es ist passiert! Gestern Nacht. Ich kann es noch gar nicht glauben. Bin ganz verwirrt.

Wie jeden Abend war ich nach dem Essen unten am Fluss. Es war so schrecklich heiß, und ich wollte unbedingt noch baden. Da ist er zufällig vorbeigekommen. Mir ist fast das Herz stehen geblieben. Wir waren noch nie allein. Ich bin jetzt noch ganz aufgeregt. Erst hat er mich gar nicht bemerkt, weil ich bis zum Hals im Wasser war. Da dachte ich, es wäre vielleicht lustig, ihn ein bisschen zu erschrecken. Ich bin aus dem Wasser gesprungen, hab gebrüllt wie ein Löwe und ihn nass gespritzt, aber er hat nicht mal gezuckt. Nur gelacht und gesagt, dass er in Afrika ganz andere Sachen überlebt hätte als ein bisschen kaltes Wasser. Ich hab ihn gefragt, was das wohl sein könnte, wo ich doch so gefährlich bin. Da hat er sein T-Shirt ausgezogen und mir eine große Narbe gezeigt. Von einem Streifschuss, hat er gesagt. Ich wusste nicht so genau, was ich sagen soll. Er macht mich immer ein bisschen verlegen …

Ich hasse mich dafür. Bestimmt denkt er, ich sei eine verklemmte Kuh. Ich hab so getan, als würde ich jeden Tag solche Narben sehen, und ihn einfach noch mal nass gespritzt. Da ist er in den Fluss gesprungen. Einfach so. Ich war ziemlich cool. Hab gesagt, dass er in Afrika sicher so einiges erlebt hat, aber sicher nichts, was so gefährlich ist wie eine Wasserschlacht mit mir. Ich hab das sehr lässig rübergebracht. Darauf bin ich jetzt noch stolz. Ich glaube, er war auch beeindruckt, dann hat er angefangen, mich durchs Wasser zu jagen.

Als ich ihn dann an der tiefen Stelle im Fluss untertauchen wollte, hat er seine Hände auf meinen Po gelegt und mir tief in die Augen gesehen. Mit ganz rauer Stimme hat er gefragt, ob ich denn wisse, wie unglaublich schön ich sei. Dann hat er mit einer Hand langsam mein Bikinioberteil aufgeknotet. Die andere hat er in mein Höschen geschoben. Dabei hat er mir in die Augen gesehen. Seine Augen sind wie Sterne! »Ich bin verrückt nach dir«, hat er geflüstert. Und dass er noch nie eine Frau so gewollt hat wie mich. Und ich hab's gespürt.

Er kam schon aus der Hose raus. Ganz hart und heiß. Er hat ihn mir fest gegen meinen Bauch gedrückt, und das Wasser um uns rum war plötzlich gar nicht mehr kalt. Dann hat er gelächelt und mich auf seinen Armen ans Ufer getragen.

Wo kriegt man denn so ein kreatives Catering her?

»Habt ihr den Busen gesehen? Die ist bestimmt nicht durch den Bauzaun gekommen«, schnaufte Charlotte.

»Nee, hab ich nicht gesehen. Ich war zu abgelenkt von der Schwanz-Schau«, erwiderte Polly, die nach ihrem überstürzten Rückzug immer noch außer Atem war. »Drei Männer! Die spinnt doch, die Alte.«

»Höre ich da etwa Neid?«, stichelte Julia, die sich mit zittrigen Fingern ein Zigarillo anzustecken versuchte.

»Bestimmt nicht.« Ich bin ja mit einem Mann schon voll ausgelastet, fügte Polly in Gedanken hinzu.

Charlotte sah sich unbehaglich um. »Sollten wir nicht vielleicht doch besser die Polizei rufen? Wer weiß, was die mit den armen Kerlen sonst noch anstellt.«

»Ich finde, sie konnte recht glaubhaft versichern, dass sie nicht der Teufelsmörder von Moorach ist und dass ihr die Männer tot nichts nützen würden. Außerdem wüsste ich nicht, wo sie ihre Waffe versteckt haben sollte. Das Stückchen Stoff, das sie da anhatte, war mit dem Busen vollkommen ausgelastet. Eine Kanone hätte da keinen Platz mehr gehabt. Und die Herren haben dir immerhin in die Hand versprochen, dass sie freiwillig an dem Regal hängen.« Julia kicherte.

»Hört ihr das? Die Musik wird lauter. Ich denke, wir sind ganz nah dran am Geschehen.« Polly lauschte. »Jetzt will ich aber wissen, was hier abgeht. Ein Puff im prüden Moorach? Im charmanten Ambiente einer Ruine?«

»Ich störe deine journalistische Begeisterung ja wirklich nur ungern, Polly, aber lasst uns doch bitte wieder daran denken, warum wir hier sind«, mahnte Charlotte. In ihrer Stimme schwang Unruhe mit. »Auch wenn ich mittlerweile nicht mehr glauben kann, dass Nora sich … dass sie hiermit irgendwas zu tun hat.«

Nicht glauben will, korrigierte Polly sie in Gedanken. Sie

fröstelte. Alte unheimliche Gemäuer waren noch nie ihr Ding gewesen. Irgendwo im Gang hinter ihnen knirschte es. Die drei zuckten zusammen.

»Sag jetzt bitte jemand, dass das eine Katze war«, flüsterte Charlotte.

»Los, weiter«, trieb Julia sie entschlossen an. »Wenn wir hier rumstehen und uns gruseln, kommen wir auch nicht weiter. Lasst uns einen Blick in den Saal riskieren.« Und weg war sie.

»Aber vielleicht könnten wir etwas diskreter vorgehen als eben?« Polly schob sich an Charlotte vorbei und folgte Julia, die an einer Tür lauschte.

»Ich glaub, hier ist es. Was sollen wir tun?«

»Scheiß auf diskret«, meldete sich Charlotte und stieß die Tür auf. »Wir müssen uns nicht genieren, sondern die. Sehen und gesehen –«

Was auch immer sie sah, brachte sie einigermaßen aus der Fassung. Vorsichtig lugte Polly über Charlottes Schulter. Der Saal wurde von mehreren Lüstern erhellt. Da es in dem alten Hotel offenbar nur bedingt Strom gab, flackerte das Licht von vielen hundert Kerzen auf den mit schweren Stoffen verhangenen Wänden. Auf dem Boden lagen Teppiche, rote Samtkissen und glänzende Matratzen. Eine Spielwiese für rund fünfzig Menschen, die ihre Partykleidung offenbar bei Beate Uhse erstanden hatten. Sie vergnügten sich in Paaren oder in Gruppen. Wer gerade nicht mit jemandem zugange war, hielt sich an einer provisorisch aus Weinkisten aufgebauten Bar auf, auf der mehrere Türme aus gefüllten Champagnergläsern standen. Dazu wurden Häppchen angeboten. Jeder der Anwesenden trug eine Maske, wie sie auch die Diva aus dem Küchenseparee verwendet hatte, um ihre Identität zu wahren, und – einen Haarreif mit blinkenden roten Teufelshörnern.

Dank der wummernden Bässe hörten nur die der Tür am nächsten stehenden Halbnackten den Pfiff, der Polly entfuhr. Automatisch holte sie Julias Handy raus und schoss Fotos von der Szene. Als sie bemerkte, dass sich immer mehr Gäste nach ihnen umdrehten und sich ein großer Typ mit drohenden Gebärden auf sie zubewegte, war es schon zu spät, um zu reagieren. Der Mann schlang ein Lasso um Charlottes Hals, die sich nicht wehrte. Ihre Augen suchten noch immer nach Nora. Im nächsten Moment klatschte die Hand des Mannes auch schon auf Lottis üppigen Hintern und deutete der Partygesellschaft mit einem nach oben gereckten Daumen an, dass alles in Ordnung sei. Als er an der Schlinge zog, konnte seine Gefangene nicht anders, als ihm zu folgen. Polly blieb ihr mit Julia auf den Fersen. Charlotte zerrte jetzt an der Schlinge und japste nach Luft. Mit einem Fuß stieß der Mann eine Tür auf, schob Charlotte in den dahinterliegenden Raum. Fast ein wenig zärtlich, fand Polly, bevor sie selbst einen unsanften Schubs bekam und auch Julia neben ihr auf dem Boden landete. Die Zärtlichkeit war eindeutig für Charlotte reserviert. Dann fiel die Tür krachend ins Schloss.

Julia schob einen alten Servierwagen unter die Türklinke und bedeutete den beiden anderen, still zu sein. Minuten verstrichen. Von draußen war außer der Musik nichts zu hören.

»Was war denn das?«, flüsterte Charlotte. »Meint ihr, er kommt zurück?«

»Keine Ahnung. Aber ich glaube nicht, dass er uns was tun wird. Zu viele Leute haben mitbekommen, wie er dich abgeführt hat. Habt ihr gesehen, wie die uns angestarrt haben?«

»So müssen sich Alfred und der trottelige Professor aus ›Tanz der Vampire‹ gefühlt haben, als sie allein im Spiegel zu sehen waren«, überlegte Polly.

»Ich denke, die Handykamera hat sie einigermaßen abgetörnt«, sagte Julia. »Dabei konnte man eh nix richtig erkennen. Wobei … habt ihr den kleinen Mann mit der schwarzen Fliege gesehen? Ich könnt schwören, das war der Boandlkramer. Die neben ihm hatte übrigens ziemliche Ähnlichkeit mit unserer geschätzten Stadträtin. Und sagt mal, diese Häppchen auf der Bar, war das echt Laugengebäck in Penisform? Wo kriegt man denn so ein kreatives Catering her?«

»Das wird eine super Geschichte.« Polly rieb sich die Hände. »Aber wahrscheinlich werde ich damit zur Konkurrenz gehen müssen. Mein Chef druckt das im Leben nicht. Bestimmt hängt er auch grad an irgendeinem Regal und leckt seiner Barbie die Cowboystiefel.«

»Ob man das auch aus Lebkuchenteig machen kann? Das wäre der Wiesenhit schlechthin!« Julia bekam glasige Augen. »Und dann könnte man das Sortiment noch um ein paar Ärsche und Busen erweitern. Jeder besoffene Australier könnte ein paar *bavarian boobs* in blau-weißen Zuckergussrüschen vom Oktoberfest mit nach Hause nehmen … Ich sehe schon einen Bauchladen vor mir und ein Firmenlogo mit dem Schriftzug ›Sweet Souvenirs‹. Mädels, das ist die Geschäftsidee, nach der wir immer gesucht haben. Wir werden reich mit Ärschen!«

»Wenn die Faszination etwas nachgelassen hat, würde ich mich gern auf den Heimweg machen«, unterbrach Charlotte. »Ich bin mir mittlerweile sicher, dass mein kleines Mädchen sich hier nicht herumtreibt. Keiner in dem Saal war ihr Semester. Lasst uns sehen, dass wir hier rauskommen, und dann versuchen wir es noch mal bei dem Kommissar.«

Mooracher-Anzeiger.de – Community: Unsere Stadt sucht einen Mörder

Jetzt einloggen, mitdiskutieren und gewinnen!

Am Dienstagmorgen entdecken Passanten den Weinhändler Georg Stecher tot in seinem Schaufenster. Ausgezogen, ausgestellt und ausradiert. Bad Moorach, eine Stadt, in der man seines Lebens nicht mehr sicher ist? »Der Mörder ist unter uns«, sagt Marinus Forster, Chefredakteur des Mooracher Anzeigers.

Kommentare:

Spitzenkandidat♀ • ausgeloggt

Anubis • ausgeloggt

Die Walküre • ausgeloggt

Lonesome Cowboy • ausgeloggt

Gaudibursch38 • ausgeloggt

Wutbürger • vor 60 Minuten
Ja, wo seid's denn alle? Ich denk, wir suchen einen Mörder?

Habt ihr nie Pippi Langstrumpf gelesen?

Sie saßen fest. Feucht kroch die Kälte des Februarmorgens die Wände des kleinen Kabuffs hinauf und nistete sich in ihren Knochen ein. Sie hatten lange nichts gesprochen. Wie viel Zeit vergangen war, wussten sie nicht. Der Raum hatte kein Fenster, und so bemerkten sie nicht, wie ein neuer grauer Tag heraufzog. Gelegentlich war eine von ihnen aufgestanden und hatte an der Tür gerüttelt. Ohne Erfolg. Sie hatten nicht gewagt zu rufen. Wer auch immer sie eingesperrt hatte, sie wollten lieber nicht von ihm gerettet werden.

»Ob Georgs Mörder die Hörner von hier hatte?«, fragte Julia in die Stille.

Polly streckte sich. »Möglich wär's. Auch wenn wir nicht davon ausgehen, dass es sich bei dem Täter um ein sexbesessenes Kollektiv handelt, könnte sich der Typ doch immerhin hier einige Anregungen für den Mord geholt haben. Es scheint, als wären die Hörner so etwas wie die Eintrittskarte zu der illustren Runde. Entweder Georg oder der Mörder ist hier wohl verkehrt.«

»Meint ihr, der Mörder war eben auch unter den Gästen?«, fragte Charlotte leise. »Vielleicht der Typ, der uns eingesperrt hat?«

»Keine Ahnung. Wenn dem so ist und er uns erkannt hat, macht das unsere Lage nicht unbedingt besser. Dann muss er damit rechnen, dass wir den Zusammenhang kapiert haben«, überlegte Polly laut.

»Haben wir das?«, fragte Charlotte müde. Die Ereignisse der Nacht hatten tiefe Augenringe in ihr Gesicht gemalt. »Das alles hier kommt mir total unwirklich und verwirrend vor. Säßen wir hier nicht fest, würde ich denken, dass alles nur ein seltsamer Traum wäre.«

»Träumst du oft von mir?«, versuchte Julia die Situation aufzulockern.

»Schluss mit dem Scheiß«, intervenierte Polly. »Lasst uns nachdenken, wie wir hier rauskommen. Hat jemand eine Haarnadel dabei? In Filmen funktioniert das immer.« Die Anspannung begann in Galgenhumor umzuschlagen.

»Wenn wir die Tür nicht mit deinem gewaltigen Wortwitz einreißen können, brauchen wir vielleicht eine bessere Idee«, meinte Julia nüchtern. »Mein Handy hat keinen Saft mehr, weil du es erst als Taschenlampe und dann zum Bildchenmachen benutzen musstest. Wir könnten längst hier weg sein! Aber gut, dass du wenigstens deine Sensationsfotos hast. Wenn du damit nicht mindestens den Pulitzerpreis gewinnst, werde ich dich leider erwürgen. Denkst du, dass dir rote Hörner stehen?«

»Gemach, gemach mit den Morddrohungen zu nachtschlafender Zeit. Wenn wir hier nicht rauskommen, werden wir entweder verhungern oder vom Teufelsmörder der Reihe nach abgeholt werden«, warf Charlotte ein. »Keine Ahnung, was ich schlimmer fände.«

»Was ist denn das?«, Polly war mit dem Fuß gegen etwas gestoßen. »Sieht aus wie ein Koffer. Vielleicht ist da ja die Haarnadel drin, die wir brauchen.« Schnell öffnete sie die Schnalle und holte einen weichen Pullover, Wäsche und einen Kleidersack mit einem Anzug hervor. »Kein Werkzeug«, seufzte sie enttäuscht.

Julia war neben sie gerutscht. »Das ist nicht irgendein Koffer, das ist Georgs Reisegepäck! Was hat das zu bedeuten?«

Polly rieb sich die Schläfen. »Es bedeutet entweder, dass dein Mann es vor seinem Tod hier deponiert hat, was keinen rechten Sinn ergibt, jedenfalls wenn er nicht nackt in Frankreich rumlaufen wollte, oder, was ich für wahrscheinlicher halte, der Mörder es aus der Vinothek mitgenommen und hier versteckt hat, nachdem er Georg erschossen hat. Ein gutes Versteck, zweifellos. Nur verstehe ich nicht, warum er das Zeug überhaupt mitgenommen hat.« Julia musste nicht lange überlegen: »Damit mir die Polizei nicht glaubt, dass Georg verreisen wollte. Es sollte so aussehen, als ob ich lüge. Kein Gepäck, keine Reise.«

»Du meinst, der Mörder will dir seine Tat in die Schuhe schieben?«, fragte Polly.

»Keine Ahnung. Das alles wird immer gruseliger.«

»Ich will hier weg.« Panik schwang in Charlottes Stimme. Zum tausendsten Mal sah sie sich in der Dunkelheit um und begann dann, mit den Händen an der Wand entlangzutasten.

»Suchst du nach einem Geheimgang? Ich glaube nicht, dass es so etwas in Hotels gibt.«

»Du wirst lachen, aber manchmal doch. Ich vermute, dass wir uns in der Kammer des Etagenkellners befinden. Und üblicherweise gibt es da dann … Hier, fasst mal mit an.«

Charlotte zog an einem umgekippten Regal. Gemeinsam schafften sie das sperrige Ding in die Mitte des Raumes.

»Handy, bitte«, forderte Charlotte.

»Hört mir eigentlich jemand zu? Der Akku ist alle!«, fauchte Julia überspannt.

»Ein paar Sekunden Licht reichen«, erwiderte Charlotte und griff nach dem Telefon, das Polly ihr resigniert gab. Einen kurzen Moment flackerte das Display müde auf, dann war es wieder finster.

»Aha, wie ich es mir schon gedacht habe«, sagte Charlotte zufrieden. »Hier ist ein Speiseaufzug. Nicht besonders groß, aber eindeutig ein Aufzug.«

»Na, großartig! Möchtest du vielleicht ein paar Pimmel-Brezen bei unseren Freunden im Sadomaso-Saal bestellen? Also, ich hab darauf nicht so recht Appetit.« Julia rutschte an der Wand hinunter und blieb sitzen.

»Dieser Aufzug führt in die Küche, und die ist, wie wir wissen, unverschlossen.« Charlotte tastete in die Öffnung. »Ich bin zu fett dafür. Wer von euch möchte klettern?«

»Spinnst du?« Jetzt war es Polly, die ihre Nerven nicht mehr im Griff hatte. »Wir sollen da reinsteigen? Was, wenn das Teil ab der Hälfte mit Schutt verstopft ist? Oder wenn wir abstürzen? Das sind immerhin zwei Stockwerke. An die Viecher dadrin mag ich gar nicht denken.«

»Ich bin dann doch auch eher für die Haarnadel-Option«, meldete sich Julia aus ihrer Ecke. »Keine zehn Pferde bringen mich da rein, und wenn der Teufelsmörder persönlich hier an der Tür rüttelt.«

»Stellt euch nicht so an. Außergewöhnliche Situationen erfordern außergewöhnliche Maßnahmen«, schnaubte Charlotte ungeduldig. »Also, wer geht?«

»Polly geht. Immerhin hat sie mein Handy leer geknipst«, sagte Julia. »Außerdem hab ich zwei kleine Kinder zu Hause, die schon ihren Vater verloren haben.«

»Was dich nicht übermäßig zu stören scheint.«

»Nicht bösartig werden, ja? Nur weil sich meine Trauer in Grenzen hält, heißt das nicht, dass mir Georgs Tod nicht leidtut.«

Polly murmelte eine Entschuldigung und tastete sich zögerlich an die Öffnung in der Wand heran. »Den Aufzug gibt es nicht mehr. Der Schacht ist leer«, stellte sie fest.

»Aber das ist der einzige Weg nach draußen«, drängte Charlotte ungeduldig. »Keiner weiß, dass wir hier sind, und wenn ihr keinen besseren Vorschlag habt, würde ich doch bitten, dass eine von euch sich jetzt auf die Socken macht.«

Polly seufzte. »Dann macht euch jetzt mal nackig. Wenn ich da rein soll, brauch ich mehr Sicherheit. Meine zwei Kinder haben zwar noch einen Vater, aber der ist wahrscheinlich schon am Rande des Wahnsinns nach der Nacht mit den vier Quälgeistern.«

»Und wieso geht es dir besser, wenn wir nackig sind, während du in den Tod stürzt?«, erkundigte sich Julia nur halb interessiert.

»Habt ihr nie Pippi Langstrumpf gelesen? Wenn man kein Seil hat, knotet man eben Bettlaken und Klamotten aneinander. Also her mit euren Designersöckchen«, fluchte sie leise, während ihr die anderen widerwillig ihre Kleidungsstücke reichten, die sie zusammen mit den Männerklamotten aus Stechers Koffer fest miteinander verknotete.

»So«, sagte Polly, als sie fertig war, »damit komme ich zumindest in den ersten Stock. Hol euch der Teufelsmörder, wenn ihr mich nicht gscheid festhaltet!«

Julia und Charlotte packten das eine Ende des Behelfsseiles und schoben Polly dann vorsichtig durch die enge Öffnung in der Wand. Niemand sprach ein Wort.

Polly biss sich auf die Lippe, bis sie blutete. War es in dem Zimmer schon dunkel gewesen, so umfing sie jetzt eine nie gekannte

Schwärze. Der Schacht war so eng, dass sie sich problemlos mit Beinen und Armen einspreizen konnte. Ihre Hände tasteten an der rauen, feuchten Ziegelmauer entlang. Als sie etwas Kleines, Krabbeliges berührte, hätte sie vor Schreck fast den Halt verloren. Meter um Meter stieg sie nach unten, und das Kleiderseil das sie eng um den Bauch geknotet hatte, verband sie wie eine lebenswichtige Arterie mit den beiden Freundinnen.

Freundschaft. Was war das überhaupt? Die Bereitschaft, für den anderen zu sterben? Und was warfen Charlotte und Julia dafür in die Waagschale? Nichts. Wenn sie hier heil herauskommen sollte, würde sie sich als Erstes neue Freundinnen suchen. Welche, die ihr guttaten. Die mit ihr darüber sprachen, welche Bausteine bei Stiftung Warentest am besten abgeschnitten hatten, und mit ihr Plätzchenrezepte austauschten. »Nur nicht an die Kinder denken«, wiederholte sie leise wie ein Mantra auf dem Weg nach unten, während sie aufsteigende salzige Tränen hinunterschluckte.

Nach einer halben Ewigkeit ertastete ihr Fuß den Untergrund. Was, wenn es hier keinen Ausgang gab? Den Weg nach oben zurück würde sie im Leben nicht schaffen. Sie spürte, wie eine Welle der Panik auf sie zuschwappte. Hektisch begann sie, die Wände um sich herum abzutasten, riss sich an irgendetwas die Handfläche auf, tastete weiter, fand nichts. Ein Geräusch ließ sie zusammenzucken. Es dauerte einen Moment, bis sie begriff, dass es ihr eigenes Schluchzen gewesen war. Sie hielt inne und zwang sich, tief durchzuatmen. Die Luft war abgestanden und schmeckte modrig, trotzdem schaffte sie es, sich wieder einigermaßen zu beruhigen. Systematisch begann sie erneut, die vier kalten Wände abzutasten. Sie begann auf Brusthöhe und arbeitet sich dann Handbreit für Handbreit nach unten. Etwa auf Höhe ihrer Knie konnte sie eine Kante fühlen. Erleichtert atmete sie auf. Die Öffnung war nicht groß, aber sie sollte ausreichen. Mit zittrigen Fingern löste sie den Knoten aus zwei Jeansbeinen um ihre Taille. Offenbar war der Aufzug etwas oberhalb seines Zieles hängen geblieben, sodass sich nur ein etwa dreißig Zentimeter großer Ausstieg ergab. Im Stillen schickte sie ein Dankgebet an ihre Yogalehrerin. Jetzt machten sich die teuren Yogastunden bezahlt. Vorsichtig schob sich Polly mit den Füßen voran nach draußen und landete nach einem endlosen Moment mit angehaltenem Atem unsanft auf dem Boden der alten Hotelküche. Vor Erleichterung liefen ihr Tränen über die Wangen.

Sie nahm sich einige Minuten Zeit, um zu lauschen und sich zu sammeln. Fahles Licht fiel durch die vernagelten Fenster herein, die Tür zum Kühlraum, in den sie eine halbe Ewigkeit zuvor hineingeplatzt waren, stand offen. Die Musik hatte aufgehört, die Party schien vorbei zu sein. Die Ruine war wieder wie ausgestorben. Sie brauchte dringend frische Luft. Mit letzter Kraft zog sie eines der Bretter vom nächstgelegenen Fenster und atmete gierig die kalte Morgenluft ein. Langsam verschwand der modrige Geschmack in ihren Atemwegen. Draußen auf dem Gelände war alles ruhig. Nichts mehr zeugte von dem nächtlichen Treiben. Doch etwas machte sie stutzig. Ganz hinten unter den Bäumen sah sie etwas, das nicht hierhergehörte. Etwas Bekanntes. Nachdenklich zog sie den Kopf zurück und ging Richtung Freitreppe.

Den Gedanken an den Mörder, der sich vielleicht noch irgendwo im Gebäude aufhielt, verdrängte sie, so gut es ging, und bemühte sich, so geräuschlos wie möglich zu laufen. Sie verlief sich zwei Mal, bis sie die Kammer fand, in der Charlotte und Julia festsaßen. Von außen steckte der Schlüssel.

»Ich bin's«, sagte sie halblaut zu der Tür, um sicherzugehen, dass ihr die zwei auf der anderen Seite nicht in Erwartung des Teufelsmörders eins überbraten würden, sobald sie öffnete. Die beiden hatten das Klamottenseil anscheinend schon wieder hochgezogen. Sie empfingen Polly bekleidet und mit erleichterten Gesichtern.

»Lasst uns bloß von hier abhauen«, sagte Julia. »Was ist los, Polly?«

Die Freundin schaute nachdenklich auf ihre verdreckten Schuhe. »Ich weiß, an wen du dich wenden musst, um den Hersteller der Penis-Brezen zu erfahren«, sagte sie dann. »Auf dem Parkplatz steht Beppos Transporter.«

Variation für vier

Der Tag war wie gemacht für eine Beerdigung. Dunkelgraue Wolken hingen schwer am trüben Himmel und bildeten die melancholische Kulisse für den schier nicht enden wollenden Zug schwarz gekleideter Menschen, der sich wie eine fette Raupe langsam hinter dem mahagonifarbenen Sarg herwand. Die Prozession wurde von einer fröhlich winkenden alten Dame im Rollstuhl angeführt, die von einem durchsichtigen Männlein mit Hut und Fliege geschoben wurde. Einige der Trauergäste hatten schwarze Regenschirme dabei. Es roch nach Schnee.

Leo Herbst stand etwas abseits unter den Arkaden des Krematoriums und rauchte. Er war bester Laune. Ein Umstand, für den er sich angesichts des Leichenzuges etwas genierte, aber da war nichts zu machen. Beim Frühstück hatte er die Nachricht auf seiner Mailbox bemerkt. Julia von der Au bat ihn um unkonventionelle Hilfe in einer, wie sie es in der Nachricht formulierte, delikaten Angelegenheit. Sein Herz hatte einen Hüpfer gemacht, als er die Taste für direkten Rückruf drückte, doch seine Euphorie hatte sofort einen Dämpfer bekommen, als ihm ein entnervtes »Ja, was denn?« entgegenknallte. Abgehetzt hatte sie ihm erklärt, dass sie gerade überhaupt keine Zeit habe. Nicht einmal zur Beerdigung würde sie kommen. Und die Sache von gestern Nacht habe sich erledigt, seit sie mit ihrer Babysitterin telefoniert hätte. Enttäuschung. Aber dann: ob er vielleicht am Abend Zeit hätte, kurz bei ihr vorbeizukommen? Sie habe da etwas gefunden, was sie ihm unbedingt zeigen müsse. Ein durchdringender Kinderschrei aus dem Hintergrund, gefolgt von einem resignierten »Scheiße!«, und der Anruf hatte mit einem leisen Klack ein abruptes Ende gefunden.

Jetzt stand er also hier und versuchte, seine Arbeit zu machen. Beobachten, wer alles erschienen war und sich wie verhielt. Wer war der elegante große Typ mit dem Dreitagebart, der seinen

Schirm schützend über die attraktive dunkelhaarige Frau hielt? Seine Kleidung hob ihn von dem ab, was die männliche Mooracher Trauergemeinde als elegant und dem Anlass angemessen zu erachten schien. Da waren sie wieder, der Provinz-Anorak und der Trachtenjanker. Die Mehrzahl der Damen hatte sich hingegen offenbar daran orientiert, was die Filmdiven in Hollywooddramen zu Gelegenheiten dieser Art trugen.

Ein Meer aus trauernden Witwen, dachte Herbst. Ob auch die große Unbekannte darunter war, mit der Stecher seinen letzten Abend verbracht hatte? Die schwarze Gesellschaft kontrastierte auf eigentümliche Weise mit dem Gebirgszug aus bunten Kränzen und Blumengestecken, der sich neben und hinter dem Grab auftürmte.

Er ließ seinen Blick weiter über die Menge schweifen, konnte sich aber nicht so recht konzentrieren. Vordergründig beschäftigte ihn eine Frage: Wann begann eigentlich »heute Abend«? Um sechs? Allerdings wurde es schon um fünf dunkel ... Er glaubte sich in einem längst vergessenen Déjà-vu, bis ihm klar wurde, dass er sich die Frage wohl das letzte Mal als Bub gestellt haben musste, während er ungeduldig in seinem Zimmer saß und auf das Christkind wartete. Jetzt war er ein erwachsener Mann und wollte auf keinen Fall den Eindruck erwecken, an einem Abend wie diesem nichts Besseres zu tun zu haben. Obwohl es tatsächlich nichts Besseres gab, das musste er sich eingestehen. Er dachte daran, wie er Julia von der Au vor einigen Tagen zur Tür begleitet hatte. Was hatte sie gesagt? »Schade, dass wir uns nicht unter anderen Umständen kennengelernt haben?« Vergeblich versuchte Herbst ein sehr unangebrachtes Grinsen aus seinem Gesicht zu wischen.

Der Sarg, geschultert von vier Männern, zog an ihm vorbei. Der Kommissar erkannte die Schafkopfrunde. Nur für den schmächtigen Kramer war offensichtlich Beppo Wimmer eingesprungen. Vor dem offenen Grab stoppten sie.

»Ihr steht auf unserem Platz«, herrschte Forster eine Gruppe Bläser an, die sich rechts neben dem Grab postiert hatte, genau über den Senkseilen.

»Wir sind bestellt«, bellte ein Mann mit Tuba zurück. »Wir sollen dem seligen Herrn Stecher eine letztes Ständchen bringen, und des mach ma jetzt auch. Spielt's auf, Buam!« Die Herren bliesen in ihre Instrumente. Nicht melodisch, aber laut. Herbst kam das Stück bekannt vor, er konnte ihm aber keinen Titel zuordnen.

Irmgard Ziermayr, die links in der ersten Reihe stand, schluchzte laut auf. Neben ihr hatte Eduard Kramer wie ein unterdimensionierter Bodyguard hinter dem Rollstuhl von Hannerl Stecher Position bezogen und tätschelte gelegentlich gönnerhaft deren Schulter. Herbst fragte sich, ob es so klug von Julia von der Au gewesen war, die Beerdigung ihres Mannes zu schwänzen. Einige der Gäste tuschelten schon jetzt.

Der Pfarrer war mit seinen Ausführungen am Ende, als einer der Fahnenträger vortrat. Er zupfte seine Uniformjacke über dem Bierbauch gerade, blickte in die Runde und erhob dann selbstbewusst seine Stimme: »Der Gebirgsschützenverein Bad Moorach grüßt zum letzten Mal sein geschätztes Mitglied Georg Stecher mit einem dreifachen Salut.« Es knallte aus dem Hintergrund, wo sich etwa zehn Schützen in Position gebracht hatten und mit erhobenen Flinten in den Himmel ballerten.

»Jetzt sind wir dran«, informierte Forster seine Mannschaft lauter als nötig. Vorsichtig ließen sie den Sarg in das Grab sinken, als plötzlich wieder die Tuba dazwischendröhnte. Dem selbst ernannten Chef der Seilschaft entglitt der Haltegurt, der Sarg rumpelte in die Tiefe, und Irmi Ziermayr schrie auf.

Eduard Kramer nutzte das Chaos, trat ans Mikrofon und ratterte ein einstudiertes Sätzchen herunter: »Die Freunde des Verstorbenen laden alle Verwandten und Bekannten vom Stecher Schorschi ab elf Uhr zum Leichenschmaus beim Alten Wirt, auf dass ein würdiges Begräbnis einen guten Abschluss findet. Bezahlt werden das Essen und die erste Maß.«

Langsam löste sich die Versammlung auf, nachdem jeder am Grab vorbeigegangen und sich bekreuzigt hatte. Herbst konnte von seinem Platz aus sehen, dass der Sarg mit roten Rosen bedeckt war, die von verschiedenen Damen in das Grab geworfen worden waren. Irmgard Ziermayr stand in einer Gruppe, schüttelte Hände und nahm Beileidsbekundungen entgegen, als sei sie die Witwe. Als sie ihn bemerkte, nickte sie ihm zu. Eigentlich hatte er keine große Lust, mit ihr zu sprechen, aber er war nicht schnell genug hinter dem Pfeiler verschwunden, an dem er lehnte.

Schon löste sich Frau Ziermayr aus der Menge, überließ die Kondolierenden ihrem Gatten und steuerte auf ihn zu. Sie begrüßte ihn herzlich, als würden sie sich schon Jahre kennen. Dabei schwankte sie etwas. Der Versuch, die tiefen Augenringe unter einer dicken Schicht Make-up zu verbergen, war nur bedingt geglückt. Als sie näher trat, um sich nach dem Stand der Ermittlungen zu erkundigen, wehte eine deutliche Alkoholfahne zu ihm herüber, sodass er eilig einen Schritt zurücktrat.

»Herr Kommissar, gut, dass Sie da sind. Eine schöne Beerdigung, gell? Der Schorsch hätt sich so gefreut, dass alle da waren – also fast alle. Geht es Ihnen besser? Ich hab gehört, Sie waren krank. Kein Wunder bei dem Scheißwetter. Kommen Sie voran? Ihnen ist sicher schon aufgefallen, wer fehlt, oder? Eine Schande ist das, den eigenen Mann nicht zu Grabe tragen. Verdächtig, finden Sie nicht?«

Frau Ziermayr quasselte ohne Pause. Herbst wollte etwas einwerfen, kam aber nicht zu Wort. Wie könnte er diese penetrante Person nur schnellstmöglich loswerden? Hilfesuchend sah er sich um und bemerkte etwas abseits eine pummelige Frau in einem grauen Kostüm. Immer wieder schaute sie zu ihnen herüber, während sie an einem Automaten für Grabkerzen herumdrückte, aus dem Herbst zuvor schon vergeblich versucht hatte, Zigaretten zu ziehen.

Er hatte eine Idee und nahm einen weiteren Anlauf, die Stadträtin zu unterbrechen. »Frau Ziermayr, Sie wären mir eine unschätzbare Hilfe, wenn Sie mir mit ein paar Namen helfen könnten. Wäre es zu viel verlangt, mir eine Liste mit allen wichtigen Personen zu erstellen, die dem Begräbnis beigewohnt haben? Mir ist klar, dass das eine Zumutung ist, Sie sind schließlich eine viel beschäftigte Frau, aber die Sache ist sehr eilig.«

»Ich habe schon verstanden, Herr Kommissar. Natürlich werde

ich alles tun, damit diese schreckliche Sache bald aufgeklärt ist. Dann geh ich mal schnell, bevor sich alles aufgelöst hat. Die Ersten laufen ja schon ins Wirtshaus. Sie hören dann von mir!« Mit gewichtiger Miene eilte sie davon.

Herbst erlaubte sich einen Seufzer der Erleichterung. Ihm war ganz schwindelig von der Gesprächssalve, die ihn überrollt hatte. Vorsichtig sah er sich nach der Frau im grauen Kostüm um, die sich ihm jetzt zögerlich näherte. Er lächelte ihr aufmunternd zu.

»Kommissar Herbst?«, fragte sie mit einer Stimme, die für ihren fülligen Körperbau viel zu hoch war.

»Zu Diensten«, erwiderte er mit einer leichten Verbeugung. Sie wirkte so verängstigt, dass er befürchtete, sie würde sich sofort zurückziehen, wenn er eine zu schnelle Bewegung machte.

Sie schwieg einen Moment lang und schien sich nicht sicher zu sein, ob sie wirklich mit ihm sprechen wollte.

»Wie kann ich Ihnen helfen?«, fragte er deshalb ermutigend.

Pause. Dann: »Herr Kommissar, könnten wir vielleicht ein paar Schritte gehen? Ich fühl mich hier so beobachtet.«

Er nickte mit einem einnehmenden Lächeln und bot ihr seinen Arm an. Etwas entfernt sah er die Stadträtin mit einem Zettel in der Hand eifrig zwischen den Gräbern herumlaufen. Auch ihm war es sehr recht, den Friedhof zu verlassen, bevor Frau Ziermayr ihn wieder in die Mangel nehmen konnte.

»Mit wem habe ich denn das Vergnügen?«, fragte er, als sie außer Hörweite der verbliebenen Trauergäste waren.

Seine Begleitung zögerte einen Moment, als wolle sie ihre Identität lieber nicht preisgeben. »Mein Name ist Judith Meiser«, sagte sie schließlich kaum hörbar. »Ich arbeite in der Sparkasse.« Sie machte eine Pause.

Herbst wartete.

»Ich glaube, ich bin die Letzte, die den Herrn Stecher lebend erlebt hat, also, bevor er …« Die graue Maus schluckte. »Ich meine, ich war bei ihm an dem Abend, als er …« Ein Schluchzen schüttelte sie, aber damit war der Bann gebrochen, und endlich sprudelten die Worte nur so aus ihr heraus. »Ich weiß, ich hätte mich schon viel früher bei Ihnen melden müssen, aber ich hatte solche Angst. Ich dachte, vielleicht würde der Mörder mich dann auch … Wissen Sie, der Georg und ich, wir waren ein Liebespaar. Ich weiß, dass es eine Sünde ist, er war ja verheiratet, aber wir konnten nichts für unsere Gefühle. Wir haben uns immer heimlich in seiner Vinothek treffen müssen. Und immer nur ganz kurz, damit es nicht auffällt. Irgendwann hätten die Heimlichkeiten aufgehört, da bin ich mir sicher. Der Georg war ja nicht mehr glücklich mit seiner Frau.«

Die große Unbekannte, dachte Herbst und musterte sein Gegenüber interessiert. Sie war um die fünfzig, auf eine naive Art sicher ganz hübsch, aber farblos und für seinen Geschmack etwas zu mollig. Er konnte nicht so recht nachvollziehen, was Georg Stecher an Judith Meiser gefunden hatte. Seiner Frau konnte sie bei Weitem nicht das Wasser reichen. Andererseits, falls Stecher tatsächlich auch mit der Stadträtin ein Verhältnis gehabt hatte, war er in der Wahl seiner Gespielinnen wohl nicht sehr anspruchsvoll gewesen. Anscheinend hatte er alles, was bei drei nicht auf den Bäumen war, … Er merkte, dass Frau Meiser ihn unsicher von der Seite ansah, deshalb beeilte er sich zu sagen: »Das sind interessante Neuigkeiten. Wir wissen natürlich, dass das Opfer vor seinem Tod noch Besuch hatte. Es ist gut, dass Sie zu mir gekommen sind. Wissen Sie noch, wann Sie die Vinothek verlassen haben?«

»Das war gegen halb elf.«

»Hat Sie jemand gesehen?«

»Natürlich nicht! Ich habe immer schrecklich aufgepasst, wenn ich von Georg kam. Die Leute reden schnell …«

Herbst seufzte. Auch wenn er nicht glauben konnte, dass er hier eine kaltblütige Mörderin vor sich hatte, musste er sie doch auf die Wache mitnehmen. Judith Meiser hatte Georg Stecher als Letzte lebend gesehen und war damit dringend tatverdächtig. Kein Alibi. Dabei hatte er noch nie jemanden getroffen, auf den der Ausdruck »Unschuld vom Lande« besser gepasst hätte.

Sie schien zu ahnen, dass es mit diesem Gespräch nicht getan war, und klammerte sich jetzt ängstlich an seinen Arm. »Bitte,

Herr Kommissar, Sie müssen mir glauben. Ich habe mit dem Mord nichts zu tun. Der Georg hat mir vertraut. Ich habe all seine Bankgeschäfte für ihn erledigt. Mit mir hat er immer alles besprochen. Ich war seine Seelenverwandte.«

Der Kommissar horchte auf. War Frau Meiser vielleicht der Schlüssel zu der seltsamen Abbuchung von Stechers Konto in der Mordnacht? »Wer außer Stechers Partner hatte denn alles Zugriff auf sein Geschäftskonto?«, fragte er vorsichtig.

»Nur sein Partner, der Herr Gruber.«

»Und wie sieht es mit den Privatkonten aus?«

»Das ist in der Tat etwas eigenartig gewesen. An dem Morgen nach Georgs Tod hat mich seine Frau angerufen und wollte den Dispo runtersetzen. Wir haben deshalb fast gestritten. Das geht natürlich nicht so einfach. Vor ein paar Wochen hat sie mit einer Vollmacht vom Georg den Kreditrahmen auf zehntausend Euro erhöhen lassen, und jetzt wollte sie ihn am liebsten ganz sperren lassen. Als ich ihr gesagt hab, dass sie mit dem Georg vorbeikommen soll, da ist sie fast ausgeflippt. Ob sie denn in diesem Scheißkaff gar nichts ohne ihren Mann machen könne, hat sie gekeift. Dann hat sie aufgelegt. Da wussten wir beide noch nicht, dass keine von uns den Georg je wiedersehen würde.« Sie schluchzte.

Herbst hoffte inständig, dass sie recht hatte. Sosehr er sich auch zu Professionalität mahnte, gegen den Gedanken, Julia von der Au könnte zum Zeitpunkt des Telefonates gewusst haben, dass ihr Mann mit dem Hintern voran tot in seinem Schaufenster lag, wehrte er sich hartnäckig. Dennoch würde er mit ihr über die zehntausend Euro sprechen müssen. Das war genau die Summe, mit der in der Mordnacht Stechers Kreditkarte belastet worden war. Was hatte das zu bedeuten? Er würde später darüber nachdenken. »Hatte Stecher noch weitere Konten bei Ihrer Bank?«, fragte er Judith Meiser.

»Da ist noch ein Festgeldkonto, wo aber eigentlich nie wirklich was drauf war, und dann hatte er bis vor Kurzem noch ein Schließfach.«

»Ein Schließfach?«

»Ja, er hat es eröffnet, als er damals aus Frankreich zurückgekommen ist. Vor etwa vier Wochen hat er es aufgelöst.«

Herbst spürte seinen Puls schneller schlagen. Er musste klug vorgehen. So beiläufig wie möglich fragte er: »Frau Meiser, Sie als Georg Stechers Seelenverwandte und Bankerin seines Vertrauens haben doch wohl mal einen Blick auf den Inhalt des Schließfachs werfen dürfen, oder? Ich weiß natürlich, dass so etwas streng vertraulich ist, aber wir wollen doch beide den Kerl kriegen, der Herrn Stecher das angetan hat, nicht wahr?«

Das Gesicht der grauen Maus drückte Bedauern aus. »Natürlich würde ich alles dafür tun, dass das Schwein gefasst wird. Aber Georg hat immer ein ziemliches Getue um das Schließfach gemacht. Ich musste den Raum jedes Mal sofort verlassen, nachdem ich aufgeschlossen hatte. Wie bei jedem anderen Kunden auch. Als er die Sachen abgeholt hat, wollte er nicht mal, dass ich draußen auf ihn warte.«

»Ist Ihnen etwas an ihm aufgefallen, als Sie ihn wiedergesehen haben?«

»Also besonders aufgeregt war er nicht. Eher vergnügt. Ich war schon wieder am Schalter, als er mir beim Hinausgehen zugezwinkert hat. Ich glaube, er hat sogar gepfiffen.« Tränen stiegen ihr in die Augen.

»Hatte er eine Tasche bei sich?«, versuchte Herbst ihrem Gedächtnis auf die Sprünge zu helfen.

Sie schüttelte den Kopf.

»Und Sie haben keine Vermutung, was sich in dem Schließfach befunden haben könnte?«

Frau Meiser überlegte einen Moment, während sie sich mit einem Papiertaschentuch die Augen betupfte. »Irgendwie hatte ich immer den Eindruck, dass es sich um etwas sehr Persönliches handelte. Wie ich darauf komme, weiß ich nicht. Vielleicht weil Georg um Geld nie so viel Aufhebens gemacht hätte. Er machte sich nichts daraus, wissen Sie.«

Eigenartige Haltung für einen Geschäftsmann, dachte Herbst. Machte sich nichts aus Geld. Und genauso wenig hatte er sich etwas aus seiner Frau und den Kindern gemacht. Für was hatte der Kerl dann gelebt? Für seine Liebschaften? Er betrachtete die graue Maus neben sich und schüttelte ungläubig den Kopf. Sie waren fast bei seinem Wagen angekommen, und schon wieder verhielt er sich unprofessionell. Eigentlich hätte er Frau Meiser festnehmen und mit ihr auf direktem Weg zum Verhör fahren müssen. Aber er hatte das Gefühl, beim Spazierengehen mehr erreichen zu können als in einem engen Verhörzimmer. Also schob er den Moment, in dem er ihr sagen musste, dass sie ihn aufs Präsidium würde begleiten müssen, hinaus und konzentrierte sich darauf, seine Fragen so wenig suggestiv wie möglich zu stellen. Frau Meiser schien leicht beeinflussbar zu sein. Oder war sie einfach nur eine grandiose Schauspielerin, die die Rolle des unschuldigen Hascherls perfekt beherrschte? Hatte sie sich mit dieser naiven Tour auch Stecher geangelt? Wie dem auch sei, sie war in dem Fall die bislang wichtigste Zeugin, wenn nicht sogar mehr. Er musste herausfinden, was sie wusste und wie sie tickte.

»Lassen Sie uns noch mal auf die Tatnacht zurückkommen. Wie hat sich Herr Stecher verhalten? In was für einer Stimmung war er?«

Ein Schluchzen ertönte aus dem klatschnassen Taschentuch. Dann: »Er war so gut gelaunt. Freute sich auf seine Reise. Er hat versprochen, dass er mich das nächste Mal mitnehmen würde. Die Sterne in der Provence seien viel heller und schöner als bei uns, hat er gesagt.«

»Wollte er denn gleich aufbrechen, nachdem Sie sich voneinander verabschiedet hatten?«

»Ja, er konnte es kaum erwarten. Ich sagte noch, er solle besser eine Stunde warten, immerhin hatten wir Wein getrunken, aber er meinte, in seinen Adern würde ohnehin nur Rotwein fließen. Ein Grand Cru oder so. Er hat mir versprochen, mir etwas typisch Provenzalisches mitzubringen.«

Ihre Tränen wirkten echt. Diese Frau trauerte um den Mann, den sie für ihre zweite Hälfte gehalten hatte. Herbst seufzte. Es war so weit. Er geleitete sie zu seinem Auto und öffnete ihr die Beifahrertür. Zumindest konnte er ihr ersparen, vor den neugierigen Augen der Stadt mit dem Streifenwagen abgeholt zu werden.

Er würde sie fahren. Was danach kam, würde er Moneypennys Geschick überlassen.

Er bemerkte, dass er eine Melodie pfiff, während er um das Auto herumging. Melodie war eigentlich übertrieben. Das Lied widersetzte sich hartnäckig den meisten Harmonieregeln. Deshalb hatte er es auch nicht erkannt, als es von der bayerischen Blaskapelle bei der Beisetzung interpretiert worden war: eine rustikale Variation für vier Blechbläser von »Highway To Hell«.

Wenn die große Liebe anklopft

Beim Alten Wirt am Marktplatz war die Hölle los. Schwarz gekleidete Männer, Frauen und Kinder drängten sich in den Festsaal, wo der angenehme Teil des Tages beginnen sollte: der Leichenschmaus. Am Eingang stand Eduard Kramer und begrüßte die Eintreffenden. Offenbar hatte er zur Feier des Tages eine nagelneue Fliege angelegt: Das Preisschild schaute hinten aus dem Kragen hervor.

Polly beobachtete ihn amüsiert. Das Bild eines halb nackten Männleins im theatralischen Samtumhang, das buchstäblich an den Lippen einer unbekannten Halbschönen hing, stieg vor ihrem inneren Auge auf. Sie war sich sicher, den Boandlkramer oder sein Alter Ego letzte Nacht in der Ruine gesehen zu haben. Die Fotos auf Julias Handy würden später Klarheit schaffen. Aber wollte sie das wirklich so genau wissen? Sie saß an einem der gedeckten Tische neben Charlotte, der die Anstrengung der Nacht nicht im Geringsten anzumerken war. Als sie nach Hause gekommen war, hatte sie Nora schlafend in ihrem Bett vorgefunden. Die Diskussion über Ausgangssperren und Respekt vor Müttern hatte sie vertagt, da sie direkt in die Arbeit hatte aufbrechen müssen, wo sie, wie sie andeutete, neue Energie für den Tag geschöpft hatte. Die Energie trug einen französisch klingenden Namen.

Eben stolzierte Pollys Chef durch die Tür, am Arm seine Barbie in einem viel zu kurzen, billigen Rock. Hinter Frau Forster kam ein großer, eleganter Mann. Seine blauen Augen blitzten Polly erst an, dann zwinkerten sie ihr zu. Sie stutzte. Dieser attraktive Kerl war definitiv nicht aus Bad Moorach. Ihr Puls nahm Tempo auf.

»Hey, träumst du?« Charlotte stupste sie an. »Schau, da ist er, mein Damien.«

Jetzt erst bemerkte Polly, dass die Aufmerksamkeit des attraktiven Mannes offensichtlich nicht ihr, sondern ihrer Freundin gegolten hatte. Der Kerl hatte Lotti zugezwinkert. Nun gut. »Ein Prachtstück. Ich bin total verliebt«, erklärte diese gerade.

»Das ging ja schnell.«

»*Carpe diem*«, grinste Charlotte. »Die Nächte verbring ich ja grad mit euch.«

»Wo hast du den denn schon wieder aufgerissen?«

»Wer wird denn da von einem Aufriss reden, wenn die große Liebe anklopft?«, erwiderte Charlotte beleidigt. Aber sie konnte mit ihren Neuigkeiten nicht lange hinterm Berg halten. »An der Rezeption. Während ich ihm seinen Zimmerschlüssel gegeben hab, haben sich unsere Seelen das erste Mal berührt. Ach was, unsere Seelen kennen sich schon ewig. Er ist Franzose und wegen Stecher hier. Er ist Antiquitätenhändler, und stell dir vor, wenn ihm der Trubel in Marseille zu viel wird, zieht er sich zurück in seine *bergerie*, hütet Schafe und schaut in den Sternenhimmel. Ist das nicht romantisch?«

Der Mann namens Damien erreichte ihren Tisch und unterbrach das Gespräch, indem er sich zu Charlotte beugte und ihr zwei Küsschen über die geröteten Wangen hauchte. »Darf isch misch zu dier setzen?« Natürlich durfte er. Er wurde Polly als alter *ami* von Georg vorgestellt, und auf ihre Frage, wo er und Stecher sich kennengelernt hätten, antwortete er schmunzelnd: »Fabel'afte französische Wein macht aus Männern Freunde, *madame*.«

Aha. So ähnlich hätte es auch Stecher formulieren können, nur der Akzent wäre ein anderer gewesen. Ob Lotti da nicht wieder auf den falschen Hengst setzte? Polly würde später ein ernstes Wörtchen mit ihr reden müssen. Natürlich würde es wie immer nichts nützen, aber sie hätte es wenigstens versucht. Der Mann war charmant, keine Frage, aber irgendetwas störte sie an ihm.

Kellnerinnen im Dirndl begannen eine bayerische Festtagssuppe aufzutragen, als Hauptgang sollte es Schweinelendchen mit Rahmsoße geben. Polly würde darauf verzichten. Ihre Figur hatte schon genug unter zwei Schwangerschaften gelitten, Schweinelendchen wären nur eine weitere Zumutung. Anstatt zu essen, dachte sie an den unfertigen Stecher-Nachruf auf ihrem Rechner, der spätestens um neunzehn Uhr in Druck gehen sollte. Sie wäre längst fertig damit, hätte sie sich nicht an der schwachsinnigen Aktion in der Bauruine beteiligt. Schon wieder vernachlässigte sie ihre Arbeit. Und die Mädchen. Viel zu müde, um ein anständiges Frühstück zu servieren, hatte sie jeder ihrer Töchter einen Schokoriegel in die Hand gedrückt und sie im Kindergarten abgeliefert. Olivia hatte sich noch darüber beschwert, dass ihr Pulli Flecken habe, aber Polly war schon wieder auf dem Weg zum Auto gewesen. Und dann stand auch noch die Geburtstagsfeier ihres Vaters an, und sie hatte noch immer keine Geschenkidee. Vielleicht würde er sich über einen selbst befleckten Pulli seiner Enkelin freuen? Der wäre immerhin schon fertig und müsste nur noch eingepackt werden. Sie rieb sich die Schläfen. Was sie jetzt dringend brauchte, war Zeit zum Nachdenken. Vor allem über die gestrige Nacht. Bei Tageslicht kam ihr alles so unwirklich vor wie ein wirrer Traum. Sie musste unbedingt mit Beppo sprechen, am besten, bevor Charlotte beim nächsten Kaffee in ihrer impulsiven Art mit der Tür ins Haus fiel. Was hatte der Barista ihres Vertrauens mit dieser Swinger-Clique zu schaffen. Oder mit dem Mord? Grübelnd nippte sie an ihrem stillen Wasser.

Sie musste hier weg. Als sie sich nach Charlotte umsah, um sich zu verabschieden, bemerkte sie eine kleine, alte Frau, die zwischen Forster und dem Bestatter saß und mit zittriger Hand lächelnd ihre Suppe löffelte. Kramer tupfte ihr fürsorglich immer wieder den Mund ab, sie tätschelte ihm zum Dank den Arm und schien abgesehen davon in ihrer eigenen Welt zu bleiben. Einer scheinbar glücklichen Welt. Das musste Frau Stecher senior sein. Polly stand auf. Vielleicht könnte sie ja ein paar Sätze mit ihr sprechen. Das würde dann die gewünschte Emotion in den Nachruf bringen. Charlotte war ohnehin mit ihrem Franzosen beschäftigt.

»Darf ich mich zu Ihnen setzen, Frau Stecher?« Polly nahm einen leeren Stuhl vom Nebentisch und drängte sich mit ihm zwischen Kramer und das alte Weiblein. »Freilich, Julia, setzt di nieder.« Die alte Frau hatte sie offenbar mit ihrer Schwiegertochter verwechselt. Alle nickten ihr freundlich zu, nur Forster blickte grimmig, da sie seinen Redefluss unterbrochen hatte.

»Boandlkramer«, setzte er erneut an, »heut hast dich wirklich nicht lumpen lassen. So eine saubere Beerdigung. Dem Schorschi hätte sie gefallen.«

Kramer beugte sich über die Tischplatte. »Ja, wenn's nach seiner Fra gangen wär, dann hädden wir den Schorschi im Blastigsack vergrobn müssen«, antwortete er verschwörerisch leise.

Irritiert blickt Frau Stecher auf. »Plastiksack? Geh ma einkaufen?« Die Runde ignorierte die verwirrte Frau.

»Fast hädde es ned mal an Leichenschmaus geben. Apropos, den bezahlen wir – unser letzter Freundschaftsdienst«, erklärte der Bestatter.

»Ja, sag amal, spinnst du?« Dr. Ziermayr schlug mit der Faust auf den Tisch. Eine Geste, die so gar nicht zu dem freundlichen Mann passen wollte.

»Aber er war unser Freund. Denk doch nur an die vielen gemeinsamen Jahre, die großen Schbiele«, erwiderte Kramer.

Ziermayr schüttelte den Kopf. »Keinen Cent bekommst von mir. Ich zahl nichts.«

»Mensch, Rudi, jetzt stell dich halt nicht so an. Man muss auch mal verzeihen können. Wann, wenn nicht jetzt? Im Tod?« Forster bestätigte sich selbst mit einem überzeugten Kopfnicken. »Hättest uns aber trotzdem vorher fragen können, Boandlkramer.«

»Ihr seid echt unmöglich. Das hat der Georg wirklich nicht verdient.« Irmi Ziermayr schluchzte auf, bevor sie hastig den Tisch Richtung Toilette verließ.

»Was hat es denn, das Hascherl?«, fragte Frau Stecher mit dünnem Stimmchen. »Wahrscheinlich hat er sie beschissen, das Arschloch«, gab sie sich wesentlich lauter selbst die Antwort. Der halbe Saal drehte sich nach ihr um.

»Frau Stecher, ich bring Sie jetzt nach Hause«, beeilte sich Polly zu sagen. Hier war ohnehin nichts mehr zu holen, und ihren Chef auch noch am Wochenende ertragen zu müssen, das war wirklich zu viel verlangt. Während sie die Bremse von Frau Stechers Rollstuhl lockerte, lobte sie den Bestatter. Komplimente schadeten schließlich nie. »Sie haben eine sehr berührende Beerdigung organisiert, Herr Kramer. Das muss viel Arbeit gewesen sein. Und so viele Menschen sind gekommen.«

Kramer nickte dankbar. »Des war fei gar ned so leicht, ich hadde kaum Hilfe. Frau von der Au hat mir einfach Georchs Adressbuch gegeben, weil sie sich ja nicht kümmern wollde, und weil der Georch ja so ein Leutseliger war, habe ich alle eingladen, die dring' standen san. A paar Franzosen waren a dabei, und aner von dene is sogar komma. Der Georch hat doch Frankreich so sehr mögn.«

»Wenigstens die Blaskapelle hättest du dir sparen können«, moserte Dr. Ziermayr. »Livemusik ist teuer.«

»Die Band war gar ned vo mir. So a grausige Musik. Aber weißt, bevor ich mich jetzt aufrech, is ma's a wurscht. Prost!« Kramer erhob sich. Für einen Moment hatte er seine bigotte Miene fahren lassen, aber genauso schnell hatte er sich wieder gefangen. Ganz Gentleman, begleitete er Polly und Frau Stecher aus dem Saal hinaus.

Sie gehen jetzt besser, Waschzeit!

Johanna Stecher saß teilnahmslos auf dem Rücksitz. Die alte Dame hatte sich geweigert, neben Polly Platz zu nehmen. Sie wirkte verloren. Abwesend. Nur manchmal schien sie für Sekunden aus ihrer Apathie zu erwachen, dann offenbarte der Rückspiegel Polly den alarmierten Blick einer verwirrten Frau.

»Wo ist meine Handtasche?«, fragte sie dann erschrocken. Und nachdem Polly ihr versicherte, dass sie ohne Tasche zur Beerdigung gekommen war, verfiel sie wieder in ihren Trancezustand, nur um kurze Zeit später erneut auszurufen: »Ich hatte doch eine Handtasche dabei, oder?«

Polly war froh, als sie das Altenheim erreichten. Sie folgten den Hinweistafeln, die zum südseitigen Parkplatz der Seniorenresidenz führten. Das Gebäude wirkte trist. Im Zentrum eines lieblosen Gartens lag ein kleiner Teich. Um ihn herum stand eine Gartenzwergfamilie. Einem ihrer Mitglieder fehlte ein Arm, ein anderer lag kopfüber mit dem Gesicht im Schnee. Die steife Zipfelmütze zeigte auf den Teich, unter dessen zugefrorener Eisdecke Polly rote Flecken erkannte. Was konnte das sein? Sie wandte ihren Blick ab und sah zur Eingangstür, die sich gerade öffnete. Ein mürrisch dreinblickender Mann in einem weißen Kittel kam heraus.

»Entschuldigung!«, rief Polly laut. »Können Sie mir helfen, Frau Stecher auf ihr Zimmer zu bringen?«

Widerwillig steckte der junge Mann die Zigarette, die er gerade aus seiner Tasche gezogen hatte, zurück und näherte sich schwerfällig dem Wagen, während Polly bereits den Rollstuhl aus ihrem Kofferraum wuchtete.

Auf dem Weg ins Haus schaute sie noch einmal zu dem seltsam gefleckten Teich hinüber. Goldfische. Tiefgefroren. Sie schauderte. Welcher Mensch brachte seine hilflose Mutter nur an einem Ort unter, wo selbst Goldfische keine Überlebenschance hatten?

Nach einem schier endlosen Marsch durch lange Gänge mit

dunklen Teppichböden, begleitet von einem latenten Urin- und Fäkaliengeruch, erreichten sie endlich Hannerl Stechers Zimmer. Der Raum war lieblos eingerichtet. Ein Waschbecken, ein kleines Regal und ein schmales Bett im Zimmereck. Beklommen stellte Polly fest, dass das einzige Fenster im Zimmer vergittert war. Wütend wandte sie sich an den Pfleger: »Wozu die Gitterstäbe? Das ist ja wie im Knast.«

Der Altenpfleger sah sie teilnahmslos an. »Alzheimer – Endstadium«, erklärte er einsilbig. »Wenn sie nachts aufwacht, weiß sie nicht mehr, wer oder wo sie ist. Haut einfach ab. Zu gefährlich.«

Polly erinnerte sich an ein Bild, das sie einmal in einer Zeitung gesehen hatte. Die Nahaufnahme eines alten, faltigen Gesichts, um das sich ein undurchdringlicher Stacheldrahtzaun zog. Darunter die Zeile: »Alzheimerpatienten – Gefangene in ihrem eigenen Kopf«. Sie empfand ehrliches Mitleid für Frau Stecher, die gleich doppelt gefangen war: in ihrem Kopf und in diesem *house of horror*.

Johanna Stecher hatte sich in der Zwischenzeit in einem geblümten Ohrensessel niedergelassen, der dem Muster nach aus den siebziger Jahren stammte. Besonders die Armlehnen waren gut erhalten, denn die alte Frau hatte dicke Plastikschoner darübergelegt. Jetzt klatschten ihre Hände immer wieder auf den verklebten Kunststoff, während sie mit fröhlicher Stimme rief: »Was für ein schönes Fest! Was für ein schönes Fest!«

Polly zog einen gepolsterten Schemel neben die Blumenpracht, setzte sich und wartete unsicher.

»Schönes Fest. Wirklich schön.« Erneut schlugen Frau Stechers Handflächen auf das Plastik, dann streichelten ihre Finger die künstliche Oberfläche wie einen geliebten Gegenstand. Polly spürte einen Kloß im Hals. Sie sollte schnell nach Hause fahren. Jack und die Mädchen warteten wahrscheinlich schon auf sie. Aber noch wahrscheinlicher waren sie froh, in aller Ruhe alte Disney-Filme anschauen zu können. Ihr Ami hatte eine ganz andere Vorstellung von verantwortungsvollem Medienkonsum als sie selbst. Jetzt saß sie hier, untätig und unfähig, mit einer alten Frau zu kommunizieren. Was hatte sie sich eigentlich von dieser Aktion versprochen? Informationen? Von jemandem, der nicht nur sein Gedächtnis verloren hatte, sondern auch noch den einzigen Sohn? Ich sollte mich schämen, dachte Polly, für mich und für meine ganze Branche. Sie stand auf, um sich zu verabschieden. Dabei fiel ihr Blick auf ein vergilbtes Bild an der Wand über dem Sessel, das einen Mann in Uniform zeigte. Verwirrt erkannte sie die Parademontur der Fremdenlegion. Jack hatte sie einmal während eines gemeinsamen Frankreichurlaubs auf eine Truppe Legionäre hingewiesen, und ihr waren die knallroten Schulterpolster und komischen Kappen im Gedächtnis geblieben. Sie sah sich das Foto genauer an. Es zeigte einen lachenden jungen Mann – offensichtlich Hannerl Stechers verstorbenen Gatten –, wie er wichtig vor der Kamera salutierte. Wie der Vater, so der Sohn. Georg Stecher junior war seinem Erzeuger wie aus dem Gesicht geschnitten. Er hätte sein Zwilling sein können.

»Mein Georg«, hörte sie plötzlich die alte Frau sagen. Sie war Pollys Blick gefolgt. »Sieht er nicht schick aus? Wie ein General! Mutig und stark. Mein Georg!«

Polly sah sie mitleidig an, bevor sie wieder das Bild betrachtete. Irgendetwas stimmte daran nicht. Dann sah sie es. Im Hintergrund, halb verdeckt von dem salutierenden Söldner, leuchtete ein rotes wohlbekanntes Zeichen der modernen Zeit. McDonald's. Rasch zog Polly ihr iPhone aus der Tasche und googelte das Fast-Food-Unternehmen. Das erste Restaurant in Frankreich hatte 1979 eröffnet. Hannerl Stecher mochte um die achtzig Jahre alt sein. Wenn ihr Mann ein ähnlicher Jahrgang gewesen war, konnte dieser junge Mann auf der Aufnahme unmöglich der Metzgermeister sein. Vorsichtig fragte Polly: »Ist das auf dem Foto Ihr Sohn?«

»Ja, freilich, wer denn sonst? So fesch war der in seiner Uniform, und was der alles erlebt hat. Der ist rumgekommen. Der Schorschi hat die Welt gesehen und mir immer Karten geschrieben. Immer. Sogar aus Afrika. Mein Schorschi, wo er jetzt wohl gerade ist? Vielleicht hat er wieder nach Afrika müssen?« Plötzlich sah sie Polly misstrauisch an. »Haben Sie meine Handtasche genommen?«

Die Tür ging auf, und eine untersetzte Pflegerin kam herein. »Sie gehen jetzt besser, Waschzeit«, sagte sie zu Polly und begann am Waschbecken mit einer Nierenschale zu hantieren.

Polly zögerte nicht lange. Sie nahm das Bild von der Wand und steckte es schnell in ihre Umhängetasche. Ohne ein Wort des Abschieds verließ sie den Raum und eilte den langen stinkenden Flur in Richtung Ausgang entlang.

An das Universum: Bitte mach, dass das nicht wahr ist!

Ich bin schwanger! Es gibt keinen Zweifel. Ich hab es erst nicht wahrhaben wollen, aber es stimmt. Der Test ist positiv. Zwei rosa Streifen. Und das von einem Mal! Er hat ganz cool reagiert. Er hat gesagt, es sei alles seine Schuld, und nichts würde ihn glücklicher machen, als ein Kind mit mir zu bekommen. Es sei natürlich allein meine Entscheidung, immerhin gehe es auch um meine Zukunft. Aber wenn ich das Kind behalten wolle, werde er zu meinem Vater gehen und um meine Hand anhalten.

Aber er kennt Vater nur als gönnerhaften Chef. Er weiß nicht, wie er wirklich ist. Ich habe ihm gesagt, dass Vater das nie und nimmer dulden würde.

Er ist so tapfer. Er sagt, mein Vater könne ihm gar nichts. Und er wäre jederzeit bereit, für unsere Liebe zu kämpfen. Wenn es mir aber lieber sei, könnten wir unser Geheimnis auch erst mal mit niemandem teilen, bis ich mich entschieden habe. Wir haben uns geschworen, niemandem etwas zu verraten. Er ist einfach großartig. Fast einen ganzen Tag lang war ich überglücklich. Ich konnte es mir schon richtig vorstellen: ein Kind mit dem Mann, den ich liebe! Auch er war ganz euphorisch. Beim Abendessen hat er meinem Vater gesagt, was er denn für eine schöne Tochter habe und dass ihm die heiratswilligen Dorfburschen wohl schon bald die Türen einrennen würden. Die anderen haben alle gelacht und ihm zugestimmt. Ich bin ganz rot geworden und habe in meinem Essen rumgestochert. Vater hat einen Augenblick überlegt, dann hat er ganz langsam gesagt, dass er dem Ersten, der seine Tochter anrührt, persönlich die Haut abziehen und sie zum Abendessen auf dem Grill rösten wird. Ich sei ja immer noch minderjährig.

Ich war wie vor den Kopf gestoßen, aber mein mutiger Prinz hat nur gelacht und das Thema gewechselt. Er hat wohl geglaubt, mein Vater würde scherzen. Aber Vater scherzt nie.

Scheiß auf die Vernunft

Herbst drückte den Klingelknopf und rückte seinen neuen Schal zurecht. Lila. Moneypenny hatte ihm das Stück großzügig überlassen und war selbst auf Limette umgestiegen. Jetzt kam Herbst sich albern vor und wünschte, er hätte sich nicht zu der Stilveränderung überreden lassen. Zu spät. Er klingelte noch einmal. Wenn Julia von der Au nicht gleich aufmachte, würde er sie morgen ins Präsidium bestellen. Ohnehin wäre das der richtige Ort für die »wichtigen Neuigkeiten«, die sie ihm am Telefon versprochen hatte. Trotzdem wartete er geduldig vor ihrer Tür.

Endlich öffnete sie. »Entschuldigung, ich habe gerade die Kinder ins Bett gebracht. Sie sind ziemlich durcheinander.« Sie bat den Kommissar mit einer einladenden Handbewegung ins Haus. Er folgte ihr in die Küche. Im Wasserkocher sprudelte es, auf der Anrichte standen zwei große Tassen, in denen Teebeutel hingen. Hoffentlich kein Kräutergebräu, dachte Herbst angewidert.

»Trinken Sie mit mir eine Tasse Tee?«, fragte Frau von der Au.

Herbst bemerkte, dass sie keinen BH unter ihrem weißen T-Shirt trug und offensichtlich auch keinen benötigte. Er spürte, wie sein Gesicht die Farbe wechselte. »Gern«, antwortete er heiser – und das war trotz Kräutertee die Wahrheit. Professionell ist etwas anderes, dachte er und war froh, dass Julia von der Au ihm den Rücken zuwandte. Der Busen war aus dem Blickfeld verschwunden, stattdessen ertappte er sich dabei, wie er jetzt ihren Po anstarrte. Ein Apfelarsch, dachte er, rund und knackig. Ein bisschen schämte er sich für seine Gedanken, aber zumindest die waren noch frei, wenn schon alles andere in seinem Leben reglementiert wurde. Dienstvorschriften und Besuchszeiten im Pflegeheim bestimmten seine Tage.

Julia von der Au zog eine Packung Kekse aus dem Schrank. »Damit schmeckt der schreckliche Tee besser«, erklärte sie und fügte hinzu, dass sie ihm lieber einen ordentlichen Espresso anbieten würde, aber leider vergessen hatte, ihren Vorrat aufzufüllen. Die vergangenen Tage seien nicht einfach gewesen.

Er musste endlich zur Sache kommen. Deshalb war er schließlich hier. »Frau von der Au, Sie sprachen am Telefon von einer wichtigen Neuigkeit.«

»Abwarten und Tee trinken«, antwortete sie gelassen.

Die Frau schien die gelebte Selbstbeherrschung zu sein. Herbst wünschte, er könnte das auch von sich behaupten. Stumm dackelte er hinter ihr her, als sie die Tassen und Kekse auf einem Tablett ins Wohnzimmer trug.

Auf dem Couchtisch lag eine Mappe aus schwarzem Leder. Der alte Hausarzt seiner Mutter hatte ein solches Modell benutzt, erinnerte sich Herbst.

Julia von der Au schob sie mit dem Tablett zur Seite. »Das war Georgs Tasche«, sagte sie. »Er hatte sie auf Geschäftsreisen immer dabei. Ich hab sie heute Morgen im Wäscheschacht entdeckt, als ich mich ein bisschen mit Hausarbeit ablenken wollte. Reichlich spät.« Schuldbewusst schaute sie auf den Boden. Offenbar war es ihr peinlich, dass sie seit Herbsts letztem Besuch noch keine Wäsche gewaschen hatte. »Georg hatte die Tasche vergessen, und weil sie im Weg stand, habe ich sie in den Keller auf den Wäscheberg befördert. Als Sie das erste Mal mit Ihrem Kollegen zu Besuch waren.«

Herbst erinnerte sich. »Haben Sie schon reingeschaut?«, fragte er.

»Ich habe es versucht, aber das Zahlenschloss nicht aufgebracht.«

Endlich wusste Herbst, was zu tun war. Er drehte, hielt sein Ohr an das Schloss, rüttelte ein bisschen, und schon sprang die Tasche auf. Er glaubte, eine Spur Anerkennung in Julias Blick zu sehen. War es das wirklich wert? Er hätte die Tasche unberührt seinen Kollegen übergeben sollen. Jetzt waren seine Fingerabdrücke am Schloss. Irgendwie schien die Hirnhälfte, in der Neurobiologen die Vernunft vermuten, nicht mehr zu funktionieren. Die Hälfte, in der die Gefühle toben, hatte das Kommando übernommen.

Julia von der Au öffnete die Tasche. Ihre Köpfe berührten sich, als sie sich gleichzeitig darüberbeugten. Er konnte ihre Haare auf seiner Wange fühlen. Denk an etwas Langweiliges, ermahnte er sich. Er versuchte es mit »Dienstordnung«. Der Gedanke verpuffte. Früher war ich ein Rebell, hätte er Julia von der Au gern zugeflüstert, ich wollte nach Amerika und ein ganz Großer werden. Wie kindisch! Er schämte sich und versuchte seine Aufmerksamkeit auf den Inhalt der Tasche zu fokussieren. Er nahm einen sehr weichen Schal heraus und legte ihn auf den Tisch. Julia strich kurz darüber, es war keine Zärtlichkeit in der Bewegung, stellte Herbst zufrieden fest, es wirkte vielmehr, als würde sie das Material prüfen. Wieder spürte er ihre Haare auf seiner Wange. Tat sie das mit Absicht? Träum weiter, Herbst. Ein lauter Knall holte ihn aus seiner Phantasie.

Julia pfefferte eine Packung Kondome auf den Tisch. Sie waren in den Schal eingewickelt gewesen. Herbst vermied es, sie anzusehen, aber er spürte, wie sich ihr Körper für einen Moment versteifte. Im nächsten Moment entspannte sie sich wieder. »Wenigstens hat er sich geschützt«, meinte sie und ließ die Packung liegen. Kurzerhand drehte sie die Tasche um und schüttete den Inhalt auf den Tisch: Mundspray, ein Kamm, eine Schachtel Gitanes und ein paar Haargummis fielen heraus, gefolgt von einem schwarzen Lederbuch und einem großen Briefumschlag. Herbst nahm das Buch, einen Terminkalender, in die Hand. Automatisch schlug er die Seite mit Georg Stechers Todesdatum auf. »Walkürenritt« und »Marseille« standen da.

»Wollte Ihr Mann in die Oper?« Julia schüttelte den Kopf. Ein paar Tage vorher fand er »Sex Bomb« als Eintrag und »Hey Jude«.

»Mein Mann hatte eine ausgesprochen große Musiksammlung, mehr fällt mir dazu leider nicht ein.«

Herbst dachte an Stechers Abschiedskonzert in seiner Weinhandlung und daran, wie ihn die Töne von »Highway To Hell« wohin auch immer begleitet hatten. Er blätterte noch einmal durch das Buch und fand nur einen regelmäßigen Termin: Schafkopfen. Erneut schlug er die Seite mit dem Todesdatum des Weinhändlers auf. Die darauf folgenden sieben Tage waren mit einem roten Marker gekennzeichnet. Zwei Einträge lauteten auf »Institute Crédit Agricole«, den Namen einer französischen Bank. Am Freitag war ein Kreuz eingetragen, am Wochenende nur ein Termin: »Bergerie de Brasse«. Das Feld des darauffolgenden Tages füllten ein paar hingekritzelte Sterne und der Eintrag »Château Étoiles du Sud«.

»Wissen Sie, mit wem Ihr Mann sich in Südfrankreich treffen wollte?«, fragte er und zeigte auf Stechers Einträge für das Wochenende.

Julia von der Au schüttelte den Kopf: »Eine *bergerie* ist meines Wissens eine Schäferhütte, aber meine Französischkenntnisse sind stark eingerostet. Und von diesem Château habe ich noch nie etwas gehört. Aber ich hole meinen Laptop, dann können wir den Namen googeln.«

Mit einem weißen Macbook setzte sie sich neben den Kommissar, so nah, dass sich ihre Oberschenkel berührten. Julia von der Au rückte nicht ab, und Herbst genoss den Körperkontakt. »Ein Weingut«, verkündete sie, »was sonst? Aber eigentlich komisch. Mein Mann handelte nicht mit Weinen aus Südfrankreich. Die waren ihm nicht edel genug für sein gehobenes Sortiment.« Sie stellte den Laptop auf den Boden, nahm Herbst das Buch aus der Hand und berührte dabei versehentlich seine Finger. Ein tiefer Blick, ein scheues Lächeln, dann war der Augenblick vorbei. »Mich interessiert, was in dem Kuvert ist, Sie auch?.«

»Sie müssen doch wissen, was Ihr Mann in Frankreich wollte«, versuchte Herbst seinen Job zu erledigen. Halbherzig, das war ihm klar.

»Ich war schon lange nicht mehr Teil seines Lebens«, entgegnete Julia. »Er war entweder geschäftlich oder in Liebesdingen unterwegs. Beides hat mich nicht interessiert.« Ihre Worte klangen überzeugend.

Herbst dachte an das Schließfach, von dem er heute Morgen auf der Beerdigung erfahren hatte. Der verschwundene Inhalt würde vermutlich zum Mörder führen. Die Spurensicherung hatte im Haus der Stechers nichts Verdächtiges gefunden. »Wo hat Ihr Mann private Dinge aufbewahrt?«

»Vermutlich im Hobbykeller bei seiner Musiksammlung, aber Ihre Leute haben dort nichts gefunden – und ich auch nicht.« Sie lächelte, dann riss sie das Kuvert auf und zog langsam ein Geldbündel nach dem anderen heraus. Während sie die Scheine auf dem Tisch stapelte, verdunkelte sich ihre Miene.

Herbst fragte sich, ob sie bereute, dass sie die Tasche nicht allein geöffnet hatte. Vermutlich. Er überschlug die Summe. Insgesamt lagen am Ende zehn kleine Stapel auf dem Tisch, jeder bestand aus zehn Fünfhunderternoten.

»Fünfzigtausend Euro«, zählte er und blickte Julia von der Au an.

Sie war blass geworden. Ihre Hände zitterten. »So ein Schwein«, flüsterte sie.

Herbst unterdrückte den Impuls, sie zu umarmen, an seine Brust zu drücken, zu trösten.

Sie hob den Kopf und sah ihm direkt in die Augen, vielleicht auch in seine Seele. Sie machte einen Schritt auf ihn zu. Sein Arm legte sich um ihre Taille, zog sie heran, ganz langsam. Sie hätte zurückweichen können. Stattdessen nahm sie sein Gesicht in ihre Hände. Herbst war wie hypnotisiert. Für einen kurzen Moment dachte er an seine beiden Hirnhälften und wollte die vernünftige um Hilfe bitten. Scheiß auf die Vernunft, mischte sich die andere ein. Herbst küsste Julia. Julia küsste Herbst. Er wusste nicht, wer angefangen hatte, aber er wusste, er würde weitermachen.

Another One Bites The Dust

Mit weichen Knien und feuchten Händen stand sie vor seiner Zimmertür. Sie kannte die Symptome nur zu gut. Charlotte war wieder einmal verliebt, und diesmal würde es für immer sein. Das hatte sie gleich bei der ersten Begegnung gespürt. Damien war anders als alle anderen Männer, mit denen sie sich bisher eingelassen hatte, und sie hatte sich schon mit einer ganzen Menge eingelassen. Von nichts kam nichts, schon gar nicht die große Liebe, und mit nicht weniger wollte sie sich zufriedengeben. Jetzt endlich war ihr Prinz erschienen. Damien! Mit ihm würde sie ein neues Leben beginnen. In Frankreich. Natürlich würde Nora dagegen sein, sie war im Moment gegen alles, vor allem gegen ihre Mutter. Ein Auslandsaufenthalt konnte der zickigen Mademoiselle nur guttun, früher oder später würde sie das selbst einsehen. Charlotte holte Luft, schickte ein kleines Stoßgebet zum Himmel, was nie schaden konnte – bei Bedarf zog sie gern alle möglichen Götter auf ihre Seite –, und klopfte temperamentvoll an Damiens Tür. Vergeblich. Aus dem Festsaal im Erdgeschoss drang Musik herauf. Der alljährliche Kostümball des Hotels hatte wie immer die Reichen und Pseudoschönen des Landkreises angelockt. Charlotte war nicht nach Fasching feiern. Sie wollte ihre neue Liebe zelebrieren und wünschte sich eine geeignetere Begleitmusik als das Liedgut aus der unteren Etage. »Another One Bites The Dust« drängte sich in ihren Hörkanal. Im Rhythmus des Songs klopfte sie erneut. Diesmal so schwungvoll, dass sich die Zimmertür gegenüber öffnete. Damiens Nachbar, ein russischer Geschäftsmann, erwartete wohl Besuch.

Erfreut winkte er Charlotte zu sich: »Ich habe schon gewartet. Wo bleiben Sie nur, schöne Frau?« Dann erkannte er die Empfangschefin und grinste unverschämt: »Ah, ein Nebenjob, verstehe.« Offenbar hatte er sich bei einer der einschlägigen Adressen am Platz Gesellschaft für den Abend gebucht.

Wütend klärte ihn Charlotte über das Missverständnis auf und wies ihn darauf hin, dass er ein Einzelzimmer gebucht habe, was ihn sichtlich amüsierte und erregte. »Ich erhöhe auf fünfhundert Euro«, raunte er über den Flur.

»Verschwinden Sie!«, pampte Charlotte so überzeugend zurück, dass er in seinem Zimmer verschwand. Sie versuchte erneut ihr Glück an Damiens Tür. Wo war er nur? Sein Schlüssel hing nicht an der Rezeption, er musste da sein. Wieder hämmerte sie gegen das Holzfurnier und legte die ganze Kraft ihrer barocken Figur in die einzelnen Schläge. Mittlerweile war ihr alles egal. Sollten doch sämtliche Gäste der ersten Etage aus ihren Zimmern kommen, sie würde nicht aufgeben. Endlich hörte sie Schritte. Er war da! Ruckartig riss er die Tür auf, was Charlotte gedanklich bereits unter Leidenschaft verbuchte. Leider war davon schon in der nächsten Sekunde nicht mehr viel übrig.

Anstatt sie mit heißen Küssen in sein Zimmer zu ziehen, maulte Damien genervt »Jetzt schon?«, ohne sie eines Blickes zu würdigen.

Ihr Hochgefühl verwandelte sich blitzschnell in maßlose Enttäuschung. Offensichtlich war ihr Überraschungsbesuch keine gute Idee gewesen. Oder vielleicht doch? Damiens Miene begann sich aufzuhellen.

»Du, *chérie*? Das hatte ich nicht zu hoffen gewagt.« Er küsste sie erst auf die Wangen, dann auf den Mund und hängte nebenbei das »Bitte nicht stören«-Schild vor die Tür.

Charlotte registrierte es glückselig. Küssen konnte er schon mal ziemlich vielversprechend, dennoch wandte sie sich aus seiner Umarmung. Sie wollte ihn ansehen, ihren künftigen Lebensgefährten. Schade, dass sie die erste Nacht mit ihm in einem gewöhnlichen Hotelzimmer verbringen musste. Auch wenn es zu einem der besten Hotels in Bad Moorach gehörte, war es doch ziemlich phantasielos auf edel-rustikal getrimmt, nun gut, dafür war die Matratze erst ein paar Monate alt.

Charlotte ließ ihr barockes Gesäß darauf nieder und Damien seinen knackigen Arsch. Sie sah sich um. Auf dem Schreibtisch lag ein anscheinend angefangener Brief, daneben ein klassischer Füller von Montblanc. Im Normalfall hätte sie sofort gefragt, für wen die Zeilen bestimmt waren, aber jetzt war sie hochgradig aufgeregt und, ja, auch erregt. Was sie jetzt brauchte, war etwas zu trinken. Neben dem Briefpapier stand eine verlockende Flasche Rotwein.

»Du hast ganz offensichtlich auf mich gewartet«, bedeutete sie Damien mit einer Kopfbewegung Richtung Traubensaft.

»Mein Leben lang 'abe isch auf disch gewartet«, flüsterte er ihr mit starkem Akzent und schwerem Atem ins Ohr, bevor er grinsend einen Korkenzieher aus der Hotelbar holte.

Polly hätte sich an ihrer Stelle wahrscheinlich veräppelt gefühlt, dachte Charlotte, aber Polly saß jetzt mit zwei Kleinkindern zu Hause, während sie sich auf eine heiße Nacht freuen durfte. Und sie war sich sicher: Damien hatte wirklich sein Leben lang auf sie gewartet und sie auf ihn. Enrico, Pablo, Heinz und Ritschi waren nur Stolpersteine auf dem Weg zum Happy End gewesen. Selbst Beppo. Heute, endlich, war das Leben gerecht. Es wurde aber auch Zeit!

Damien roch an dem Korken. »Edler Tropfen, was anderes hätte isch auch nischt erwartet.« Wie sehr sie seinen charmanten französischen Akzent schon jetzt liebte!

»Ein Eigenimport?«, wollte Charlotte wissen, die den Weinkeller des Hotels gut genug kannte, um sofort registriert zu haben, dass der Rote nicht aus dem alten Gemäuer stammte.

»Ein Freund 'at ihn misch vorbeigebracht«, erklärte Damien, und seine Worte klangen wie Musik in ihren Ohren.

Gleichzeitig wurde sie neugierig. »Du bist keine zwei Tage hier und hast schon Freunde?« wunderte sie sich.

»Weintrinker 'aben überall Freunde«, lachte Damien, »auch wenn meine immer weniger werden.«

»Bist du traurig wegen Georg?«

»Isch freue misch, dass er überhaupt so lange gelebt hat.«

»Wie meinst du das?« Charlotte war irritiert.

»Das erzähle ich dir ein andermal«, vertröstete er sie.

»War Georg ein guter Freund von dir?«

»Er gehörte zu meiner Vergangenheit. Du gehörst zu meiner Zukunft.«

Er drückte ihr ein Glas in die Hand, tauchte seinen Mittelfinger in den Wein und berührte damit ihre Lippen.

Charlotte stieg auf das Spiel ein und zeigte ihm, wozu ihr Mund fähig war. Dann kam ihr ein Gedanke. »Sag mal, hast du vorher eigentlich jemand anderen erwartet?«

»Eher befürschtet.«

»Wen denn?«

»Morgen ist auch noch ein Tag, *chérie*. Morgen werde isch dir alles erzählen. Vielleicht auch dem *commissaire*, aber jetzt lass uns nisch noch mehr Zeit verschwenden.« Er küsste sie wieder und hauchte ihr ins Ohr: »Es ist eine Nacht für die Liebe, für unsere Liebe.«

Faire l'amour, Liebe machen, nicht reden. Er hatte recht. »Ich mach mich nur schnell frisch«, säuselte Charlotte, griff sich ihr Weinglas und verschwand im Bad. Ihre Blase war voll. Wie unromantisch. Sie nahm noch einen kräftigen Schluck, schälte sich aus ihrer engen Jeans und ließ sich nieder. Wann hatte sie eigentlich das letzte Mal Sex gehabt? Oh nein, gerade an diesen Mann wollte sie jetzt nicht denken. Damien würde mit seiner Leidenschaft ohnehin jede Erinnerung an den Kerl auslöschen. Damien. Sie hörte Schritte. War er vor der Badezimmertür? Bitte nicht. Noch brauchte sie ihre Intimsphäre. Sie pinkelte! Er gehörte doch hoffentlich nicht zu der Sorte, die dabei zusehen wollte. Es klopfte. Sie hatte nicht abgesperrt, das machte sie nie, und wieder einmal bereute sie diese Angewohnheit. Sie griff nach dem Klopapier. Daneben. Der Raum begann sich zu drehen, die Fliesen tanzten aus den Reihen, der Boden schwankte. Wieder klopfte es, dann hörte sie Schritte, konnte aber nicht orten, woher sie kamen. Scheiße, wo war nur das Klopapier, und was war das für ein dumpfes Geräusch? Damien? Ihr Kreislauf sackte ab, gleich würde er vollkommen versagen. Sie musste Damien rufen. Sofort. Nichts geschah. Ihre Zunge lag dick und schwer in ihrer Mundhöhle, unfähig, sich zu bewegen. Wieder griff sie nach dem Klopapier, und wieder griff sie ins Leere, dann gingen bei Charlotte alle Lichter aus.

Fast hätten sie die Leiche vergessen

Er lag auf der Seite. Schön wie ein Gott. Weiß wie Schnee, rot von Blut, die schwarzen Haare wellten sich in seine Stirn. Mausetot. Waren eigentlich Mäuse auf so besondere Art tot, dass man daraus einen feststehenden Ausdruck machen musste? Ein blödsinniger Gedanke. Betreten sah sich Polly im Hotelzimmer um. Ihr wurde bewusst, dass sie noch nie einen Toten aus solcher Nähe gesehen hatte. Oder eine Leiche. Wo lag eigentlich der Unterschied? Definitiv gab es einen. Damien war eine Leiche, so viel stand fest. Das lag sicher an dem großen blutigen Loch in seiner Brust. Wie ein Rahmen hingen versengte Fetzen seines hellen Hemdes um die Wunde. Polly versuchte nicht hinzusehen, was ihr schwerfiel. Mit eisernem Willen unterdrückte sie einen Würgereiz und konzentrierte sich auf Charlottes Hand, die matt in ihrer lag. Einige Schritte entfernt lehnte Julia am Türstock. Sie schien sich unsicher zu sein, ob sie nicht einfach wieder umdrehen und gehen sollte. Und sie hatte recht. Was taten sie hier? Polly versuchte ihren eigenen Fluchtinstinkt zu unterdrücken. Dann flüsterte sie: »Wie um alles in der Welt ist das passiert?«

Charlotte, der die Frage galt, blickte abwesend auf den Teppich. Sie stand unter Schock. Ein Wunder, dass sie es überhaupt geschafft hatte zu telefonieren. Kein Wunder hingegen, dass sie nicht in der Lage gewesen war, die Freundinnen auf die Situation vorzubereiten, die sie erwartete.

Nach dem Anruf war Polly etwas verärgert davon ausgegangen, dass es wieder einmal galt, die Katastrophen-Freundin über eine Liebespleite hinwegzutrösten. Und natürlich wieder einmal mitten in der Nacht. Fast wäre sie nicht gekommen, nur der seltsam apathische Ton in der Stimme der sonst so lebhaften Charlotte hatte sie dazu gebracht, aus dem Schlafanzug und ins Auto zu klettern, Julia abzuholen und an die Tür des Zimmers 114 zu klopfen. Sie war einiges gewöhnt, was das Liebesleben der Drama-Queen anbelangte, aber dass sich deren große Liebe diesmal auf diese Art aus dem Staub gemacht hatte, das war selbst für Charlotte ungewöhnlich.

Julia ging mit einem entschuldigenden Seufzer auf Charlotte zu und verpasste ihr zwei wohlplatzierte Watschen, auf jede Wange eine.

»Spinnst du?«, platzte es aus Polly heraus.

»Es hilft nichts. Bevor wir irgendwas entscheiden können, müssen wir wissen, was hier los war. Charlotte? Hörst du mich?« Ein weiteres Mal klatschte Julias Hand auf Charlottes Backe. Diesmal kassierte sie nur einen ärgerlichen Blick von Polly.

Immerhin hatte die letzte Watschen ihre Wirkung getan. Die Geohrfeigte blinzelte benommen und löste endlich den Blick vom Boden.

Julia nahm Charlottes Gesicht in beide Hände. »Schau mich an. Hallo, hier bin ich!« Sie schnippte mit den Fingern. »Die ist ja total weggetreten. Charlotte, was hast du genommen?«

»Ich weiß nicht … Wein …?«

»Erzähl keinen Scheiß. Von Wein kommst du nicht so drauf!«

Polly schritt ein. »Charlotte, was hast du hier in dem Zimmer gemacht?«, fragte sie so ruhig wie möglich.

Schweigen. Dann: »Ich habe ihn überrascht. Am frühen Abend. Es sollte unsere Nacht werden …« Ihre Stimme war nicht mehr als ein Flüstern.

»Konzentrier dich, Charlotte! Was ist passiert?«

»Keine Ahnung, wir haben Wein getrunken, ich bin aufs Klo gegangen. Jemand hat geklopft. Ich konnte das Klopapier nicht finden …«

»Und dann?«

»Keine Ahnung. Ich bin wohl eingeschlafen.«

»Auf dem Klo?«

»Da bin ich jedenfalls wieder aufgewacht. Es war noch dunkel. Ich bin dann raus und hab mich zu Damien ins Bett gekuschelt. Dann hab ich gemerkt, dass er so anders ist …«

Polly schauderte. Sie konnte in dem Bettzeug die Stelle sehen, an der Charlotte gelegen haben musste. Die Kissen waren eingedrückt. Sie schaute die Freundin an und bemerkte, dass ihre Haare auf der einen Seite von Blut verklebt waren.

Julia verschwand im Bad. Als sie wiederkam, wirkte sie nachdenklich. »Du hast tatsächlich Wein getrunken. Das Glas steht noch auf dem Waschbecken. Klopapier ist da.«

»Wann bist du ins Bad?«, fragte Polly weiter. »Was ist vorher passiert? Über was habt ihr gesprochen? Hattet ihr … Sex?«

Charlotte sah an sich hinunter. Sie war vollkommen angezogen. Ebenso Damien. »Ich glaube nicht.«

Polly überhörte Julias Gemurmel über Liebhaber, die nie und nimmer so schlecht sein könnten, dass man sie gleich abknallen müsse, und wandte sich wieder Charlotte zu, deren Lebensgeister langsam zurückzukommen schienen. Zusammen mit der Erinnerung.

»Da war ein Geräusch. So, wie wenn man einen Sektkorken knallen lässt.«

Betretenes Schweigen. Keine von ihnen hatte je einen Schuss aus einer Waffe mit Schalldämpfer gehört, dennoch war die Herkunft des beschriebenen Geräusches klar.

Charlotte begann leise zu weinen. Die beiden anderen sahen sich ratlos an. Endlich ergriff Julia das Wort. »Wenn ich das richtig sehe, bist du die Letzte, die den Mann lebend gesehen hat. Damit bist du für die Polizei eine Hauptverdächtige.«

Aber Charlotte war auch eine Zeugin. Für den Täter eine gefährliche Zeugin. Nur die Badezimmertür hatte sie von dem Mörder getrennt. Was wäre gewesen, wenn sie im entscheidenden Moment nicht hätte pinkeln müssen? Läge sie dann jetzt mit einem Loch in der Brust neben Damien? Polly wagte nicht, ihre Überlegungen mit den anderen zu teilen. Wie konnte der Mörder nicht bemerkt haben, dass noch eine zweite Person im Hotelzimmer anwesend war? Rasch sah sie sich um. Der Raum war insgesamt ziemlich aufgeräumt. Auf dem kleinen Tisch lagen ein paar Zettel herum, daneben ein Füller. Die angebrochene Flasche Rotwein stand auf dem Nachttisch, daneben ein Weinglas. Nur eins. Sie wusste, dass Charlotte peinlich darauf bedacht war, keinen Alkohol unbeaufsichtigt herumstehen zu lassen. Sie nahm ihr Getränk immer mit sich. Die seltsame Angewohnheit rührte noch aus der Zeit, als Nora ein Kleinkind gewesen war und Charlotte als alleinerziehende Mutter panische Angst gehabt hatte, sie könnte es aus Übermüdung nicht schaffen, ihre Tochter vor den Giften des Alltags zu bewahren. Wenn Polly sich nicht irrte, dann hatte diese Schrulle letzte Nacht der Freundin das Leben gerettet. Trotzdem musste sie sicher sein, dass der Mörder Charlottes Anwesenheit wirklich nicht bemerkt hatte. »Hattest du eine Handtasche dabei, als du kamst? Oder einen Mantel?«

Sie schüttelte den Kopf. »Ich hab alles an der Rezeption gelassen. Unten im Saal war der Faschingsball. Ich hab ein paar Gäste begrüßt und mich dann weggeschlichen.«

So weit, so gut. Offenbar hatte es nichts in dem Raum gegeben, das Charlottes Anwesenheit oder Identität hätte verraten können. Polly erlaubte sich einen erleichterten Seufzer. So, wie es aussah, hatte der Mörder tatsächlich den Fehler gemacht, das Zimmer nicht zu durchsuchen. Hatte er es eilig gehabt? Oder hatte es für ihn einfach nichts mehr zu tun gegeben? Offenbar hatte er nichts gesucht. Dafür war das Zimmer zu ordentlich. Vermutlich hatte er geklopft, die Knarre gezogen, Damien erschossen und war wieder gegangen. Polly schauderte. Doch ganz hinten in ihrem Hirn wusste sie, dass es noch eine andere Möglichkeit gab. Über die würde sie in Ruhe nachdenken müssen. Außerdem musste sie mit Julia sprechen. Seit ihrem Besuch im Seniorenheim und der Erkenntnis, dass Stecher bei der Fremdenlegion gedient haben musste, hatte sich noch keine Gelegenheit ergeben. Und auch jetzt gab es sie nicht. Nicht hier.

»Warst du's?«, fragte Julia unvermittelt und kassierte einen verständnislosen Blick von Charlotte und einen giftigen von Polly. »Was habt ihr denn? Wenn ich neben einer Leiche aufwachen würde, wäre das die erste Frage, die ihr mir stellen würdet, oder? Erinnert ihr euch an die Nacht nach Georgs Tod? Euer Kreuzverhör liegt noch keine Woche zurück. Wieso ist Charlotte von vornherein über jeden Verdacht erhaben?«

Das Häuflein Elend begann wieder zu schluchzen.

Julia merkte wohl, dass sie zu weit gegangen war, und bemühte sich, zurückzurudern. »Verzeih, ich weiß ja eigentlich, dass du so etwas nicht tun würdest. Ich wollte nur der Vollständigkeit halber …«

Endlich war Charlotte aus ihrer Starre erwacht. »Und wo warst du?«, schoss sie zurück. Funken sprühten aus ihren Augen, und Polly war sich plötzlich nicht mehr so sicher, ob diese Leidenschaft nicht doch Gewaltpotenzial in sich barg. »Wer weiß, vielleicht hast du ja auch gleich noch Georgs Freund abgemurkst, weil du grad schon mal dabei warst? Oder du hast mir die große Liebe nicht gegönnt. Du hast mir nie richtig verziehen, dass –«

»Ich habe ein ausgezeichnetes Alibi für letzte Nacht.«

»So, und was kann das wohl sein? Hast du wieder mit einem jungen Kollegen Computer gespielt?« Die beiden waren laut geworden.

»Genug jetzt«, schritt Polly ein. »Wir sind uns hoffentlich einig, dass das hier die Tat eines gefährlichen Irren ist. Wobei irr ganz klar auch auf euch beide zutrifft, so wie ihr euch aufführt.«

Die zwei verstummten. Einem Impuls folgend stand Charlotte auf und umarmte Julia. »Tut mir leid. Ich hab nur das Gefühl zu zerspringen. Keine Ahnung, was ich mir dabei gedacht habe.«

Julia wirkte überrumpelt, lächelte dann aber wieder und murmelte ihrerseits eine Entschuldigung.

Polly atmete tief durch. Sie wollte nur noch weg von hier. »Was sollen wir jetzt tun?« Natürlich war klar, dass sie schleunigst die Polizei rufen sollten, aber etwas an dem Gedanken behagte ihr nicht. Wenn der Mörder erfuhr, dass es eine Zeugin gab, und der Flurfunk im Hotel würde sicher keine halbe Stunde benötigen, um diese Nachricht zu verbreiten, war Charlotte in großer Gefahr. »Was tun wir jetzt, was tun wir jetzt?«, flüsterte sie vor sich hin.

»Putzen!«, meldete sich Julia aus ihrer Ecke. Verständnislosigkeit schlug ihr entgegen. »Na, wenn rauskommt, dass Charlotte hier die Nacht mit einer Leiche verbracht hat, ist der Teufel los. Oder könnt ihr der Bullerei beweisen, dass sie den Typen nicht abgeknallt hat? Sie würde dann auf jeden Fall in U-Haft kommen, und was das für Nora bedeuten würde, kann ich nur erahnen. Also: Wir putzen!«

Polly schüttelte ungläubig den Kopf. Draußen würde es bald hell werden. Das war kompletter Wahnsinn. Was, wenn sie etwas übersahen? Sie hatte keine Ahnung, welche Möglichkeiten die Spurensicherung hatte. Im Fernsehen fanden die immer alles. War es nicht sogar ein Verbrechen, Spuren zu beseitigen? Aber gab es eine Alternative? Der Gedanke an den Mörder, der seinen Fehler bemerken und Charlotte nachstellen könnte, wurde alles beherrschend. Schließlich nickte sie. »Na gut. Hat dich jemand gesehen, als du gestern Abend hergekommen bist?«

»Da war der Mann vom Zimmer gegenüber. Er hat irgendeine blöde Bemerkung gemacht. Der kann sich sicher an mich erinnern.« Panik flammte in Charlottes Augen auf. »Verdammte Scheiße!«

Polly überlegte. Das war natürlich nicht gut. Andererseits … »Aber als du kamst, hat Damien ja noch gelebt. Das wird der Arzt feststellen können. Immerhin arbeitest du hier, du hattest ein Recht, hier zu sein. Du könntest sagen, du wolltest dem Gast irgendetwas bringen. Hatte außer dir gestern noch jemand an der Rezeption Dienst?«

Charlotte schüttelte den Kopf. »Mist! Dann ist sicher aufgefallen, dass niemand da war«, sorgte sich Polly, aber Charlotte beruhigte sie mit dem Hinweis auf den Faschingsball.

»Bei solchen Gelegenheiten nehmen sich die Gäste ohnehin lieber selbst ihre Zimmerschlüssel vom Haken.«

»Gut. Dann sagst du einfach, dein französischer Beau hat«, sie schaute sich im Zimmer um, »seinen Füller am Empfang liegen lassen. Du hast ihn gefunden und ihn ihm raufgebracht.«

Charlotte nickte erleichtert.

»So, dann fass ihn mal schnell an. Deine Fingerabdrücke müssen drauf sein.« Polly staunte über ihre Kaltschnäuzigkeit, aber sie musste jetzt an alles denken.

Charlotte ging zögerlich zu dem kleinen Tisch hinüber und wiegte den Stift wie einen lieben Talisman in ihrer Hand. Einen Moment lang sah es so aus, als wolle sie ihn einstecken. Als Erinnerung. Dann fiel ihr Blick auf die lose Zettelsammlung, und sie stutzte. »Das sind Gedichte.« Sie wandte sich zu den anderen um. »Und hier ist eine Geschichte. Er hat sie bestimmt für mich geschrieben.« Tränen fluteten ihre Augen.

Julia trat näher, nahm das oberste Blatt und überflog den Text. »Klingt nicht nach einer Liebesgeschichte«, bemerkte sie trocken, bevor sie laut zu lesen begann.

»Unter dem Feigenbaum kniet ein Mann. Seine Haltung ist grotesk. Mit dem Kopf weit in den Nacken gebeugt sieht es aus, als würde er versuchen, die Sterne zu zählen und mit dem offenen Mund aufzusaugen. Schlucken kann er aber nicht, denn in seinem Mund steckt ein Knebel. Zählen kann er auch nicht, da von der Augenbinde ein Strick hinunter zu seinen Fußgelenken führt. Hier endet auch der Stacheldraht, der in einer doppelten Schlinge um seinen Hals liegt. Nur der Baum hindert den Mann daran, seitlich umzukippen …«

Sie sah auf. »Ein bisschen krank, findet ihr nicht?«

»Bloß nichts anfassen«, ermahnte Polly. Sie konnte förmlich spüren, wie die Anspannung an ihren Nerven zerrte. »Schluss jetzt«, sagte sie. »Julia, können wir sicher sein, dass uns niemand gesehen hat, als wir ins Hotel gegangen sind?«

Julia dachte einen Moment nach und nickte dann. »Die Dame, die für die Rezeption verantwortlich war, saß schließlich hier neben der Leiche.«

Polly überging die Bemerkung. »Gut, dann legen wir jetzt los. Charlotte, organisier uns einen Putzwagen. Und Handschuhe. Sei einfach wie immer, hörst du? Wir müssen hier raus sein, bevor die Frühschicht kommt.«

Charlotte nickte, straffte die Schultern und ging ins Badezimmer. Die anderen hörten, wie sie die Dusche anstellte, und als sie wieder herauskam, waren ihre Haare gewaschen und zu einem Pferdeschwanz zusammengebunden. Gefasst verließ sie das Zimmer.

Polly und Julia warteten. Die Zeit in dem rustikalen Hotelzimmer mit dem toten Mann schien stehen zu bleiben. Als Charlotte schließlich mit dem Putzequipment durch die Tür rumpelte, schraken beide zusammen.

Wortlos streiften sie sich Putzhandschuhe über und begannen mit der Arbeit. Charlotte übernahm die Regie, und Polly musste neidlos eingestehen, dass sie für den Job als Hausdame ausgezeichnet qualifiziert war. Systematisch wischten sie Gegenstände ab, zupften Haare von Möbeln und achteten peinlich genau darauf, keine neuen zu hinterlassen. Fast vergaßen sie über die Arbeit die Leiche. Nach einer knappen Stunde gab es nur noch eins zu tun. Sie hatten sich die scheußlichste Aufgabe bis zum Schluss aufgeschoben.

Julia seufzte. »Wir müssen noch das Bett abziehen«, sagte sie. Keiner rührte sich. Alle starrten auf die zerknüllten Laken und vermieden es dabei, die Leiche anzusehen. Aber es half nichts.

Irgendwie schafften sie es, das Bettzeug unter dem Toten hervorzuziehen, ohne ihn zu berühren. Charlotte hatte zu weinen begonnen, stülpte aber tapfer frische Überzüge über die Kissen. Als sie fertig waren, drapierten sie die Decke am Fußende so, als hätte Damien sie achtlos nach unten geschoben, bevor er sich zum Sterben niedergelegt hatte. Die Bettseite, auf der Charlotte gelegen hatte, war glatt und duftete frisch nach Waschmittel.

Als Julia sich über den Toten beugte, entfuhr Charlotte ein leiser Schrei. »Was denn? Die ganze Putzerei wäre für den Arsch, wenn er deinen Lippenstift am Kragen hat«, erklärte Julia genervt, während sie Damiens Gesicht genauestens begutachtete. Anschließend suchte sie sein Hemd nach Haaren ab und nickte am Ende zufrieden. »Jetzt müssen wir nur noch zusehen, dass uns niemand auf dem Flur sieht«, sagte sie in ihrer pragmatischen Art. »Polly und ich gehen zuerst. Wenn du mit einem Putzwagen über die Gänge schiebst, ist das nicht weiter auffällig.« Sie wandte sich zur Tür.

»Das Glas!« Polly machte nochmals kehrt, ging ins Bad und kam mit Charlottes Weinglas zurück.

Die begann gerade routiniert in der hintersten Ecke des Raumes den Boden zu putzen. Rückwärtsgehend wischte sie systematisch jeden Winkel und sorgfältig über die Stellen, wo sie eben noch gestanden hatte, bis sie nur noch zwei Schritte von der Tür entfernt war.

Polly lugte auf den Gang hinaus. Niemand war zu sehen. Vorsichtig schoben sie und Julia sich durch die Tür, gingen leise, aber zügig an den anderen Zimmern vorbei, die Treppe hinunter, durch die ausgestorbene Lobby und wagten erst wieder zu reden, als sie die Autotüren von Pollys altem Opel hinter sich zugezogen hatten.

»Was für eine Nacht«, sagte Polly und massierte ihre Schläfen. »Hoffentlich haben wir nichts übersehen.«

»Bestimmt nicht«, erwiderte Julia, die sich mit zittrigen Fingern ein Zigarillo ansteckte. In dem Zimmer bei dem Toten hatte sie nicht gewagt zu rauchen, aber jetzt war ihr der Drang nach Nikotin förmlich anzusehen. Nach dem ersten Zug entspannte sie sich sichtlich. »Ich wünschte, bei mir zu Hause würde es nur ein Mal so sauber sein«, versuchte sie zu witzeln.

Polly entgegnete nichts. Nachdenklich drehte sie das Weinglas in der Hand, das sie aus dem Zimmer mitgenommen hatte. »Ich frage mich, ob der gute Damien Charlotte was in den Wein getan hat, um eine wirklich besondere Nacht mit ihr zu erleben.«

Doch ein Serienmörder?

Der beißende Geruch von Scheuermittel fiel ihm als Erstes auf. Er passte nicht zum restlichen Ambiente. Das Zimmer sah aus, als sei seine eigene Wirtin massiv in die Gestaltung involviert gewesen. Die rot karierten Gardinen, die Filzkissen und die rustikalen Dielenböden hätten das Herz der Moosleitnerin bestimmt höher schlagen lassen. Aus einem schweren Goldrahmen blickte als prominentes Designelement und Reminiszenz an die bayerische Heimat der Kini versonnen über das Bett, und offenbar gefiel ihm nicht, was er sah. Sein Ausdruck wirkte abwesend, fast als sei er auf dem Sprung. Herbst konnte es ihm nicht verübeln, denn schön war der Anblick tatsächlich nicht.

»Männliche Leiche um die vierzig, tödlicher Herzschuss aus geringer Distanz, Todeszeitpunkt gegen zweiundzwanzig Uhr«, dozierte der Leichenbeschauer.

Widerwillig trat Herbst näher und betrachtete das fahle Gesicht des Toten. Es dauerte einige Sekunden, bis er den eleganten Herrn von der Beerdigung wiedererkannte. Das konnte kein Zufall sein.

Er rieb sich die Schläfen. Zwei Leichen in so kurzer Zeit. Irgendwie wurde ihm gerade alles zu viel. Er hatte keine Lust, sich jetzt mit Mord und Totschlag zu beschäftigen. Zu präsent war die Erinnerung an letzte Nacht. Er war durcheinander, aufgewühlt, und trotzdem konnte er sich nicht erinnern, wann er sich das letzte Mal so gut gefühlt hatte. Fast konnte er sie noch spüren, sah ihre Brüste über sich, ganz so, als säße sie noch immer auf ihm. Julia. Sie hatten leise sein müssen, um die Kinder nicht zu wecken. Eigentlich war er kein großer Stöhner und Schreier, er mochte sich selbst nicht, wenn er wie ein schnaubender Stier über einer Frau war, und trotzdem war es ihm schwergefallen, sich zu beherrschen. Erst auf dem Sofa, dann daneben.

Er riss sich zusammen und wandte sich wieder dem Arzt zu,

der geschäftig an der Leiche herumhantierte. »Sonst noch was Auffälliges?«

»Das kann man wohl sagen.« Er hatte das Hemd aufgeknöpft, um die Schusswunde besser untersuchen zu können, und wies jetzt auf einige Stellen an der Brust des Mannes. »Das hier sind alte Narben von kleineren Wunden, die unprofessionell genäht wurden. Man findet diese Art von Verletzungen oft bei Veteranen oder Soldaten, die länger in Dritte-Welt-Ländern im Einsatz waren. Und sehen Sie hier …« Der Leichenbeschauer hob den Oberkörper des Toten leicht an, und auf der Schulter wurde ein Teil einer Tätowierung sichtbar.

Problemlos ergänzte Herbst das unvollständige Bild, das sich ihm bot, zu einem Ganzen: der Satyr. Ihn schwindelte leicht. Ganz und gar kein Zufall. Auf irgendeine Weise standen die beiden Morde miteinander in Verbindung. Georg Stecher und dieser Tote hatten sich gekannt. Mehr noch, sie trugen die gleiche Tätowierung. Was hatte das zu bedeuten? Aufmerksam sah er sich erneut um. Der Tatort wies keine Ähnlichkeit mit der Inszenierung von Stechers Leiche auf, außerdem fehlte ein ganz entscheidendes Element: die Hörner. Dennoch wusste er intuitiv, dass es sich um denselben Täter handelte. Oder machte er sich etwas vor? Aber der Schuss ins Herz … Die Ballistik würde Klarheit schaffen. Und dann? Doch ein Serienmörder? Er musste schleunigst klären, was die beiden Toten außer der Tätowierung und ihrem tragischen Ende noch miteinander verband, und gleich mit dem Chef der Spurensicherung sprechen, einem langen hageren Kerl, dessen Namen er sich nie merken konnte. Namen waren noch nie seine Stärke gewesen. Wo zum Geier war eigentlich Moneypenny? Kaum hatte er den Gedanken zu Ende gedacht, klingelte auch schon sein Telefon.

»Servus, Moneypenny, wo steckst du denn?«

»Schon recht. Nur keine Zeit auf unnötige Höflichkeiten verschwenden. Dir auch einen schönen guten Morgen!«

»Von gut kann keine Rede sein, wir haben eine zweite Leiche. Also, wo bist du?«

»Der frühe Vogel fängt den Wurm, mein Guter. Ich bin schon

wieder im Präsidium. Leider konnte ich am Tatort nicht auf dich warten. Also, pass auf: Der Tote heißt Damien Bertrand und ist Franzose. Gemeldet ist er in Marseille. Er hat am Tag vor Stechers Beerdigung im Hotel eingecheckt und wollte morgen wieder abreisen.«

»Marseille?«

»Ja, erstaunlich, gell? Einen Zweitwohnsitz hatte er auch, irgendwo bei einem Kaff namens Aubagne. Weißt du, was eine *bergerie* ist?«

Herbst nickte versonnen. Langsam schienen die Puzzleteile an ihren Platz zu fallen. Offenbar hatte Stecher Damien Bertrand während seiner Reise besuchen wollen. In dessen *bergerie.*

»Ich hab schon Amtshilfe bei den französischen Kollegen angefordert«, verkündete Fred gerade. »Hab aber noch keine Antwort. Was die Mordnacht angeht, habe ich mir die Gästeliste vom Hotel geben lassen. Soweit ich feststellen konnte, waren die meisten auf dem Faschingsball und ganz schön angesoffen. Niemand hat was gesehen. Konkrete Zeitangaben – auch Fehlanzeige. Nur der Mann aus dem Zimmer gegenüber hat gegen halb zehn gesehen, wie die Empfangsdame an der Zimmertür des Opfers geklopft hat. Sie hat ausgesagt, dass sie ihm seinen Füller bringen wollte, den er an der Rezeption liegen hat lassen. Den Stift haben wir im Zimmer gefunden, die Hotelangestellte hatte offenbar viel zu tun und war im Haus unterwegs. Mehrere Gäste konnten sich erinnern, vor dem Ball von ihr begrüßt worden zu sein. Sie kommt also eher nicht als Täterin in Frage, und an dem späteren Opfer ist ihr auch nichts Besonderes aufgefallen, als sie ihm den Stift gebracht hat. Sie war ziemlich durch den Wind, konnte gar nicht fassen, dass so etwas während ihres Dienstes passiert sein soll. Auch in der Lobby will sie niemanden bemerkt haben, nachdem sie wieder unten war.« Herbst wollte etwas einwerfen, aber Fred war in seinem Element. »Außerdem habe ich ein paar Altlasten aufgearbeitet. Der Stecher hat seine Tätowierung schon seit etwa zehn Jahren. Er war also schon längst erwachsen, als sie gestochen wurde. Das grafologische Gutachten von der Schrift auf dem Schaufenster liegt auch vor – leider kein Treffer. Die

Schrift ist so stark verfremdet, dass sie keiner der Proben eindeutig zuzuordnen war.«

Herbst beeilte sich, Freds Atempause zu nutzen. »Super Arbeit, Moneypenny. Ich muss hier noch schnell mit ein paar Leuten reden, dann sehen wir uns gleich im Präsidium.« Er legte auf und sah sich nach dem Spurensicherer um. Als er ihn im Bad fand, erkundigte er sich nach dem Stand der Erkenntnisse.

»Viel können wir noch nicht sagen. Außer dass das Hotel über ein exzellentes Housekeeping verfügt. Alles ist blitzsauber. Der pure Horror für unseren Berufsstand. Es gibt ein paar Fingerabdrücke, die wir natürlich noch nicht ausgewertet haben. Ansonsten haben wir Gepäck mit Wäsche für etwa drei Tage gefunden. Der Inhalt des Geldbeutels des Opfers ist nicht weiter auffällig, die Personalien haben Sie vermutlich schon?« Herbst nickte.

»Es gibt wenig persönliche Gegenstände, abgesehen von einem teuren Füller und dem hier.«

Er überreichte dem Kommissar einen Stapel loser Blätter in einer Plastikhülle.

Herbst warf einen Blick darauf. »Gedichte?«, fragt er dann.

Der Kollege nickte. »Eher Geschichten. Das Zeug muss noch ins Labor, danach dürfen Sie sie auswendig lernen.« Er grinste und widmete sich wieder seiner Arbeit.

Herbsts Telefon klingelte erneut.

»Polly Goldman hier.«

Wie zum Teufel hatte die denn schon wieder Wind von der Sache bekommen? Unfreundlicher, als er es eigentlich vorgehabt hatte, sagte er: »Was wollen Sie?«

»Oh, ich kann auch wieder auflegen, wenn Ihnen das lieber ist. Allerdings erfahren Sie dann nicht, was ich bei meinen Recherchen zu Stechers Nachruf herausgefunden habe.«

»Nun gut, also: Was verschafft mir die Ehre?«

»Schon besser. Leider habe ich heute nicht so viel Zeit, dass ich Sie treffen und mich wieder von Ihnen über den Tisch ziehen lassen kann. Deshalb in aller Kürze: Wussten Sie, dass Georg Stecher bei der Fremdenlegion gedient hat?«

In Herbsts Gehirn begann es zu rattern. Fremdenlegion. Frankreich. Aubagne. Ohne ein Wort erwidert zu haben, legte er auf und wählte die Nummer des Präsidiums. »Moneypenny, buch mir für heute Nachmittag einen Flug nach Marseille«, sagte er. Dann verließ er den Tatort, um zu packen.

Kein Problem für einen geübten Schützen

Polly steckte ihr Telefon weg und rüttelte an der Tür des Café Lotte. Vergeblich. Ein Zettel hinter der Scheibe lieferte die Erklärung. »Ich bin im Urlaub, seid's gegrüßt, euer Beppo.«

»Verdammt noch mal! Ausgerechnet jetzt!«, fluchte sie. Wenigstens war Charlotte pünktlich. In ihrem dicken Pelzmantel bog sie eben um die Ecke. Selbst von Weitem sah sie mitgenommen aus. Je näher sie kam, umso deutlicher wurden die Spuren der vergangenen Nacht in ihrem müden Gesicht. Sie kam direkt von der Polizei, die ihr offensichtlich den Rest gegeben hatte. Polly wollte sie in die Arme nehmen, aber Charlotte drehte sich im selben Moment um und scannte mit ängstlichem Blick den Platz.

»Verfolgt dich jemand?«, fragte Polly, während sie sich Charlottes Haarpracht aus dem Gesicht fegte.

»Das wäre doch nur logisch«, flüsterte Charlotte. »Der Mörder ist noch auf freiem Fuß, und ich bin die einzige Zeugin.«

»Ich dachte, du kannst dich an nichts erinnern?«

»Aber das weiß er doch nicht.« Polly hatte Mühe, sie zu verstehen, so leise sprach die Freundin und blickte immer wieder über ihre Schulter. Es sollte wohl unauffällig sein, aber zu unauffällig hatte Charlotte kein Talent. Darin ähnelte sie Polly.

»Zum Glück hat er keine Ahnung, dass du da warst.«

»Das können wir nur hoffen. Warum stehst du dir eigentlich hier draußen die Füße in den Bauch?« Zumindest diese Frage äußerte Charlotte in einer verständlichen Tonlage.

Polly deutete auf den schlampig geschriebenen und schief geklebten Urlaubszettel an der Tür. Anscheinend hatte es Beppo eilig gehabt.

»Ja, sag mal, spinnt denn der?«, empörte sich Charlotte.

»Vielleicht hat er sich im Swinger-Club in der Ruine verausgabt«, mutmaßte Polly, die Beppo insgeheim auf die Liste der Verdächtigen gesetzt hatte. Immerhin gab es ja noch die Möglichkeit, dass der Mörder Charlotte nicht übersehen, sondern absichtlich verschont hatte, weil er sie seit Jahren vergötterte. Und ihr Liebhaber hatte dran glauben müssen, weil Beppos Eifersucht mit ihm durchgegangen war. Aber warum hätte er Stecher umbringen sollen? Auch wegen der Verbindung, die Charlotte zu ihm gehabt hatte? Polly vermutete seit einiger Zeit, dass da irgendwann irgendetwas im Busch gewesen war. Sie hatten nie darüber gesprochen, aber die Hochspannung, die sich zwischen Julia und Charlotte in regelmäßigen Abständen immer wieder aufbaute, könnte ein Indiz dafür sein. Vielleicht hatte Beppo diesbezüglich ja einen Informationsvorsprung? Das klassische Motiv Eifersucht, sollte es so einfach sein?

»Hoffentlich ist meinem Beppo nichts passiert«, sorgte sich Charlotte. »Noch einen Verlust könnte ich wirklich nicht ertragen.« Sie wischte sich eine Träne aus dem Augenwinkel.

»Ich glaube, der Muskelprotz kann ganz gut auf sich aufpassen«, antwortete Polly aggressiver als nötig.

»Was sind denn das für neue Töne. Ich dachte, du magst ihn?«

»Schon. Wenn er da ist, wo er hingehört: hinter die Theke.«

Charlotte strafte sie mit einem strengen Blick. Über Beppo durfte nur sie selbst abfällig reden. Es gab nur wenige Männer, die ihrer ersten Liebe noch Jahrzehnte später die Treue hielten, und Beppo war einer von ihnen. Er lag Charlotte zu Füßen, egal, mit wem diese gerade ihre Zukunft plante. Er war der männliche Fixpunkt in ihrem Leben. Vielleicht war ja jetzt der Zeitpunkt gekommen, an dem ihm das zu blöd geworden war, dachte Polly. Sie wollte später in der Redaktion der Theorie nachgehen, aber jetzt musste sie sich um ihre Freundin und um Koffein kümmern. Die vergangene Nacht saß auch ihr in den Knochen. Sie hakte sich bei Charlotte unter und steuerte die Bäckerei Inninger am Marktplatz an.

»Was hat denn die Polizei wissen wollen?«, fragte sie.

»Ich glaube, wir haben ganze Arbeit geleistet. Der Beamte hat gesagt, er müsse mir als Hausdame erst mal ein Kompliment machen. Er habe noch nie so ein sauberes Hotelzimmer gesehen. Ich denke, das bedeutet, dass die Spurensicherung nix gefunden hat.«

»Na, immerhin etwas. Hat er durchblicken lassen, wen sie verdächtigen?«

»Nein. Er hat nur ziemlich viele Fragen gestellt. Zu den Gästen, dem Faschingsball und komischerweise auch zu Nora.«

»Was hat die denn damit zu tun?«

»Sie hatten sie nach Stechers Tod verhört, weil sie doch an dem Abend bei Julia zum Babysitten war. Der Beamte wollte wissen, ob sie anders sei als sonst.«

»Seltsam. Was hast du geantwortet?«

»Nix Konkretes. Mit Nora ist es grad schwierig genug. Wenn sie jetzt ein weiteres Mal zur Polizei muss, tickt sie völlig aus.«

»Hat sie dir inzwischen erzählt, wo sie an dem Abend war, als Stecher ermordet wurde? Es fehlen immerhin eineinhalb Stunden zwischen dem Zeitpunkt, als sie bei Julia los ist, und dem, als sie nach Hause kam.«

»Wir haben darüber gesprochen. Sie hat zugegeben, dass sie einen Freund hat. Aber sie schwört, dass da nichts läuft außer Spaziergänge im Mondschein und ein bisschen Knutschen. Ich versuche ihr zu vertrauen. Seit dem Abend, als wir sie in der Bauruine gesucht haben, war sie immer pünktlich zu Hause.«

»Müsste der Typ denn nicht auch Stress zu Hause kriegen, wenn er nachts unterwegs ist?«

»Keine Ahnung. Ich glaube, er ist ein bisschen älter als Nora, aber darüber wollte sie nicht reden. Immerhin hat sie mir hoch und heilig versprochen, dass sie keine Dummheiten macht und mit mir spricht, bevor es ernst wird. Damit muss ich mich zufriedengeben. Wenn ich ihr etwas verbiete, macht sie es nur heimlich, dass wissen wir ja jetzt.«

»War sie auch mit dem Typen unterwegs, als wir sie unter Einsatz unseres Lebens in der Bauruine gesucht haben?«

Charlotte nickte. »Wahrscheinlich. Als ich heimkam, lag sie im Bett und schlief, und dann hab ich das Problem irgendwie ein bisschen verdrängt. Ich war einfach nur froh, dass sie wieder da war. Und dann ist so viel passiert. Damien …« Sie verstummte. Sie hatten die Bäckerei erreicht.

»Zwei Kaffee zum Mitnehmen und zwei Butterbrezen«, orderte Polly, dann marschierten sie mit Koffein im Pappbecher weiter Richtung Park.

Schon auf halber Strecke goss Charlotte den Inhalt ihres Bechers schwungvoll in die Büsche. »Beppo würde so ein Gebräu niemals servieren.«

Mit oder ohne Koffein, sie mussten sich jetzt konzentrieren. Polly ahnte, dass Charlotte auf keinen Fall Lust hatte, an die vergangene Nacht zu denken, aber es half nichts. »An was kannst du dich noch erinnern? Wir müssen genau überlegen. Vor allem müssen wir sicherstellen, dass der Mörder nicht drauf kommen kann, dass du auch im Raum warst. Also, von Anfang an.« Polly sah die Freundin aufmunternd an.

»Ich kam zu ihm, wir saßen auf dem Bett, haben Wein getrunken –«

»Der Wein. Woher kam der?«, unterbrach Polly sie.

»Von einem Freund.«

»Was für einem Freund?«

»Das hat er nicht gesagt. Jemand von früher. Mehr wollte er nicht erzählen. Oder halt, das stimmt so nicht: Er wollte es mir morgen verraten. Mir und dem Kommissar.« Sie schaute verwirrt drein. »Ja, so hat er es gesagt.«

»Du meinst also, er wusste etwas, das mit Stechers Tod in Verbindung steht, und wollte darüber mit der Polizei sprechen?«

»Könnte sein. Wenn ich es mir recht überlege, dann glaube ich auch, dass er gestern Abend mit jemand anderem gerechnet hat, als ich vor seiner Tür stand. Er war anfangs ziemlich schlecht gelaunt.«

»Aber du hattest nicht das Gefühl, dass er Angst hatte, oder?«

»Nein. Ganz sicher nicht. Er war eher nachdenklich.«

»Was ist dann passiert?«

»Na, ich bin aufs Klo, und danach kann ich mich an nichts mehr erinnern.« Charlotte sah sich ängstlich um. »Was ist das da hinten bei dem Baum?«, flüsterte sie.

Polly folgte ihrem Blick. »Wenn du das Tier mit dem buschigen Schwanz meinst, das ist ein Eichhörnchen. Ich glaube, du entwickelst einen Verfolgungswahn.«

Charlottes Augen füllten sich mit Tränen, und Polly beeilte sich, sie in den Arm zu nehmen. Sie musste feinfühliger sein, immerhin lief in ihrer Kleinstadt ein Mörder herum, der innerhalb weniger Tage zwei Frauen in den Single-Status befördert hatte.

»Glaubst du, es war derselbe? Der, der auch Stecher erschossen hat?«, fragte Charlotte gerade.

Polly dachte nach. »Ich denke, davon können wir ausgehen«, sagte sie dann. Seit sie in Bad Moorach lebte, war hier kein nennenswertes Verbrechen geschehen. Dass jetzt innerhalb einer Woche gleich zwei Mörder in dem beschaulichen Städtchen zugeschlagen haben sollten, schien ihr mehr als abwegig.

Sie setzten sich auf eine Parkbank. Charlottes dicker Pelz war dafür wie geschaffen, während Polly schon nach wenigen Sekunden am Hintern fror, aber das musste sie jetzt ignorieren.

Charlotte war mit den Gedanken ohnehin bei anderen Körperteilen. Sie sprach von Damiens Händen, seinen Augen, seinen Lippen. »Diesmal war ich mir wirklich sicher. Wir waren wie füreinander gemacht. Ich wäre mit ihm nach Frankreich gegangen. Hätte ein neues Leben anfangen. Er war der Richtige.«

Polly nahm einen letzten Anlauf. »Kannst du dich wenigstens noch daran erinnern, was das für ein Wein war? Vielleicht können wir ja so herausfinden, woher und von wem er stammte.«

»Klar weiß ich das. Es war ein 2006er Châteauneuf du Pape. Ich werde diesen Wein nie vergessen. Ich hab ihn mir gekauft. Gleich heute früh.« Sie lächelte entschuldigend. »Es ist die einzige Erinnerung, die mir an ihn bleibt. Herr Gruber musste eine ganze Weile danach suchen. Es gab nur noch zwei Flaschen im Lager. Sauteuer, aber ich werde sie in Damiens Andenken trinken.«

Da gab es nichts mehr zu sagen. Polly nahm die Tüte mit den frischen Butterbrezen, hielt sie Charlotte unter die Nase und genehmigte sich dann selbst eine ordentliche Portion Kohlenhydrate mit Fett. Eine fatale Mischung, aber irgendwie musste sie schließlich durch den Tag kommen.

»Ich hab Angst«, sagte Charlotte leise. »Was ist, wenn der Mörder doch herausfindet, dass ich da war?«

Polly schluckte. »Blödsinn«, sagte sie, dann musste sie sich aber eingestehen, dass der Gedanke nicht ganz abwegig war. Sie ließ ihren Blick über die Wiese schweifen. In den Pfützen zusammengeschmolzener Schneeberge spiegelte sich der graue Himmel. Niemand war zu sehen. Oder doch? Dahinten, was war das? Polly glaubte, einen Schatten zu sehen, der gerade wieder hinter der alten Eiche verschwand. Ansonsten war der Park menschenleer. Die Hundebesitzer hatten ihre Morgenrunden bereits hinter und die jungen Mütter ihre noch vor sich, außerdem war es grau und kalt.

»Da blitzt doch was.« Jetzt zeigte Charlotte auf die alte Eiche.

Polly schätzte die Entfernung. Kein Problem für einen geübten Schützen. »Schnell, lass uns gehen.« Sie zog Charlotte hoch.

»Das ist eine Pistole!«, brüllte Charlotte und stürmte panisch los, Polly hinterher.

Hochhackige Stiefel waren keine geeigneten Fluchtfahrzeuge, dachte Polly, während sie versuchte Charlotte einzuholen. Nach ein paar Metern hatte sie sie erreicht.

»Kümmerst du dich um Nora, wenn mir etwas passiert?«

»Klar!«, schrie Polly zurück. Sie glaubte, Schritte zu hören. Noch hundert Meter bis zur Straße. Sie mussten es schaffen.

Fisch oder Fleisch?

Leo Herbst schlug die Klappe des Kofferraums zu. In der einen Hand hatte er eine französische Zeitung, in der anderen sein Gepäck. Er sprang auf den Gehsteig und landete mit dem rechten Schuh mitten in einem kleinen Berg Hundescheiße. Er fluchte. Das blaue Polizeiauto hupte noch einmal zum Abschied, bevor es sich in den Marseiller Abendverkehr einordnete. Herbst hob sein Bein, betrachtete angeekelt seine verdreckte Schuhsohle und rieb seinen Fuß mehrmals über den Asphalt, auf dem er dunkle Streifen hinterließ. »Mistviecher, elendige«, schimpfte er vor sich hin, als er seinen Koffer den Quai des Belges entlangzog.

Moneypenny hatte ihm ein Zimmer in einem Hotel östlich des Vieux Port reserviert. Herbst sah auf die Uhr. Es war kurz nach sieben. In weniger als einer halben Stunde würde er seinen alten Freund Jean-Luc Papperin, Leiter der Mordkommission der Police Judiciare von Aix en Provence, zum Abendessen treffen. Eigentlich war Zeit genug, um seine Sachen ins Hotel zu bringen, aber stattdessen entschied er sich für einen Spaziergang. Um diese Zeit war der Vieux Port sehr belebt. Trotz der kühlen Temperaturen boten schwarze Händler an jeder Ecke ihre Ware feil – Uhren, Schmuck und allerlei Krimskrams. Eine Gruppe alter Fischer stand am Hafenbecken und diskutierte laut in einem für Herbst unverständlichen Dialekt. Eine Schar Halbwüchsiger lief Hand in Hand über die Uferpromenade. Sie lachten laut und machten große Kaugummiblasen, die sie auf ihren pickligen Gesichtern zerplatzen ließen. Aus ihrem Ghettoblaster hämmerte französischer Rap, der vom permanenten Hupen und Schreien der Autofahrer begleitet wurde, die in der Marseiller Rushhour feststeckten. Herbst atmete tief ein. Die Luft schmeckte nach Fisch, Zigarettenrauch und Autoabgasen. Für einen Moment schloss er die Augen und genoss den Kulturschock. Gegen diesen Moloch war Bad Moorach still und einsam wie ein Grab.

Langsam ging er den Quai entlang. Stecher war also ein Fremdenlegionär gewesen. Der telefonische Tipp der vorwitzigen Journalistin rückte die ganze Angelegenheit in ein neues Licht. Vielleicht lag das Mordmotiv doch nicht in Bad Moorach. Morgen würde er mehr wissen. Gleich in der Früh hatte er einen Termin im Hauptquartier der Fremdenlegion in Aubagne, einem kleinen Vorort von Marseille. Er hatte keine Vorstellung, was ihn dort erwartete, hatte er sich doch nie mit der Fremdenlegion beschäftigt und kannte nur die Mythen, die sich um die Vereinigung rankten. Vielleicht würde ihm ja Jean-Luc mit fundierten Informationen weiterhelfen können. Sein Magen begann laut zu knurren. Er hatte den ganzen Tag nichts zu sich genommen außer Espresso und Zigaretten. Er sah auf seine Uhr. Es war Zeit.

Treffpunkt war eine kleine Kneipe in einer Seitenstraße des Hafens. Von außen wirkte sie wenig vertrauenerweckend, und Herbst zweifelte, dass es hier etwas zu essen gab – zumindest etwas Bekömmliches. Er stieß die Tür auf und kämpfte sich durch einen speckigen roten Vorhang. Augenblicklich umhüllten ihn Alkoholdunst und der starke Geruch von Fisch und Knoblauch. Er sah sich um. Die Lokalität war ausgesprochen klein. Wie hatten nur so viele Menschen auf so engem Raum Platz? Dicht an dicht standen sie an der Theke oder saßen an wackligen Holztischchen. Eine dicke Barfrau versuchte ihren überproportionalen Körper, den sie in enge Leggings und ein Leopardenshirt gequetscht hatte, durch die Menge zu schieben. Auf ihrer rechten Hand balancierte sie ein Tablett voller gefüllter Gläser. Herbst konnte in die winzige Küche schauen, die sich rechts an die Theke anschloss. Um zwei Herdplatten tänzelte ein schmächtiger Mann mit dunkler Haut und rührte in zwei riesigen dampfenden Töpfen. Auf einem Grill rösteten Weißbrotscheiben.

»Leo, *viens ici.*« An einem Tisch in der hintersten Ecke des Lokals saß ein schlaksiger Mann in den Vierzigern. Er hatte dunkle Haare, die ihm unordentlich in die Stirn fielen. Herbst lächelte. Jean-Luc hatte sich seit ihrem letzten Treffen kaum verändert.

Nach einer kurzen Umarmung ließ sich Herbst grinsend auf einen Stuhl nieder. Vor zwanzig Jahren war er für sechs Wochen als Austauschschüler in der Familie Papperin in Cabanosque, einem provenzalischen Bilderbuchdorf nahe Aix-en-Provence, gewesen. Aus diesem Schüleraustausch war eine Freundschaft zu dem ehemaligen Gastbruder hervorgegangen.

»Wie geht es dir?«, fragte Jean-Luc und leerte schnell sein Weinglas, damit die Bedienung, die mit einer Weinkaraffe an den Tisch kam, nachschenken konnte.

Herbst fasste kurz seine privaten Highlights der letzten Jahre zusammen. Die Liebe ließ er dabei absichtlich aus, über sie musste er sich momentan selbst erst klar werden. Sein Gegenüber hörte aufmerksam zu. »Und du?«, fragte Herbst, als er seine Ausführungen beendet hatte. »Wie läuft es bei dir? Wirst du nicht schwermütig, wenn du von deinem Provinzstädtchen Aix nach Marseille musst, diesem Eldorado der Kriminalität?«

Jean-Luc schüttelte den Kopf und verdrehte die Augen. »Ich nicht. Aber nach Marseille will kein Polizist. Die Stadt frisst dich auf. Sie verschlingt dich. An jeder Ecke sieht man Elend, kriminelle Kinder, Prostitution. Unmengen an Drogen sind im Umlauf, jegliche Art von Schmuggel findet statt. Und je höher du die soziale Leiter hinaufblickst, umso skrupelloser und korrupter werden die Menschen und ihre Methoden.« Nachdenklich kratzte er sich am Kopf. »Und dann diese Massen an illegalen Einwanderern. Lauter Namenlose, die hier untertauchen und auf ein besseres Leben hoffen. Ein Fass ohne Boden. Da ist mir mein ländliches überschaubares Revier schon lieber. Ab und zu ein Überfall, vereinzelte Drogentote oder Suizidopfer und selten mal ein Mordopfer als Höhepunkt.«

Lolà, die Leopardenfrau, wie Herbst später erfuhr, kam wieder an den Tisch und unterbrach Jean-Lucs Redefluss. Sie hielt einen kleinen Block und einen Bleistift in ihrer Hand und blickte die beiden Männer desinteressiert an. »Fisch oder Fleisch?«, fragte sie, und Herbst bemerkte irritiert, dass zwei Leuchtsteine ihre Schneidezähne zierten.

»Fisch«, bestellte Jean-Luc mit einem Seitenblick auf Herbst, der zustimmend nickte, woraufhin sich die dicke Lolà durch die Menge zurück zur Küche schob, um die Bestellung durchzugeben.

»Auf jeden Fall«, fuhr Jean-Luc in seinen Ausführungen fort, »schwappt die Großstadtkriminalität immer häufiger auf die Provinz über. Viele illegale Zuwanderer arbeiten als Saisonarbeiter in der Landwirtschaft, kassieren ihre miesen Löhne schwarz, sind für uns aber meistens nicht greifbar. Im letzten Jahr haben wir zwei Dutzend solcher Arbeiter allein während der Weinlese in Cabanosque verhaftet.« Er seufzte und zog ein kleines Notizbuch aus der Tasche. »Aber du bist nicht hier, um dir mein Gejammer anzuhören. Ich habe ein bisschen für dich recherchiert.« Herbst nickte und lauschte gespannt.

»Damien Bertrand«, sagte Jean-Luc, »war nicht vorbestraft und ist auch sonst noch nie polizeilich in Erscheinung getreten. Nicht einmal einen Strafzettel wegen Geschwindigkeitsüberschreitung konnte ich finden. Er betrieb einen kleinen Antiquitätenhandel, der aber nicht besonders gut lief. Dennoch schien er wohlhabend zu sein. Auf seinen Kontoauszügen fanden sich mehrere Einzahlungen über hohe Summen in bar, die er selbst gemacht hat. Das hat mich stutzig gemacht, sodass ich beim Gericht in Marseille angerufen habe. Ich wollte wissen, ob er vielleicht etwas geerbt hat, aber die wussten nichts davon.« Jean-Luc nahm einen Schluck aus seinem Weinglas, dann schüttelte er den Kopf. »Ich habe keine Ahnung, womit Bertrand sich seinen Reichtum erworben hat. Aufgewachsen ist er jedenfalls in Toulon, hat später dort sein Studium abgebrochen und ist bei der Fremdenlegion gelandet.«

Lolà kam und stellte eine Platte mit geröstetem Weißbrot und geschälten Knoblauchzehen auf den Tisch. Die zwei Schälchen, die sie daneben platzierte, enthielten würzige Knoblauchrouie und Streukäse. Hinter ihr erschien der kleine, dürre Koch mit einem großen Kupfertopf voll dampfender brauner Brühe – die Bouillabaisse.

Herbst lächelte. Es war immer wieder eine Freude, zuzusehen, mit welcher Hingabe Jean-Luc ein Essen zelebrierte. Nachdem er zwei Weißbrotscheiben mit dem Knoblauch eingerieben und danach genüsslich an seinen Fingern gerochen hatte, schmierte er ein dicke Schicht Rouie darauf und ließ die Schnitten wie kleine Schiffe auf der Suppenoberfläche schwimmen. Anschließend streute er ausreichend Käse darüber, ließ seine markante Nase über den Teller gleiten und sog den Duft von Fisch und Gewürzen tief ein. Als das Vorspiel beendet war, griff er nach dem Löffel und ging schließlich daran, die Weißbrotschiffe zu versenken. Er wiederholte die Prozedur und aß stillschweigend drei Teller Bouillabaisse, bevor er ein Glas Wein mit einem großen Schluck austrank, den Löffel beiseitelegte und sich eine Zigarette anzündete.

Herbst hatte bereits nach dem zweiten Teller kapituliert. Er konnte sich nicht erinnern, schon einmal eine so gute Fischsuppe gegessen zu haben, und nahm sich vor, vor seiner Abreise noch einmal hierherzukommen.

»Très bien. Extraordinaire. Unique«, lobte Jean-Luc das Essen, als Lolà kam, um abzuräumen. Dann bestellte er *deux bières et deux calvados*, setzte sich aufrecht hin und sah Herbst zufrieden an. »Das ist schon etwas anderes als euer Mooracher Schweinebraten, oder?«

Herbst nickte lächelnd. »Erzähl mir etwas über die Fremdenlegion«, forderte er Jean-Luc auf. »Was bewegt junge Männer, diesem Verein beizutreten?«

Jean-Luc wiegte den Kopf. »Jeder hat seinen eigenen Grund. Der eine sucht Gemeinschaft, der andere Abenteuer, und manche wollen einfach einem höheren Zweck dienen. Schon immer haben viele Deutsche der Legion angehört. Das Angebot ist verlockend. Nach einer gewissen Laufbahn und Dienstzeit bekommt man eine lebenslange Rente, man kann eine neue Identität annehmen und so weiter und so fort. Die Offizierslaufbahn kann man allerdings nur dann einschlagen, wenn man die französische Staatsbürgerschaft besitzt.«

Herbst hatte aufgehorcht. »Eine neue Identität? Und das geht so einfach?«

Jean-Luc schüttelte den Kopf. »Einfach geht das sicher nicht, es ist heute auch nicht mehr üblich, aber früher war das kein Problem. Viele Legionäre haben damals einen neuen Namen angenommen und konnten auch nach dem Austritt aus der Legion damit weiterleben.«

Herbst zog sein Notizbuch heraus. Das musste er aufschreiben.

»Damien Bertrand«, fuhr Jean-Luc derweil fort, »hatte sogar eine Offizierslaufbahn anvisiert, schmiss dann aber nach einem mehrjährigen Auslandseinsatz plötzlich alles hin. Wer weiß, was er dort Schreckliches erlebt hat. Die Fremdenlegion ist heute vor allem auf Friedenseinsätzen in der ganzen Welt unterwegs. Da sieht man sicher Dinge, die man gern schnell wieder vergessen würde.« Als er den Satz beendet hatte, leerte Jean-Luc sein Bierglas, schnippte mit dem Finger in die Luft und machte der Kellnerin ein Zeichen für die Rechnung.

»Musst du schon weg?«, fragte Herbst enttäuscht. Er hätte gern noch mehr Zeit mit Jean-Luc verbracht, der bereits aufstand.

»Ich habe morgen Frühdienst und eine lange Heimfahrt vor mir. Ruf mich an, wenn du noch etwas brauchst. Oder komm vorbei. *Mamman* würde sich freuen, dich wiederzusehen.« Er drückte Lolà einen Schein in die Hand und lächelte Herbst zu: »Du bist eingeladen.«

Nachdem sie sich vor der Tür verabschiedet hatten, ging Herbst langsam den Quai entlang. Die Räder seines Trolleys klapperten gleichmäßig auf dem Asphalt. Fischerboote schaukelten auf dem Wasser, in manchen brannte noch Licht, er hörte raue Stimmen und das Klirren von Gläsern. Seine Gedanken wanderten zu Julia. Wie schön wäre es, wenn sie jetzt hier wäre und mit ihm Hand in Hand am Hafen entlangspazieren würde. Seine Verwirrung hatte sich noch immer nicht gelegt. Er hatte nicht nur moralische Prinzipien, sondern auch dienstliche gebrochen. Trotzdem, er bereute nichts. Es war wunderschön gewesen, auch wenn sie ihn mitten in der Nacht ohne viele Worte hinausbefördert hatte – wegen der Kinder. Allerdings hasste er es, wenn die Fronten ungeklärt, wenn Fragen offen waren. Was hatte diese Nacht zu bedeuten? War er für Julia nur eine Ablenkung gewesen, ein Trost? Oder war es mehr? Vielleicht sogar der Anfang einer Beziehung? Einer Liebe? Er wusste es nicht. Es konnte alles oder nichts sein. Im Moment war es weder Fisch noch Fleisch.

Mooracher-Anzeiger.de – Community: Unsere Stadt sucht einen Mörder

Jetzt einloggen, mitdiskutieren und gewinnen!

Dienstagmorgen entdecken Passanten den Weinhändler Georg Stecher tot in seinem Schaufenster. Ausgezogen, ausgestellt und ausradiert. Bad Moorach, eine Stadt, in der man seines Lebens nicht mehr sicher ist? »Der Mörder ist unter uns«, sagt Marinus Forster, Chefredakteur des Mooracher Anzeigers.

Kommentare:

Lonesome Cowboy • vor 40 Minuten
Und? Was ist euch bei der Beerdigung aufgefallen? Abgesehen davon, dass die halbe Stadt gekommen ist.

Spitzenkandidat♀ • vor 42 Minuten
Die von der Au war nicht da. Eine Schande, den eigenen Ehemann nicht zu Grabe tragen!

Gaudibursch38 • vor 30 Minuten
Es waren ja genug andere trauernde Witwen da …

Die Walküre • vor 25 Minuten
Die Musik war scheußlich. Der Georg stand doch so auf Wagner. Das wäre viel feierlicher gewesen. Erhabener.

Spitzenkandidat♀ • vor 19 Minuten
Ich weiß, dass er am liebsten die Carmina Burana gehört hat. *Ecce gratum! Tamtaram!* Das hat Rhythmus.

Lonesome Cowboy • vor 17 Minuten
Wer hat die scheußliche Musik eigentlich bestellt? Was war das überhaupt für ein Lied?

Anubis • vor 15 Minuten
Ich weiß, dass ein Bote der Blaskapelle einen Umschlag mit zweihundert Euro zugesteckt hat. Zusammen mit dem Musikwunsch. Das Lied heißt »Highway To Hell«. Wie geschmacklos.

Wutbürger • vor 8 Minuten
Wer kann das in Auftrag gegeben haben?

Gaudibursch38 • vor 5 Minuten
Vielleicht ein letzter Gruß vom Mörder?

Gendarmerie en Service

Schon beim Morgengrauen hatte ihn der Berufsverkehr aus einem unruhigen Schlaf geweckt. Das Hôtel de la Préfecture lag in einer Seitengasse, trotzdem ging es unten zu wie auf dem Münchner Stachus. Als um sieben Uhr ein Lieferant direkt unterhalb seines Zimmerfensters seinem Ärger über die Verkehrssituation mit einem lautstarken, von Hupen begleiteten Fluch, dessen Inhalt und Struktur sich vornehmlich um die Vokabel *putain* gruppierte, Luft machte, stand Herbst auf. Man konnte schließlich nichts erzwingen. Vor allem nicht Schlaf.

Er zog sich rasch an, um dann eine der vielen kleinen Bars aufzusuchen, die oft nur aus einem Tresen bestanden und in den Erdgeschossen der Nachbarhäuser um Kundschaft konkurrierten. Nach einem Crossaint und einem Café, der selbst Tote wieder zum Leben erweckt hätte, hatte sich seine Laune merklich gebessert. Er schnappte sich seinen Stadtplan und holte das Auto ab, das ihm die Préfecture de Marseille freundlicherweise zur Verfügung stellte. Doch der klapprige kleine Renault hätte ebenfalls einen Muntermacher gebrauchen können. Müde gurgelte er im Leerlauf, während Herbst versuchte, dem Straßengewirr auf der Karte den richtigen Weg zu entlocken. Er verließ die Stadt in östlicher Richtung, bog auf dem Quai de la Fraternité falsch ab und verfranste sich heillos in den Gassen links der Canebière. Jede zweite Straße schien hier Rue Nationale oder Rue de la République zu heißen. Ein Königreich für ein Navigationsgerät, von ihm aus auch eine Republik. Nach einer Dreiviertelstunde war er trotz frischer Außentemperaturen schweißgebadet. Entnervt beschloss er, von seiner Amtsgewalt Gebrauch zu machen, parkte in zweiter Reihe, legte ein Schild mit der Aufschrift »Gendarmerie en Service«, das er im Handschuhfach gefunden hatte, aufs Armaturenbrett und suchte die nächstgelegene Bar auf.

Als er an der Theke Platz nahm, klingelte sein Telefon, und

in seiner Brust begann ein kleines geflügeltes Tier zu flattern. »Schön, dass du anrufst«, sagte er ohne eine Begrüßung.

»Ich wollte deine Stimme hören«, antwortete Julia. »Wo bist du? Hört sich laut bei dir an.«

»Ich bin unterwegs«, druckste er herum. Er hatte sich nicht mal von ihr verabschiedet. Wusste sie, dass ihr Mann eine Vergangenheit als Fremdenlegionär gehabt hatte? Vermutlich hatte es ihr ihre Freundin, die Journalistin, längst erzählt. Offenbar hatte er zu lange in den Hörer geschwiegen, denn als Julia die Stille durchbrach, hörte sich ihre Stimme um einige Grad kühler an.

»Okay, ich merke, du bist beschäftigt. Vielleicht hätte ich nicht anrufen sollen.«

»Spinnst du, ich freu mich riesig«, beeilte er sich zu sagen. »Es ist nur, es ist so viel passiert. Ich hätte mich längst bei dir melden sollen, aber irgendwie war ich wohl zu feige –«

»Zu feige?«

»Na ja, nach allem, was war … Ich bin normalerweise nicht der Typ für … so was. Ich schätze, ich weiß einfach nicht so genau …« Er holte tief Luft. »Du fehlst mir.«

»Wirst du denn wiederkommen, Herr Wachtmeister?«, fragte sie, und fast konnte er ihr Lächeln sehen.

Er grinste erleichtert. »Wenn ich darf.«

»Und wann wird das sein? Ich denke, wir sollten reden.«

Das dachte er auch. Allerdings nicht jetzt und nicht am Telefon. »Hör mal, es haben sich ein paar neue Dinge ergeben, sodass ich momentan ziemlich viel zu tun hab. Aber morgen Abend sollte ich hier fertig sein. Dann melde ich mich bei dir, in Ordnung?«

»Kann ich dir irgendwie helfen?«

Natürlich musste er Privates und Berufliches trennen, aber wie sollte das gehen? Und wenn er es sich genau überlegte, konnte sie ihm tatsächlich helfen. »Du könntest darüber nachdenken, wo dein Mann etwas versteckt hätte, was ihm wirklich wichtig war? Ich habe das Gefühl, wir wären einen großen Schritt weiter, wenn wir das wüssten.«

»Und nach was suchen wir?«

»Keine Ahnung. Deshalb ist es ja so wichtig.«

»In Ordnung. Ich denke nach.« Pause. »Ich freu mich auf dich.« Damit legte sie auf.

Herbst atmete tief durch. Er wusste, dass er sich auf dünnem Eis bewegte. Sie war und blieb die Witwe des Mordopfers. Aber scheißegal. Jetzt musste er erst mal aus dieser verdammten Stadt herausfinden, sonst würde sein Termin bei der Fremdenlegion platzen. Nach einem weiteren Café, einer Zigarette und den hilfsbereiten Erklärungsversuchen des algerischen Kellners, dessen Französisch deutlich besser war als seins, fühlte Herbst sich für einen zweiten Anlauf gewappnet.

Der Verkehr hatte etwas nachgelassen, und nach zwanzig Minuten lenkte er sein klappriges Gefährt auf die A 50 Richtung Aubagne. Kurze Zeit später registrierte er erleichtert das Schild mit der Ausfahrt »Aubagne-Centre« und fuhr vor lauter Euphorie an der Zahlstation versehentlich auf eine Spur, die wohl irgendeinem Geheimbund vorbehalten war, denn es gab keinen Kassenautomaten und auch kein Häuschen, in dem jemand die Maut entgegengenommen hätte. Irgendwie musste man aber wohl dennoch bezahlen, denn die Schranke bewegte sich keinen Millimeter. Hinter Herbsts Renault staute es sich bereits, und als er ausstieg, um die Gegebenheiten zu untersuchen, begleitete ihn ein Hupkonzert.

»Télépéage«, stand auf einem Schild. Was war das denn nun schon wieder? Er entdeckte so etwas wie eine Gegensprechanlage. Vielleicht brauchte man ja ein Codewort? Er versuchte es mit *»nation«*. Vergeblich. Er hatte keine Zeit mehr, weiter darüber nachzudenken, denn mehrere Autofahrer hatten mittlerweile ihre Fenster heruntergekurbelt und schimpften zu ihm herüber.

»Moderne Wegelagerei, Scheißpiraten!«, fluchte er auf Deutsch zurück.

Der Mann in dem Lkw hinter ihm schnallte sich eben mit verärgertem Gesichtsausdruck ab und machte, begleitet von drohenden Gebärden, Anstalten, aus dem Führerhaus zu klettern. Schnell ließ sich Herbst wieder auf den Fahrersitz fallen und knallte die Autotür zu. Gerade rechtzeitig. Fast im selben Moment erschien ein wutroter Kopf an seinem Fenster. »Deutscher Kommissar an französischer Zahlstation gelyncht«, so würde es morgen in der Zeitung stehen. In seiner Not griff er wieder nach dem Schild »Gendarmerie en Service« und drückte es gegen die Scheibe. Der Typ mit dem roten Kopf verdrehte die Augen, zog sich aber zurück, um den anderen Autos mit einer Geste zu bedeuten, dass hier kein Durchkommen war. Als nach und nach alle zurücksetzten, atmete Herbst auf und platzierte das Schild vorsorglich gut sichtbar hinter der Frontscheibe.

»Geht doch«, raunzte er, legte den Rückwärtsgang ein, ordnete sich in einer anderen Schlange ein und meisterte die Ausfahrt mit Bravour. Er hielt erst wieder an, als er am Gelände der Légion Étrangère angekommen war.

Man hatte ihn erwartet. Am Tor nahm ihn ein gut gebauter, uniformierter Typ mit sympathischem Gesicht in Empfang und geleitete ihn ins Bürogebäude. Herbst genierte sich ein wenig für das Klischeebild eines bulligen, brutalen Söldners, das er in einer Schublade seines Kopfes abgespeichert hatte. Der Caporal begrüßte ihn freundlich, aber distanziert. Er schien kein Freund großer Worte zu sein, was Herbst angesichts seiner lückenhaften Französischkenntnisse entgegenkam.

»A votre service«, eröffnete der Caporal das Gespräch.

»Enchanté«, erwiderte Herbst und fragte sich im selben Moment, ob man diesen Ausdruck vielleicht nur Damen gegenüber gebrauchte. Aus welcher Mantel-und-Degen-Schmonzette hatte er sich das wohl gemerkt? Wenn er einen Fauxpas begangen hatte, sah sein Gegenüber jedenfalls großzügig darüber hinweg. Herbst beeilte sich, sein Anliegen vorzutragen. Er arbeite an einem Mordfall, dessen Opfer offenbar vor einiger Zeit bei der Fremdenlegion gedient hatte. Georg Stecher sei der Name. Er müsse nun wissen, in welcher Einheit – so es so etwas bei der Legion gab – Herr Stecher gedient hatte, wo er eingesetzt worden war und mit wem er eng zusammengearbeitet hatte. »Alles reine Routine«, fügte er am Ende seiner Ausführungen noch rasch hinzu.

Der Chef der Legion nickte zum Zeichen, dass er verstanden hatte, gab dem uniformierten jungen Mann eine Anweisung, die Herbst wiederum nicht verstand, woraufhin dieser das Zimmer verließ. Sie schwiegen, während sie warteten. Herbst kramte in seinem Hirn nach einem Kompliment. Er hatte das Gefühl, etwas gutmachen zu müssen, weil er so ein vorurteilsbehaftetes Bild von der Fremdenlegion abgespeichert hatte. Er hätte gern gesagt, dass er von der guten Organisation der Station beeindruckt war oder wie schön doch die Gegend sei, wenigstens, dass ihm die Uniformen gefielen, aber irgendwie kam ihm keine passende französische Floskel in den Sinn, also hielt er den Mund. Nach wenigen Augenblicken war der junge Legionär zum Glück wieder zurück und übergab seinem Chef eine Akte. Der überflog ein paar Seiten und wandte sich dann in perfektem Deutsch an Herbst.

»Georg Stecher hat sich in den späten neunziger Jahren bei unserer Rekrutierungseinheit hier in Aubagne gemeldet. Er hat alle Tests bestanden und sich dann für die üblichen fünf Jahre verpflichtet. Anschließend war er zwei Jahre für uns am Kap von Afrika. Dreizehnte Demi-Brigade.«

»Was für Aufgaben hatte er dort?«, fragte Herbst ebenfalls auf Deutsch und schluckte seinen Ärger hinunter. Wenn der Caporal seine Sprache so gut beherrschte, hätte er sich das Gestöpsel auf Französisch auch schenken können.

»Dschibuti ist eine Republik, allerdings gab es dort nach dem Bürgerkrieg immer wieder Unruhen. Außerdem ist das Land durch seine Nachbarschaft zu Somalia, Eritrea und Äthiopien eine Art Brennpunkt für Schmuggel und Piraterie. Unsere Mission dort war und ist noch immer die Friedenssicherung. Als Stecher dort war, ging es noch vornehmlich um die Entwaffnung der Rebellen.«

»Und wie funktioniert so eine Entwaffnung?«, fragte Herbst interessiert. So richtig konnte er den Arsch aus dem Schaufenster nicht mit einer uneigennützigen und zudem gefährlichen Friedensmission zusammenbringen. Nach allem, was er über Stecher wusste, war es mehr als erstaunlich, dass der zu Hause nie etwas von seinen Heldentaten in Afrika erzählt hatte. Es hätte zu ihm gepasst, mit seinen Abenteuern anzugeben. Irgendetwas stimmte da nicht.

»In der Regel fahren die Männer zu viert oder zu fünft Patrouille, überwachen die Dörfer und beschlagnahmen Material von verdächtigen Personen. Aber mit Verlaub, das ist ein etwas zu komplexes militärisches Feld, um es einem Zivilisten in wenigen Worten zu erklären.«

Herbst nickte säuerlich. »Können Sie mir wenigstens sagen, ob es dort während Stechers Dienstzeit irgendwelche besonderen Vorkommnisse gab?«

Der Caporal studierte nochmals die Akte und schüttelte den Kopf. »Abgesehen davon, dass der Trupp, dem Stecher zugeteilt war, ziemlich geringe Erfolge zu verbuchen hatte, gab es kaum Probleme. Einmal wurde die Gruppe vorgeladen, weil sie offenbar mehr Zeit mit Kartenspielen verbrachte, als sie ihrer eigentlichen Aufgabe widmete. Außerdem gab es wohl mal Ärger wegen ein paar Frauen aus einem der Dörfer. Es soll Alkohol im Spiel gewesen sein, aber es blieb bei einer Verwarnung.«

Wein, Weib und Gesang, das passte nun wieder ausgezeichnet ins Bild. »Gut, dann brauche ich eigentlich nur noch die Namen der drei oder vier Leute, die mit Stecher zusammen in einer Truppe waren.«

»Tut mir leid.« Der Caporal schüttelte bedauernd den Kopf. »Solange Sie mir nicht eindeutig nachweisen können – beispielsweise durch einen richterlichen Beschluss aus Paris –, dass die drei anderen etwas mit Ihrem Fall zu tun haben, kann ich Ihnen ihre Namen nicht nennen. Das werden Sie sicher verstehen.«

Aber Herbst verstand gar nichts, außer dass ihm der Caporal verraten hatte, dass es sich um einen Trupp von vier Männern gehandelt hatte. Er überlegte kurz, ob er dem Caporal etwas über internationale Verbrechensbekämpfung im Allgemeinen und das Schengener Abkommen im Besonderen erklären sollte, änderte aber dann seine Strategie. Einer Ahnung folgend wagte er einen Schuss ins Blaue: »Das muss ich natürlich akzeptieren. Dann habe ich nur noch eine Frage: In welcher Einheit hat Damien Bertrand gedient?«

Volltreffer. Zum ersten Mal seit Beginn des Gespräches wirkte der Caporal verdutzt und schielte in Richtung der Akte, die offen vor ihm auf dem Tisch lag. Doch schon Sekunden später hatte er wieder seine gönnerhafte Miene aufgesetzt. »Monsieur Bertrand war ebenfalls der dreizehnten Demi-Brigade zugeteilt«, sagte er kurz angebunden.

Herbst unterdrückte ein zufriedenes Lächeln und zog ein Foto aus seiner Hemdtasche. »Eine allerletzte Frage. Sagt Ihnen diese Tätowierung etwas? Hat das Symbol etwas mit der Fremdenlegion zu tun?«

Der Caporal studierte die Fotografie, die in einer Nahaufnahme den Satyr zeigte, den sowohl Stecher als auch das zweite Opfer auf der Schulter getragen hatten, dann schüttelte er den Kopf. »Nein, dazu fällt mir nichts ein. Definitiv ist das kein Symbol für eine der Tugenden, für die die *légion* einsteht. Wenn Sie jetzt keine weiteren Fragen haben, würde ich mich gern verabschieden, die Arbeit ruft.«

»Selbstverständlich. Und vielen Dank, dass Sie mir so viel Zeit gewidmet haben«, sagte Herbst mit einer kleinen Verbeugung.

»Enchanté«, erwiderte der Caporal grinsend.

Selbstverständlich mit Geschmack – und Noppen

Julia riss gleichzeitig beide Türen des Kleiderschranks auf. Die Scharniere ächzten. »Das antike Teil ist mehr Gefühl gewöhnt, Georg hat es fast zärtlich behandelt«, bemerkte sie und ließ sich mit ausgestreckten Armen aufs Ehebett fallen.

Polly überlegte, wann sie ihre Freundin zuletzt so energiegeladen erlebte hatte. Sie konnte sich nicht erinnern.

»Noch jemand Prosecco?« Julia griff nach der Flasche Valdo auf dem Nachttisch. Normal war ihr Verhalten nicht, aber was war schon normal?

Wobei, etwas mehr Normalität täte ihnen allen gut. Mittlerweile war sie sich fast sicher, dass heute Morgen im Park die Nerven mit ihr durchgegangen waren. Keiner konnte wissen, dass Charlotte beim Mord an Damien quasi live dabei gewesen war. Also hatte auch niemand einen Grund, auf sie zu schießen oder ihr sonst irgendwie nach dem Leben zu trachten. Und doch hätte Polly für einen Moment fast alles darauf verwettet, dass hinter dem Baum jemand gestanden und mit einer Pistole auf sie gezielt hatte. *Bullshit.* Sie brauchte dringend Ruhe, aber sie würde sich an einem anderen Tag ausruhen müssen. Jetzt suchten sie nach Stechers großem Geheimnis, und bei aller Erschöpfung war Polly fest entschlossen, es zu finden. Stechers Tod war ihre Story – und nur ihre. Sie leisteten ja quasi hochoffiziell Polizeiarbeit, nachdem der Kommissar Julia beauftragt hatte, an allen erdenklichen Orten nach einem Versteck zu suchen. Mit viel Glück würde sie Forster morgen vor der gesamten Redaktion beweisen, welch hervorragende Journalistin sie war. Höchste Zeit! Nachdem sein Blog und die Online-Rubrik »Unsere Stadt sucht einen Mörder« so erfolgreich waren, verglich sich Forster schon öffentlich mit dem Watergate-Journalisten Bob Woodward, und der Schleimer-Praktikant begrüßte Forster bereits mit »Hey, Woody«, nicht ahnend, dass Forsters Frau den gleichen Kosenamen nutzte.

»Ihr müsst suchen. Ich kann die Klamotten meines Exmannes nicht anfassen.«

»Aus Trauer?«, fragte Polly.

»Nein, Ekel«, antwortete die frisch gebackene Witwe prompt.

Irgendwie wirkte sie frisch verliebt. Quatsch! Ein neuer Mann, so schnell nach Stechers Tod, das wüsste Polly doch. Wirklich?

»Exmann klingt eigenartig. Ihr wart immerhin noch verheiratet«, bemerkte Charlotte.

»Soll ich ihn vielleicht ›mein Mordopfer‹ nennen?«

»Du warst es also doch?«

»Blödsinn!«, lachte Julia.

Jetzt war sich Polly sicher: Irgendetwas stimmte nicht mit ihr. Hatte sie sich vielleicht ein paar Tabletten eingeschmissen?

»Ah! Der Herr trieb es gern bunt!« Charlotte ließ farbige Kondome auf das Bett regnen. »Natürlich mit Geschmack – und Noppen.«

Julia warf die kleinen Plastikpäckchen einzeln zurück in den Schrank. Eine Kondompackung verfing sich dabei in Charlottes schwarzem Spitzenschal, links über der Brust, genau da, wo Charlotte sich morgen »Damien« und ein gebrochenes Herz tätowieren lassen wollte. Polly musste sie unbedingt vor dieser Dummheit bewahren, aber im Moment war sie damit beschäftigt, Kleiderbügel mit Stechers Hemden auf den rechten Rand der alten Kleiderstange zu schieben. Sie waren blütenweiß, exakt gebügelt und maßgeschneidert. Das dezente Schild eines Münchner Herrenschneiders bestätigte ihr Urteil. Zumindest war Stecher zeitlebens stilvoll gekleidet gewesen. Niemals hatte ein Hawaiihemd sein Erscheinungsbild entstellt. Eigentlich schade, dass ihr eigener Mann so einen schlechten Geschmack hatte. Jack entschuldigte sich immer mit seiner Herkunft: *»Baby, I am american, that's fine enough!«* Klar, vorausgesetzt er war nackt.

»Ohne seinen albernen Pferdeschwanz hätte er richtig gut ausgesehen«, fand Charlotte und ließ ihre Hände in Stechers Schuhe gleiten. »Nichts. Nicht einmal Fußschweiß.«

»Einen Tag tragen, zwei Tage trocknen«, erklärte Julia. Die

Schuhe waren echte Wiener, handgenäht, die Anzüge von italienischen Luxus-Designern, und für die Pullover hatten Kaschmirziegen ihr Fell lassen müssen.

»In diesem Schrank steckt ein Vermögen, aber leider kein Geheimnis«, schloss Polly die Suche ab. »Ich bin mir auch nicht sicher, dass wir das Ganze richtig angehen«, seufzte sie. »Nur ein Idiot würde etwas Wichtiges im Kleiderschrank verstecken.« Okay, Stecher war ein Idiot gewesen, aber ein gerissener. Polly schaute auf die Uhr. In zwei Stunden musste sie ihre Töchter bei Enzo abholen. Sie trieb ihre Freundinnen an. »Wir müssen systematisch vorgehen und nachdenken, Mädels. Strengt euch an, wo hat sich Georg sicher gefühlt?«

»In den Vaginen seiner Geliebten?«, mutmaßte Julia und sah Charlotte an.

Die erwiderte trocken: »Trotzdem hat er keiner getraut, nicht einmal seiner eigenen Frau.«

Da war sie wieder, die Spannung zwischen den beiden, oder bildete sich Polly das nur ein? »Vielleicht hat er das gewisse Etwas ja in seinem Laden versteckt?«, vermutete sie.

»Aber dann hätte es Gruber längst entdeckt«, meinte Julia. »Der hat sich in der Vinothek schon immer besser ausgekannt als Georg.«

»Also muss es noch einen anderen Ort geben. Denkt nach. Wo wäre sein Geheimnis sicher?«

Julia sprang auf. »Jetzt weiß ich, wo wir suchen müssen!«

An das Universum: Wie konnte es so weit kommen?

Vor meinem Fenster sehe ich, wie die Zypressen im Mistral hin- und herschaukeln. Der Wind hat alle Wolken weggeblasen, der Himmel ist strahlend blau, aber in mir drin ist alles schwarz. Noch immer klebt Blut an meinen Beinen. Ich muss mich waschen, bin aber zu schwach, um ins Bad zu gehen. Außerdem habe ich Angst, ich könnte Vater über den Weg laufen. Vielleicht würde er in meinen Augen lesen, was ich getan habe. Ich habe die größte Sünde von allen begangen. Ich habe unser Kind getötet. Aber ich musste es tun, um den Mann zu retten, den ich über alles liebe. Ich hatte keine andere Wahl. Papa und seine Freunde hätten ihn sonst umgebracht.

Es war schrecklich. Fast hätte ich es mir noch anders überlegt, als ich die dreckige Küche der alten Frau sah. Für einen Moment habe ich mir vorgestellt, wie es wäre, eine kleine Familie zu sein. Vielleicht hätten wir Vater doch überzeugen können? Zu den Kindern im Dorf ist er immer freundlich. Doch der Mann, den ich liebe, hat nicht daran geglaubt. Sagte, ich müsse mich entscheiden: für sein Leben oder das in meinem Bauch. Da habe ich das Glas genommen, das mir die Frau hingehalten hat. Es hat wehgetan, und jetzt fang ich schon wieder an zu bluten. Kann Liebe Sünde sein? Ich werde mir nie verzeihen, was ich getan habe, aber der Mann, den ich liebe, lebt. Das ist das Wichtigste.

Leider ist sie schon tot

Er war viel zu früh dran. Nach der Odyssee am Morgen hatte er nicht damit gerechnet, das Weingut so schnell zu finden. Er hatte die Autobahn mit ihren tückischen Zahlstationen gemieden und die Landstraße genommen. Anfangs führte der Weg durch eine karge, steinige Landschaft, keine Bäume, nur stachelige Macchia, so weit das Auge reichte. Herbst meinte, sich dunkel zu erinnern, dass die Gegend um Marseille im Sommer immer wieder von schweren Waldbränden betroffen war. Das Resultat war erschreckend. Erst nach einigen Kilometern wurde die Umgebung einladender, und etwa eine Stunde später entdeckte er am Straßenrand ein Schild mit der Aufschrift »Château Étoile du Sud, 300 metres a gauche«. Als er um die nächste Kurve bog, konnte er das Weingut sehen. Es thronte dunkelrot mit hellem Ziegeldach auf der Kuppe eines Hügels, umgeben von hohen, dunklen Zypressen. Alte Platanen säumten die Auffahrt zum Anwesen. Herbst beschloss, an der Straße zu parken. Ein Spaziergang würde ihm guttun. Zeit hatte er noch jede Menge, der Gutsherr erwartete ihn erst in einer Stunde.

Er wählte einen schmalen Fußweg, der zu einem kleinen Pinienwäldchen hinaufführte. Er schritt weit aus und kam trotz der kühlen Temperaturen ins Schwitzen, genoss aber die frische Luft in seinen Lungen und legte noch etwas an Tempo zu.

Georg Stecher und Damien Bertrand. Ein Kleinstadt-Bohemien und ein Antiquitätenhändler mit einer Vorliebe für pathetische Geschichten. Beide hatten mehr Geld besessen, als sich aus ihren Geschäften ableiten ließ. Herbst dachte an den Umschlag voll Geld, den er und Julia in Stechers Aktentasche gefunden hatten. Woher stammte die ganze Kohle? Und was hatte diese beiden schöngeistig veranlagten Männer vor Jahren dazu veranlasst, der Fremdenlegion beizutreten und am anderen Ende der Welt militante Rebellen zu entwaffnen? Abenteuerlust? Hatten sie sich dort getroffen oder sich schon zuvor gekannt? Der knorrige Caporal hatte ihm Letzteres nicht bestätigt, und doch wäre Herbst jede Wette eingegangen, dass Stecher und Bertrand damals im selben Jeep gesessen hatten. Er war sich fast sicher, dass der Schlüssel zur Lösung der Mordfälle direkt vor seiner Nase lag.

Was war in Afrika geschehen? Die Söldnergruppe um Stecher schien eher so etwas wie die Loser-Einheit gewesen zu sein, und Herbst konnte sich lebhaft vorstellen, dass das bayerische Bürscherl und seine Kumpanen lieber im sicheren Unterschlupf Karten gespielt hatten, als bewaffnete Milizen zu stellen. Er konnte es ihnen nicht mal wirklich verdenken. Zwar hatte es laut Caporal während Stechers Dienstzeit keine besonderen Vorkommnisse gegeben, aber möglicherweise war da etwas, das gar nicht bis zu den Vorgesetzten durchgedrungen war. Andererseits waren in seinen Augen sexuelle Belästigung und Trunkenheit im Dienst kein Spaß, auch wenn der Vorfall wohl keine größeren Konsequenzen nach sich gezogen hatte. Was war an diesem Tag geschehen? Es bedurfte nicht besonders viel Phantasie, um sich ein mögliches Mordmotiv auszumalen. Aber aus welchem Grund hatte der Täter so viele Jahre gewartet, um sich an den Männern zu rächen? Das machte doch keinen Sinn. Herbst wusste einfach immer noch zu wenig. Er musste unbedingt die Identität der anderen zwei Legionäre aus Stechers Trupp lüften, um mehr über den Vorfall herauszufinden. Waren sie ebenfalls in Gefahr? Moneypenny musste sich etwas einfallen lassen, notfalls sollte sein Assistent so einen dämlichen Beschluss aus Paris heranschaffen.

Herbst hatte die Hügelkuppe erreicht. Von hier oben wirkte das Weingut noch charmanter. Ein Schlösschen, das sich, halb von alten Bäumen verdeckt, perfekt in die Landschaft schmiegte. Weiter unten schlängelte sich ein kleiner Fluss zwischen den Pinien hindurch und verschwand etwas weiter hinten wieder im Wald. Er schaute auf die Uhr und sah widerwillig ein, dass er umkehren sollte. Da er keine Lust hatte, auf gleichem Weg zum Auto zurückzugehen, kletterte er stattdessen auf der anderen Seite des Hügels die Böschung hinunter und spazierte, unten angelangt, entlang einer verwitterten Mauer auf die Rückseite des roten Châteaus zu.

Er hörte den Hund, noch bevor er ihn sah. Es war kein normales Bellen, eher ein wütendes Gurgeln, das sich schnell näherte. Schlagartig wurde Herbst bewusst, dass er sich auf Privatgrund befand. Offenbar sah das der Hund genauso. Das Tier war vielleicht noch fünfzig Meter entfernt, als es für seine Größe eine erstaunliche Wendigkeit an den Tag legte. Mit einem Satz war es über der Mauer. Dem Kommissar blieb keine Zeit zum Nachdenken. Mit einem Anflug von Panik sah er sich um. Viele Möglichkeiten hatte er nicht. Der Weg den Hügel hinauf zu den Pinien war zu weit entfernt, und an das Auto, das in entgegengesetzter Richtung an der Auffahrt zum Weingut parkte, war gar nicht erst zu denken. Aber neben einem verwitterten Steinhäuschen, an dem er eben noch vorbeispaziert war, stand ein alter Feigenbaum, nicht hoch, aber auf den ersten Blick kräftig genug, ihn zu tragen. Er spurtete los. Hinter sich konnte er das Vieh schnaufen hören. Herbst war nicht schlecht in Form, aber auch der Hund schien eine solche Verfolgungsjagd nicht zum ersten Mal zu machen. Der Kommissar erreichte den Baum, riss sich an irgendetwas die Finger blutig und schwang sich in Windeseile in die Äste hinauf.

Es waren nur Zentimeter zwischen seinem rechten Fuß und den Zähnen des Tieres. Behutsam zog er das Bein an. Weiter zu klettern wagte er nicht, die Äste waren ohnehin schon dünner als gedacht. Der Hund sprang wütend am Stamm hoch. Herbst kannte sich nicht besonders gut aus mit Vierbeinern. Das Vieh war riesig und sein zotteliges gelbes Fell roch streng. Konnten Hunde eigentlich klettern? Er kramte in seinem Hirn nach allem, was er wusste. Ihm fiel nur eines ein: Die Nase eines Hundes ist empfindlich. Aber was nützte ihm das? Hatten die Viecher Angst vor Feuer? Wenn es ihm gelänge, ein paar Taschentücher anzuzünden, vielleicht sogar einen Ast? Sehr vorsichtig löste er die eine Hand vom Baum und kramte in seiner Jackentasche. Wo war das Feuerzeug? Er ertastete etwas Knisterndes. Großartig. Keine Waffe, aber eine Tüte Gummibärchen. Er zog die Süßigkeiten vorsichtig heraus.

»Braves Hundchen«, säuselte er, dabei schleuderte er eine Handvoll Gummifrösche so hart er konnte auf die beiden gefletschten Zahnreihen unter ihm. »Nimm das, du Scheißköter!« Eine weitere Ladung Süßkram ergoss sich über der Hundeschnauze. »Und jetzt such dir einen Briefträger!«

Immerhin hatte er es geschafft, den Feind zu verblüffen. Doch sein Vorteil war nicht von langer Dauer. Und die Tüte leer. Herbst ging im Kopf seine Möglichkeiten durch und musste sich eingestehen, dass er keine hatte. Wenn überhaupt, dann hatte die sinnlose Gummibärchenattacke den Hund nur noch wütender gemacht. Das Tier hatte mittlerweile seine Taktik geändert. Statt weiter zu versuchen, den Stamm hinaufzuklettern, hatte es wohl beschlossen, den Eindringling herunterzuschütteln. Schaum tropfte ihm von den Lefzen, und der dünne Baum wackelte gefährlich. Herbst klammerte sich verbissen fest. Die Äste begannen unter seinem Gewicht nachzugeben. Die Evolution hatte sie dazu bestimmt, kleine, saftige Feigen zu tragen, nicht ein Meter neunzig große Kommissare. Bald würde er sich wohl auf dem Boden der Tatsachen befinden, aber er hatte nicht vor, es dem Vieh leicht zu machen. Er würde kämpfen. Wenn es sein musste, bis zum Tod. Wer würde identifizieren, was der Hund vom ihm übrig ließ?

Plötzlich ertönte ein schriller Pfiff, und innerhalb von Sekunden verwandelte sich die Bestie in ein Schoßhündchen, ließ vom Baum ab und trollte sich mit wedelndem Schwanz in Richtung Haus davon. Herbst atmete auf. Nahe dem Château sah er eine Gestalt, die den Hund an eine Kette legte und sich dann langsam näherte. Herbst hatte wenig Lust, sich dem Gutsherrn inmitten der Reste seiner Gummibärchenschlacht zu präsentieren, also beeilte er sich, von seinem Baum herunterzuklettern. An einem der unteren Äste hing eine verrostete Schlaufe aus Stacheldraht. Fast hätte er sich an ihr ein zweites Mal die Finger aufgerissen. Er fluchte.

Der Mann hatte ihn fast erreicht. Monsieur Detrambert war ein sympathischer älterer Herr. Er war einen guten Kopf kleiner als Herbst, aber von kräftiger Statur. Trotz seines Alters sah man ihm an, dass er es gewohnt war zuzupacken. Seine Haut war ledrig wie die eines Mannes, der die meiste Zeit des Jahres im Freien verbrachte. Er begrüßte den Kommissar herzlich und entschuldigte sich mehrmals für den Zwischenfall mit dem Hund.

Herbst versicherte, dass das nicht der Rede wert sei, doch er atmete erst wieder normal, als er sich im Arbeitszimmer des Hausherrn in den ledernen Gästesessel fallen ließ. Sein Gastgeber plauderte fröhlich in tiefstem Provenzalisch, während er aus einer Karaffe zwei Gläser mit Rosé füllte. Es erforderte die volle Konzentration des Kommissars, an den richtigen Stellen zu nicken. Schließlich nahm Monsieur Detrambert hinter seinem Schreibtisch Platz und prostete Herbst aufmunternd zu.

»Ich hatte Ihnen ja bereits am Telefon gesagt, dass Georg Stecher umgebracht worden ist«, begann der Kommissar in holprigem Französisch. »Wir wissen, dass er zu Ihnen wollte. Warum?«

»Georg und ich kennen uns schon sehr lange. Vor einigen Jahren hat er eine Weile hier auf dem Weingut verbracht. Er wollte Sommelier werden. Ich habe ihm alles beigebracht, was ich über Wein weiß, und mit der Zeit sind wir Freunde geworden. Auch nachdem er zurück nach Deutschland gegangen ist, hat er mich regelmäßig besucht, wenn ihn seine Geschäfte in die Gegend geführt haben. Ich bin sehr bestürzt über sein Schicksal.«

Seinen Worten war die Betroffenheit nicht anzuhören. Sie klangen überraschend nüchtern. Auch in den Augen des alten Mannes konnte Herbst keine Gefühlsregung erkennen. Gleichzeitig fiel ihm auf, dass mit seinem Lächeln etwas nicht stimmte. Es saß in Monsieur Detramberts Gesicht wie ein höflicher Gast auf einem unbequemen Sofa. Aber vielleicht täuschte er sich auch. »Was meinen Sie damit, dass er eine Weile hier war?«

»Georg hat damals einige Monate bei uns gewohnt. Ich bin ein geselliger Mensch und freue mich immer über Besuch, vor allem, wenn er sich für Wein interessiert. Während der Weinlese haben wir das Haus jedes Jahr voller Gäste.«

»Welche Art von Geschäften hatte Herr Stecher denn hier zu erledigen?«, fragte Herbst weiter.

»Ich nehme an, er wollte Wein einkaufen. Das war doch sein

Beruf, oder etwa nicht? Wenn er da war, hat er sich immer nach neuen Weingütern und Produkten erkundigt.«

Herbst nickte. »Kennen Sie einen Damien Bertrand?«, fragte er dann.

Monsieur Detrambert überlegte einen Moment. »Nein, tut mir leid. Sollte ich?«

Wieso nur glaubte Herbst ihm nicht? Objektiv gab es nichts Verdächtiges an dem alten Mann, und dennoch war er misstrauisch. Er forschte weiter. »Damien Bertrand und Georg Stecher haben in derselben Brigade der Fremdenlegion gedient. Das muss unmittelbar vor Stechers Aufenthalt hier gewesen sein. Hat er Ihnen etwas aus dieser Zeit erzählt?«

Der Alte wirkte verwirrt. »Nein, ich hatte keine Ahnung davon. Aber wenn ich darüber nachdenke, muss ich sagen, dass es zu ihm passte. Georg war sehr neugierig. Er sagte immer, man wisse nichts über eine Sache, wenn man sie nicht selbst erlebt habe.« Er machte eine Pause. »Ist in seiner Zeit dort etwas Besonderes passiert?«, fragte er dann. »Ich meine, vermuten Sie einen Zusammenhang mit seinem gewaltsamen Tod?«

Warum willst du das wissen?, fragte sich Herbst. Laut sagte er: »Wir haben noch kein Indiz dafür, müssen aber jeder Spur nachgehen. Eine letzte Frage hätte ich noch: Können Sie sich vorstellen, dass Stecher hier in der Gegend eine Freundin hatte? Vielleicht noch aus der Zeit, als er hier gelebt hat?«

Für eine Sekunde fiel das Lächeln aus dem Gesicht seines Gegenübers und kehrte erst nach wenigen Augenblicken wieder zurück. Monsieur Detrambert strahlte den Kommissar breit und unverbindlich an, als er antwortete: »Georg war ein Frauenheld. Ich kann mir gut vorstellen, dass er hier eine oder mehrere weibliche Bekannte hatte. Namen weiß ich allerdings keine.«

»Dann vielen Dank für Ihre Zeit und für die freundliche Bewirtung, Herr Detrambert. Der Wein war wirklich ausgezeichnet.«

»Oh, Sie müssen schon gehen? Aber Sie sollten unbedingt ein paar Flaschen mitnehmen. Warten Sie, ich hole Ihnen einen Karton.« Der Gutsherr stand auf und eilte hinaus. Offenbar war er froh, den lästigen Frager loszuwerden.

Herbst seufzte. Er war ebenfalls aufgestanden und nutzte die Gelegenheit, sich etwas im Arbeitszimmer umzusehen. Es war spartanisch eingerichtet. Ein massiver Schreibtisch, ein Sofa, einige Bücherregale. Herzstück des Raumes war ein großer offener Kamin, in dem ein Feuer prasselte. Auf dem Kaminsims entdeckte er ein gerahmtes Foto. Es zeigte ein junges dunkelhaariges Mädchen, vielleicht vierzehn Jahre alt, mit einem schüchternen Lächeln. Der Kommissar bemerkte Monsieur Detrambert erst, als der mit zwei kleinen Weinkisten unter dem Arm neben ihm stand.

»Hübsches Mädchen. Ihre Tochter?«, fragte Herbst.

Die Augen seines Gegenübers wurden trüb. Keine Spur mehr von einem Lächeln. »Ja, das ist Camille. Leider ist sie schon tot.« Er seufzte. »*Voilà, monsieur* Herbst. Ich wusste nicht, ob Sie lieber Roten oder Weißen trinken, da habe ich ein bisschen von allem eingepackt. Ich wünsche Ihnen eine gute Heimreise.«

Herbst bedankte sich und verließ den Gutsherrn mit dem unbestimmten Gefühl, etwas übersehen zu haben.

An das Universum: Ich sühne.

Die Äbtissin sagt, jeder, der Reue zeigt, wird Frieden finden. Gilt das auch für Mörder? Sie weiß es nicht. Sie weiß nur, dass Gott gütig ist. Ich war nicht gütig. Ich habe das Kind abgetrieben. Glaube ich an Gott? Ich weiß es nicht. Ist Gott das Universum? Vielleicht hat er mir diese Liebe als Prüfung auferlegt. Aber als Prüfung wofür? Ich fürchte, ich bin durchgefallen, und hoffe trotzdem auf ein Happy End, irgendwann.

Das Leben hier ist einfach. Man steht früh auf, betet, arbeitet, betet wieder, lernt, betet noch mal und geht früh schlafen. Struktur tut mir gut, sagt Vater. Er ist der Meinung, dass ich nach meinem Erlebnis Ruhe finden muss. Aber wie soll ich jemals Ruhe finden? Ich glaube, er will mich nicht mehr sehen. Und ich kann ihn nicht mehr sehen. Ich habe Angst vor ihm. Er hat einen Mann töten lassen. Einen armen Kerl, den er für denjenigen hielt, der mir das Kind gemacht hat. Mir wird ganz schlecht, wenn ich mir vorstelle, er hätte den Richtigen erwischt. Meinen. Trotzdem wiegt die Schuld schwer. Um den Mann, den ich liebe, zu schützen, habe ich geschwiegen. Ein Mann und ein ungeborenes Kind sind tot. Ist unsere Liebe das wert?

Immerhin lebt er. Und er vergisst mich auch hinter den Klostermauern nicht. Jede Woche bekomme ich einen Brief. Jedes Mal, wenn ich den Umschlag in den Händen halte, macht mein Herz einen Sprung. Er sagt, er ist dabei, uns ein Leben in Deutschland aufzubauen. Sobald ich volljährig bin, kommt er und holt mich. Dann heiraten wir. Aber das dauert noch so lange. Ist das meine Prüfung? Geduld? Genügen vier Jahre, um sich von einem Mord reinzuwaschen? Bin ich danach wieder ohne Schuld?

Was die Poesie angeht – unterirdisch!

Er saß wieder auf dem Feigenbaum, aber der Hund war verschwunden. Er spürte die Erleichterung in jeder Faser seines Körpers. Nichts wie weg von hier. Der Gedanke war alles beherrschend, und trotzdem bewegte er sich keinen Millimeter. Nicht weil er nicht wollte. Irgendetwas schien ihn an den Baum zu fesseln und zog sich immer fester um ihn zusammen, bis er sich nicht mehr bewegen konnte.

Herbst schreckte auf. Er tastete neben sich und fand Julias Hand. Ihr Atem ging ruhig, sie schlief fest. Er betrachtete ihre Silhouette, die sich unter dem weißen Laken abzeichnete, und unterdrückte den Impuls, sie zu wecken. In seinem Kopf spukte ein Gedanke herum, den er nicht fassen konnte. Vielleicht hatte er etwas mit dem Traum zu tun? Leise stand er auf, suchte auf dem Boden nach seiner Hose, zog sie über und schlich sich auf den Balkon. Draußen hatte es Minusgrade, doch eine Zigarettenlänge würde er die Kälte ertragen.

Er hatte Julia nicht viel von seiner Reise erzählt. Bei der Begrüßung hatte er ihr den Wein überreicht, aber im Nachhinein wünschte er, er hätte den Karton vom Château Étoile du Sud irgendwo entsorgt.

»Du warst also dort?«, hatte sie gefragt. »Dieses Weingut scheint meine Männer ja magisch anzuziehen.«

Sie hatte versucht zu lächeln, aber Herbst war klar, dass er einen Fauxpas begangen hatte. Wieso hatte er Rindvieh etwas mitgebracht, das sie ausgerechnet an ihren toten Mann erinnerte? Erstaunlich, dass sie ihn nicht gleich wieder vor die Tür gesetzt hatte. Sie musste ihn wirklich mögen. Oder? Streng genommen hatte er noch immer keine Ahnung, wo sie eigentlich standen. War es etwas Ernstes, wie man so schön sagte? Und was bedeutete ernst? Jedenfalls war er verliebt. Ein vergessen geglaubtes Gefühl. Liebe. Aber wohin sollte das führen? Er dachte an Julias Kinder.

Bislang hatte sie es vermieden, ihn den Zwillingen vorzustellen. Er hatte erst spätabends kommen dürfen, wenn sie schon schliefen, und im Morgengrauen hatte Julia ihn gebeten zu gehen. Ein schlechtes Zeichen? Wollte sie ihn nicht in ihr Leben lassen? Selbst das wäre in ihrer Situation verständlich gewesen. Andererseits: Wollte er wirklich in ihr Leben gelassen werden? Zwei Kinder … In Marseille hatte er sich eingeredet, dass sich alles finden würde. Jetzt war er sich da nicht mehr so sicher. Alles, was er wusste, war, dass es sich gut anfühlte, bei ihr zu sein. Für den Moment musste das reichen. Er brauchte seinen Kopf jetzt wirklich für andere Dinge.

Leise schloss er die Balkontür hinter sich. An Schlaf war nicht mehr zu denken, also schlich er in die Küche und setzte sich an den Tisch, auf dem noch ihre Weingläser standen und die Gegenstände aus Stechers Geheimversteck lagen. Julia hatte ihm gestern Nacht stolz den Fund präsentiert. Ihre Wangen waren vor Aufregung rot geworden, als sie erzählte, wie sie zusammen mit der Journalistin und einer weiteren Freundin erfolglos Schränke durchwühlt und Schubladen durchstöbert hatte, in der festen Überzeugung, sich auf einer Schatzsuche zu befinden. Schließlich war ihr klar geworden, dass ihr Mann niemals zu Hause etwas Wichtiges versteckt haben würde, und sie hatten den einzigen Menschen aufgesucht, dem Georg Stecher jemals vertraut hatte: seine Mutter. Die Geschichte war ins Grotesk-Komische abgerutscht, als Julia referierte, wie sie versucht hatten, der dementen Frau Stecher das große Geheimnis ihres Sohnes zu entlocken. Sie hatte bestenfalls in Rätseln gesprochen.

»Die Sphinx ist ein Scheiß gegen das Hannerl«, hatte Julia gesagt. Dass sie das Versteck schließlich doch gefunden hatten, war einem bloßen Zufall zu verdanken. Eine der drei Frauen hatte sich erschöpft auf einen alten Ohrensessel fallen lassen, und die alte Frau war fast ausgetickt.

»Nicht die Schutzbezüge abmachen!«, hatte sie immer wieder gerufen.

Im ersten Moment hatte Julia geglaubt, sie habe einfach nur

Angst um ihren Sessel, doch dann war der Groschen gefallen, und sie hatten drei Dinge aus den Armlehnen des guten Stücks geborgen, die nun vor Herbst auf dem Tisch lagen.

Stechers Entlassungsurkunde aus der Legion war keine Überraschung mehr für ihn. Auch nicht der beträchtliche Geldbetrag. Interessanter war da schon die Korrespondenz mit Damien und einem gewissen Dimitri, Nummer drei aus Stechers Trupp in Afrika.

Herbst nahm sich die Briefe vor und begann zu lesen. Dimitri ging es nicht gut. In regelmäßigen Abständen hatte er Stecher um Geld gebeten, der alten Zeiten wegen. Auch wenn einst die Tätowierungen verblasst sein würden, wären sie doch immer noch durch das verbunden, was sie getan hatten. Also bitte Geld. Er habe seinen Anteil verloren, so drückte er sich aus. Anteil wovon?

Ganz anders Damien. Er schrieb von Verzweiflung und Reue. Nur die Poesie helfe ihm, über alles hinwegzukommen. Herbst sah auf. Poesie? War am zweiten Tatort nicht Handgeschriebenes sichergestellt worden? Er zückte sein Telefon und wählte Moneypennys Nummer.

»Allzeit bereit, auch wenn es fast noch Nacht ist.«

»Servus, Moneypenny. Ich hab eine Frage, die nicht warten kann. Erinnerst du dich an die Texte, die bei der Leiche von Damien Bertrand sichergestellt wurden?«

»Logisch. Die kamen gestern aus der KTU zurück. Hab mal reingelesen. Insgesamt ziemlich düsteres Zeug. Die meisten handeln von Afrika. In einem wird ein Mann umgebracht, ein Erntehelfer oder Hilfsarbeiter, der für etwas hingerichtet wird, das ein anderer getan hat. Gruselig. Und was die Poesie angeht – unterirdisch. Wenn du mich fragst, hatte der Gute mächtig einen an der Klatsche.«

»Oder er wollte auf diese Art seine Erlebnisse verarbeiten. Erzähl mir von den Afrika-Gedichten.«

»Aus dem Stegreif kann ich mich nur noch an eins gescheit erinnern. Da wurden Waffen aufgezählt und Preise. So in der Art: eine Kalaschnikow – zwanzigtausend Francs – tausend

Menschenleben, eine Makarov – fünftausend Francs – hundert Menschenleben … Und so weiter.«

»Das hört sich eher an wie eine Bilanz. Als ich bei der Fremdenlegion in Aubagne vorgesprochen habe, hat mir der dortige Chef erzählt, Stechers Trupp sei mit der Entwaffnung von Milizen betraut gewesen, hätte aber keinen besonders guten Job gemacht. Und wenn sie einfach weniger Waffen abgegeben haben, als sie einkassiert haben? Vielleicht haben sie die meisten zur Seite geschafft und dann vertickt?«

»Das würde die Preise erklären. Ich schicke den Waffen-Text zusammen mit unserer Vermutung an die Kollegen in Marseille. Vielleicht können die damit etwas anfangen. Brauchst du noch was von denen?«

»Ich habe das sichere Gefühl, dass wir unseren Mörder in diesem Söldnertrupp und das Motiv in Afrika suchen müssen. Mach doch bitte noch mal Druck bei der Fremdenlegion. Die sollen endlich die Namen der anderen Truppmitglieder rausrücken. Und dann schau bitte, was du über einen gewissen Dimitri Prekov herausfinden kannst. Wenn mich nicht alles täuscht, ist er Nummer drei der Gruppe um Stecher. Und versuch auch noch mal nachzuhaken, ob nicht doch irgendwelche besonderen Vorkommnisse während Stechers Dienst in Afrika aktenkundig sind. Der Caporal erwähnte, dass es eine Art Rüge gegeben habe, weil sich seine Gruppe an ein paar einheimische Frauen rangemacht hat. Sollte dabei mehr vorgefallen sein, hätten wir vielleicht unser Mordmotiv.«

»Alles klar. Ich hab übrigens auch noch was für dich, bin mir aber nicht sicher, ob es etwas zu bedeuten hat. Ich hab Fleißarbeit gemacht, während du dich auf Staatskosten im sonnigen Süden herumgetrieben hast, und bin die Bestelllisten der Vinothek durchgegangen. Dabei ist mir aufgefallen, dass das Café Lotte auffallend viel Wein und Champagner bezogen hat. Fast zweihundert Flaschen im Monat. Das kommt mir irgendwie komisch vor.«

»Du hast recht. Soweit ich mich erinnern kann, steht in der Lotte nur wenig Wein auf der Karte. Ich kümmere mich darum.

Bis später.« Herbst stand auf. Inzwischen war es hell geworden. Genau die richtige Zeit für einen starken Kaffee. Er kritzelte einen Gruß auf ein Stück Papier, verließ die Wohnung und ging zum Auto.

Sportlerethos oder so ein Schmarrn

Das Café hatte geschlossen. Im Fenster klebte ein handgeschriebener Zettel, der verkündete, dass Beppo Wimmer im Urlaub sei.

Nicht gut, dachte der Kommissar. Er versuchte sich an seine erste Begegnung mit dem Café-Besitzer zu erinnern. Ein freundlicher Typ. Mehr Muskeln als Verstand, so war er ihm auf den ersten Blick vorgekommen. Er hatte ein kurzärmliges T-Shirt getragen. Falls ein Satyr auf dem Rücken des Muskelpakets herumturnte, war er nicht zu sehen gewesen. Aber das ließ sich bestimmt herausfinden. Vielleicht war er auch zu voreilig. Wenn den Barista nur ein paar Flaschen Wein zu viel mit dem ersten Mordopfer verbanden, war das noch lange kein Verbrechen oder ein Grund für eines. Aber wieso war der Herr gerade jetzt verreist? Vielleicht doch, weil er ebenfalls ein hübsches Tattoo auf dem Rücken trug und um sein Leben fürchtete, nachdem zwei seiner Kumpel tot waren? Oder weil er der Mörder war und es für klüger hielt, nach getaner Arbeit unterzutauchen? Oder war er einfach nur ein netter Barmann in einem bayerischen Kaff, der dringend mal Urlaub brauchte? Herbst ging langsam um das Haus herum.

Auf dem Hof parkte ein Lieferwagen, hinter dem eben ein Mann mit einem Sackkarren hervorkam. »Guten Morgen, Herr Kommissar«, begrüßte ihn Fabian Gruber. Jetzt erst sah Herbst, dass der Lieferwagen das Logo der Vinothek trug. »Guten Morgen«, antwortete Herbst leicht verwirrt.

»Wollten Sie einen Kaffee? Damit kann ich leider nicht dienen, ich liefere nur den Wein.«

Herbst horchte auf. »Das ist ein interessanter Zufall. Darf ich mal eben die Bestellliste sehen?«

Jetzt war es Gruber, der verblüfft dreinschaute. »Natürlich, die liegt auf dem Beifahrersitz.«

Herbst überflog die Liste. »Neunzig Flaschen Veuve Cliquot? Bestellt das Café immer so viel Champagner?«

Gruber grinste. »Wenn Sie jetzt von mir hören wollen, dass Beppo das Zeug selbst säuft, muss ich Sie enttäuschen. Soweit ich weiß, ist er Antialkoholiker – Sportlerethos oder so ein Schmarrn.« Gruber lud weitere Kisten aus dem Wagen aus. »Offenbar verkauft er die Marke ganz gut. Wenn Sie mit ins Lager kommen wollen, können Sie das Leergut sehen, das ich mitnehmen muss.«

Herbst folgte ihm in einen kleinen Lagerraum, der bis unter die Decke mit verschiedenen Kartons vollgestellt war. Kaffee, Zucker, H-Milch, Champagner. »Wissen Sie, wohin Herr Wimmer in Urlaub gefahren ist und wann er zurückkommt?«

Gruber schüttelte den Kopf. »Ich bin selbst überrascht, dass er nicht da ist. Er hat mir nicht Bescheid gesagt, und ich liefere immer dienstags aus. Zum Glück hab ich den Schlüssel zum Lager.«

Herbst setzte sich auf einen der Stapel und zündete sich eine Zigarette an. Sein Gegenüber wuchtete schwitzend zwei volle Kisten auf ein überladenes Regal.

»Normalerweise hilft mir Beppo immer beim Schleppen. Der hat ganz schön Schmalz, da geht die Arbeit doppelt so schnell. War mal Mister Isartal, glaub ich. Manchmal wäre ich auch gern a bisserl besser beinand, a bisserl härter, wenn Sie verstehen?«

Herbst verstand sehr gut, viel zu gut, dachte er bedauernd. Er überlegte kurz, bevor er fragte: »Apropos härter, wussten Sie, dass Ihr Geschäftspartner Georg Stecher für die Fremdenlegion in Afrika war?«

Gruber hielt in der Bewegung inne. »Georg? Nein, das hätte er mir sicher erzählt. Wir kennen uns schon ewig. Woher wollen Sie das wissen?«

Herbst ignorierte die Frage. »Sagt Ihnen das Weingut mit dem Namen Château Étoiles du Sud etwas?«, wollte er wissen. Irgendwie ging ihm das Gespräch mit dem alten Mann, der einsam in seinem Château saß, nicht aus dem Kopf. Noch immer hatte er das Gefühl, dort eine wichtige Frage nicht gestellt zu haben.

Gruber hatte sich wieder dem Regal zugewandt. »Ich glaube nicht, dass wir Wein davon in unserem Programm haben«, sagte er. »Ich denke …« Er hatte seine Ware zu resolut in das Fach geschoben, sodass auf der anderen Seite eine Kiste herunterfiel.

Herbst fing sie auf, bevor sich ein Haufen Haarreifen mit roten Teufelshörnern über den Fußboden ergießen konnte. Er brauchte einen Moment, um sich zu sammeln, dann wählte er die Nummer der Spurensicherung.

Unruhig ging Herbst im Hof auf und ab, während er auf die Kollegen wartete. Also Beppo Wimmer. Der hätte auch definitiv genug Kraft gehabt, um Stecher quer durch den Laden zu schleppen und auf dem Weinfass anzurichten. Aber warum? Waren die Hörner Beweis genug? Wieso gleich eine ganze Kiste? Und wo war das Motiv? Sein Handy klingelte.

»Servus, Chef. Wollte nur melden, dass ich den Barmann eben zur Fahndung ausgeschrieben habe. Offenbar ist er seit dem Mord an Damien Bertrand nicht mehr gesehen worden, womit er sich ziemlich verdächtig macht. Allerdings muss ich dich enttäuschen, was die Tätowierung angeht: Ich hab ihn gegoogelt und Fotos von ihm als Mister Isartal gefunden. Hübscher Kerl, für meinen Geschmack etwas zu rustikal, aber insgesamt nicht unattraktiv. Wie auch immer, er hat zwar ein Tattoo, aber keinen Satyr. Auf seiner Schulter steht ›Lotte forever‹. Schätze, er findet sein Café echt klasse.«

»Oder er hatte mal 'ne Freundin, die so hieß. Jedenfalls bedeutet es wohl, dass er keiner der gesuchten Söldner-Typen sein kann.«

»Was aber nicht heißt, dass er nicht auch bei der Legion gewesen oder die anderen dort kennengelernt haben könnte.«

»Wenn unsere Vermutung mit der Waffenschieberei stimmt, könnte er sie erpresst haben.«

»Aber dann macht es keinen Sinn, dass er sie umbringt, oder?«

»Es sei denn, er will den verbleibenden anderen klarmachen, dass es ihm ernst ist. Womit auch immer. Moneypenny, ruf doch bitte gleich noch mal in Aubagne an. Die müssen uns die Namen von Stechers Kameraden nennen, Datenschutz hin oder her. Vielleicht schweben sie in Lebensgefahr.«

»Ich klemm mich dahinter. Übrigens können wir den Vorfall mit den Frauen in dem afrikanischen Dorf vergessen. Nix von wegen Vergewaltigung. Ich habe einen Ausschnitt in einem französischen Politmagazin von damals gefunden. Darin wird sich darüber lustig gemacht, dass vier besoffene Fremdenlegionäre von ein paar Frauen verdroschen und aus dem Dorf gejagt worden sind. Ein Foto ist auch dabei. Darauf sind dieser Damien und Stecher zu erkennen, der mächtig was auf die Mütze kriegt. Die Geschichte muss ein ziemlicher Lacher gewesen sein. Wahrscheinlich wurden die Herren nur deshalb gerügt, weil sie sich wie Weicheier aufgeführt haben. Da ist kein Motiv zu holen, dabei bin ich mir so sicher, dass das Ganze etwas mit Eifersucht oder einer Frau zu tun haben muss.«

Herbst nickte stumm. Ihm war etwas eingefallen. »Ruf mich an, wenn ihr ihn habt. Den Wimmer Beppo, mein ich.« Als er aufgelegt hatte, sah er eine Weile auf das Display seines Handys. Lohnte sich der Anruf? Er war sich nicht sicher, aber immerhin wusste er jetzt endlich, was ihm seit dem Besuch bei dem Weinbauern in Frankreich keine Ruhe gelassen hatte. Da war dieser alte Mann, der erzählte, dass er immer das Haus voller Leute habe, und trotzdem einsam war. Wieso? Herbst erinnerte sich an das Foto des jungen Mädchens auf dem Kaminsims und den schwermütigen Blick des Alten, als er nach ihr gefragt hatte. Seine Tochter war tot. Wenn Stecher im Hause Detrambert ein und aus gegangen war, musste er sie gekannt haben.

Herbst suchte in seinen Telefonkontakten die Nummer des Weingutes. Er ließ es lange klingeln, aber niemand hob ab. Er war sich kein bisschen sicher, ob das hier überhaupt von Relevanz war, aber seine Intuition ließ ihn erneut eine französische Nummer wählen. »*Bonjour*, Jean-Luc. Könntest du für mich herausfinden, wann und wie eine gewisse Camille Detrambert gestorben ist?«

An das Universum: Es ist so weit.

Er ist gekommen. Zu meinem achtzehnten Geburtstag, der zu unserem Hochzeitstag geworden ist. Ohne Trauzeugen, ohne Vater, nur wir beide. Es war wunderschön.

Ich kann es kaum glauben. Die Zeit des Wartens ist vorbei. Die Schuld nicht. Inzwischen glaube ich, dass sie mich bis ins Grab begleiten wird. Da hilft auch kein Beten und Buße tun. Ich werde mich mein Leben lang fragen, wie unser Kind ausgesehen hätte, was es für ein Mensch geworden wäre, wenn ich es zugelassen hätte.

Allein der Gedanke, das alles für den Richtigen getan zu haben, tröstet mich. Für den einen. All die Jahre hat er zu mir gestanden.

Er hat mich gebeten, die Briefe mitzubringen, die er mir über die Zeit geschrieben hat. Bevor wir endlich wieder eins werden, wollten wir die Vergangenheit hinter uns lassen. Die Briefe sind verbrannt. Ein letztes Mal kehre ich für eine Nacht ins Kloster zurück. Morgen beginnt unser neues Leben. Jetzt bin ich Madame Camille Stecher.

Wer hat den besseren Wein mitgebracht?

Es war einer dieser seltenen Momente, in denen Polly verstehen konnte, warum ihre Mutter Enzo damals verlassen hatte. Ihr Vater lümmelte im orangefarbenen Kaftan mit breitem Grinsen in einer Ecke, rauchte einen Joint nach dem andern und grub Charlotte an. Ab und zu erntete er einen säuerlichen Blick von einer seiner beiden Lebensgefährtinnen, aber das hätten sie sich früher überlegen müssen. Enzo plädierte für die freie Liebe, auch noch mit fünfundsechzig.

Polly fühlte sich in ihre Kindheit zurückversetzt. Sie saßen in der Bauernstube des alten Hofes, auf dem sie aufgewachsen war. Die Ausstattung hatte allerdings mehr mit indischer als mit bayerischer Lebensart zu tun. Im Herrgottswinkel thronte ein großer, dicker Buddha, seine kleinen Brüder grinsten sie aus allen anderen Ecken des Raumes an, vor dem Fenster hingen bunte Saris, und wo früher eine Eckbank gestanden hatte, gruppierten sich heute bunte Kissen zu seiner Sitzlandschaft. Alle Plätze waren besetzt. Enzo feierte Geburtstag. Die illustre Runde der Gäste bestand aus Oberländer-Althippies und Familienmitgliedern. In Enzos Haus war jeder willkommen, der an der Haustür das heilige Gelübde ablegte, kein Spießer zu sein. Jack wurde an dieser Schwelle jedes Mal auf Herz und Nieren geprüft. Doch sofern er es schaffte, das Schild an der Tür zu ignorieren, das der Welt verkündete, Soldaten seien Mörder, fand auch er Einlass.

Polly fing einen entnervten Blick von Charlotte auf und beeilte sich, die Freundin aus der Reichweite ihres Vaters zu entfernen. Gerade trat Julia mit einem Korb voller Wein ins Zimmer. »Gutes Timing!«, rief ihr Enzo entgegen – und vergaß Charlotte.

Die drei fanden eine freie Yogamatte und endlich auch genügend Ruhe, um zu reden. Seit Polly im Seniorenheim in Stechers Vergangenheit vorgedrungen war, konnte sie an nichts anderes mehr denken.

»Aber erst wird angestoßen«, beschied Charlotte, der Pollys

ernstes Gesicht auffiel. Nahezu zärtlich nahm sie die Weinflasche in die Hand und schenkte allen ein, bevor sie ihren Schatz der kleinen Runde präsentierte. »Das ist der Wein, den Damien und ich an unserem letzten Abend getrunken haben.«

»Dann ist es wohl ein echter Wehmutstropfen«, meinte Julia.

Charlotte überhörte sie. »Auf Damien, er wäre es gewesen!« Sie prostete nach oben, Richtung Himmel.

Soweit Polly das beurteilen konnte, war der Wein nichts Besonderes. So schmeckt also ein Châteauneuf du Pape, dachte sie. Nicht wirklich beeindruckend. Sie würde weiter lieber in ihren Kleiderschrank als in ihren Weinkeller investieren. Jack trank ohnehin lieber Bier oder Whiskey. Sie musterte Charlotte. War ihr Zustand stabil? Doch Polly wollte nicht noch länger warten. »Also, was wissen wir? Leiche Nummer eins«, sie warf Julia einen entschuldigenden Blick zu, fuhr aber fort, als diese nur mit den Achseln zuckte, »Leiche Nummer eins: schauerlich dekoriert, Vergangenheit in Frankreich, Casanova. Leiche Nummer zwei: Franzose, poetisch veranlagt, ebenfalls tragisches Ende und laut Pressemitteilung der Kripo mit derselben Waffe erschossen. Beide waren bei der Fremdenlegion in Afrika, und beide hatten diese dämliche Tätowierung. Übrigens hat der Satyr nix mit der Fremdenlegion zu tun. Die Mitglieder haben zwar auch des Öfteren Tätowierungen, aber die Symbolik ist eine gänzlich andere. Also tippe ich mal, dass Damien und Stecher noch etwas anderes als ihre gemeinsame Zeit als Söldner verbunden hat. Aber wahrscheinlich haben sie sich dort kennengelernt. Ach ja, und dann wissen wir noch, dass Stecher Kontakt zu einem weiteren ehemaligen Waffenbruder hielt, der ihm Bettelbriefe geschrieben hat.« Sie machte eine Pause und schnippte mit den Fingern, um Charlottes Aufmerksamkeit zurückzugewinnen, die verträumt in ihr Weinglas blickte. »Haltet euch fest: Ich hab im Internet rausgefunden, dass dieser dritte Mann auch schon tot ist. Er ist vor vier Jahren bei einer Kneipenschlägerei in Marseille ums Leben gekommen.«

»Und was sagt uns das?«, fragte Charlotte abwesend.

»Das man als Exlegionär gefährlich lebt«, gab Julia zurück.

»Oder dass da grad jemand dabei ist, in seiner Vergangenheit aufzuräumen«, sagte Polly.

»Meinst du, Georg könnte ihn umgebracht haben, weil er keine Lust mehr hatte, ihm Geld zu geben?«

»Möglich wäre es, aber immerhin ist er selbst tot. Das hieße dann, dass wir mindestens zwei Mörder hätten.«

Julia stellte ihr Glas weg. »Charlotte, sei mir nicht böse, aber der Wein haut mich wirklich nicht um. Vielleicht hab ich einfach keinen Gaumen für das Feine. Lasst uns lieber den probieren, den ich mitgebracht habe.« Sie entkorkte eine Flasche aus dem Karton, den Leo ihr aus Frankreich mitgebracht hatte.

»Was ist denn mit dir los? Du trinkst doch sonst nur dein komisches Schnackel-Bier? So wie du die Flasche anguckst, könnte man meinen, sie hätte dir eben einen Heiratsantrag gemacht«, stänkerte Charlotte beleidigt.

»Ein lieber Freund hat sie mir geschenkt«, erklärte Julia mit einem Lächeln. Mehr wollte sie dazu nicht sagen.

»Eure Nerven möchte ich haben.« Polly hatte genug. »Es geht hier nicht um Wein, sondern darum, dass noch immer ein Mörder herumläuft. Wahrscheinlich haben wir ihn in der Nacht im Königshof mit den ganzen Nackerten sogar gesehen. Und der größte Scheiß daran ist: Er kennt uns, aber wir ihn nicht.«

Enzo kam zu ihnen herüber und bot einen frisch gebauten Joint an, den Charlotte dankbar entgegennahm. »Dein Vater ist ein echtes Original. Normalerweise gibt es bei fünfundsechzigsten Geburtstagen Sahnetorte und Kaffee aus Blümchentassen. Sollte ich dieses Alter erreichen, mach ich auch eine Kiffer-Party, so viel steht mal fest. Passt auch viel besser zum Wein.« Sie nahm einen Schluck direkt aus Julias Flasche und verdrehte die Augen.

»Was ist?«, begann Polly wieder. »Wollen wir uns hier jetzt wegknallen, oder hat außer mir noch jemand Interesse daran, einen Mörder dingfest zu machen?«

Charlotte antwortete nicht. Konzentriert führte sie die Flasche erneut an den Mund, gurgelte kurz und schnappte sich dann Pollys Glas.

»Hey, lass gut sein. Du hast wirklich schon genug gehabt.«

»Ich hab nicht genug, ich krieg viel eher gleich zu viel!« Charlotte reichte Polly die Flasche, auf deren Etikett in verschnörkelten Lettern »Château Étoiles du Sud« zu lesen war. »Trink«, forderte sie. Als Polly keine Anstalten machte, reichte Charlotte die Flasche an Julia weiter, die gehorsam einen Schluck nahm. »So. Und jetzt probierst du hinterher meinen Châteauneuf du Pape.«

Julia tat, wie ihr geheißen, und ergriff das Glas.

Polly verdrehte die Augen. »Ich würde wirklich sehr gern ernsthaft etwas mit euch besprechen. Könnt ihr euren Wer-hat-den-besseren-Wein-mitgebracht-Wettstreit nicht auf wann anders verschieben? Wir müssen weiterkommen.«

Julia sah sie mit großen Augen an. »Aber das tun wir doch gerade. Ich bin zwar kein Experte, aber das merkt wirklich jeder Depp: Das ist derselbe Wein!«

»Wie, derselbe Wein?«

»Na, der Châteauneuf du Dings und mein provenzalischer Landfusel sind identisch.«

Polly schnappte sich die Flasche. »Ihr spinnt doch, blödgekifft, alle beide!« Fast hätte sie sich verschluckt, so hastig trank sie. Doch es bestand kein Zweifel. Die beiden Rotweine schmeckten tatsächlich gleich. »Das bedeutet …« Polly versuchte sich zu sammeln.

»Das bedeutet, dass mein geschätzter Gatte noch mehr Dreck am Stecken gehabt hat, als ich es je vermutet hätte.« Julia war aufgestanden. »Das erklärt auch seine ständigen Fahrten nach Marseille und die ganze Kohle. Das erklärt einfach alles. Er hat irgendeinen Etiketten-Schmu getrieben.« Sie ließ sich wieder auf die Yogamatte fallen.

Charlotte begann zu kichern. »Entschuldigt, aber irgendwie ist das doch wahnsinnig witzig. Könnt ihr euch noch an die letzte Weinprobe im Bacchus erinnern? An die Rede vom Bürgermeister? Was die Vinothek doch für eine Bereicherung für die Stadt sei? Und hat nicht der Forster gleich zwei Kisten von dem tollen im Barriquefass gelagerten Bordeaux gekauft?«

Polly musste grinsen. »Stimmt. Aber sagt mal, muss das nicht irgendjemand mal gemerkt haben?«

Julia sah aus, als wüsste sie nicht genau, ob sie lachen oder weinen sollte. »Selbst wenn es jemandem komisch vorgekommen wäre, hätte der sicher den Mund gehalten. Aus lauter Angst, sich als Banause zu outen. Außerdem waren hoffentlich nicht alle Weine gefälscht.«

»Und Gruber? Der muss es doch gemerkt haben.«

»Ich glaub, der hat recht wenig Ahnung von Wein, deshalb hat sich Georg auch um den Einkauf gekümmert. Obendrein führt man über illegale Geschäfte nicht richtig Buch. Aber das werden wir gleich wissen.« Julia zückte ihr Handy. »Servus, Fabian. Ich muss dringend mit dir sprechen. Ich bin da auf eine ganz komische Sache gestoßen, was Wein aus der Vinothek betrifft. – Wo bist du? Ich versteh dich ganz schlecht. – Morgen? In Ordnung, aber es ist wichtig.«

Polly rieb sich die Augen. »Langsam wird ein Schuh draus. Stecher, Damien und wahrscheinlich noch ein paar andere haben groß angelegten Etikettenschwindel betrieben. Dazu passt auch der Satyr hervorragend: ein saufender, betrügerischer Dämon. Trotzdem bringt uns das in der Frage nach dem Mörder nicht wirklich weiter, oder?«

Julia sah sie an. »Vielleicht doch. Erinnert ihr euch nicht? *In vino veritas.*«

Dann fiel sein Kopf schwer auf die Tischplatte

Der alte Mann sah sein Gegenüber an. Seine Augen waren müde, seine Stimme klang resigniert, als er sagte: »Du warst es. Nicht der Stecher. Ich hätte es wissen müssen.«

»Ich, Stecher, sind wir nicht alle irgendwie eins? Was spielt das jetzt noch für eine Rolle?«

Der Alte griff nach dem Weinglas vor sich und leerte es in einem Zug. »Wie konntest du das meinem kleinen Mädchen antun?« Er wischte sich eine Träne aus dem Augenwinkel.

Der andere zuckte die Achseln. »Geld.«

»Geld?«

»Dein kleines Mädchen, wie du sie nennst, war eine reiche Frau, als sie starb. Meine Frau. Ich bin ihr Erbe.«

»Camille hat dich geheiratet? Nach allem, was passiert ist?«

»Was ist denn passiert? Du hast sie nach der Abtreibung vier Jahre ins Kloster gesperrt. Und nachdem ihr Vater sie verstoßen hatte, hungerte sie förmlich nach Zuneigung. Geilheit ist eine Todsünde, das hab ich ihr immer wieder gesagt. Aber man sollte nicht glauben, was sich unter so einer Kutte alles auftut. Willst du mehr hören?«

Der Alte schüttelte den Kopf. Mühsam versuchte er die Kontrolle zu bewahren. »Woher weißt du von ihrem Geld?«

»Sie hat mir davon erzählt, als sie schwanger war. Sie meinte, wir bräuchten uns um die Zukunft nicht zu sorgen, weil sie mit achtzehn das Vermögen ihrer Mutter erben würde. Damals hat ihr das das Leben gerettet. Manchmal zahlt sich Geduld eben aus. Und was sind schon vier Jahre?«

»Du bist die letzte Drecksau …«

»Vorsicht. Solche Töne will ich nicht hören, solange du die Füße unter meinen Tisch streckst.«

»Dein Tisch? Du verdammtes Arschloch, dein Tisch?«

»Zu meinem Erbe gehören auch dieses Haus und dieser Tisch. Aber keine Sorge, du bist mein Gast. Zumindest für die paar

Minuten, die es noch dauern wird, bis du einen tragischen Herzstillstand erleidest.«

Der Alte starrte ihn verständnislos an, bevor sein Blick auf das leere Weinglas vor ihm fiel. Für einen kurzen Moment leuchtete Erkenntnis in seinen Augen auf. Dann fiel sein Kopf schwer auf die Tischplatte.

Wir brauchen eine Handy-Ortung

Der Nachmittag zog sich schleppend von einer Minute zur nächsten. Von Beppo Wimmer keine Spur und auch aus Frankreich keine Nachricht. Herbst kaute auf einem sauren Pommes herum, die er in seiner Schreibtischschublade gefunden hatte. Auf dem Bildschirmschoner seines Monitors turnte eine Büroklammer ziellos von einer Ecke zur anderen. Eigentlich sollte er einen Zwischenbericht schreiben, hatte aber keine Ahnung, was drinstehen sollte. Er hatte nichts. Erleichtert sah er auf, als es klopfte.

»Stör ich?«, fragte Polly und schloss die Tür hinter sich. »Und selbst wenn, es ist wichtig. Ich muss mit Ihnen sprechen. Ich denke, es ist an der Zeit, dass wir uns austauschen.« Schon saß sie auf seinem Besucherstuhl, hatte die Akten auf seinem Schreibtisch zu sich rübergezogen und erfasste sofort, worum es ging.

»Sie fahnden nach Beppo? Das ist gut.«

Der Kommissar lehnte sich zurück. Die Belehrung, dass Polizeiunterlagen tabu seien, sparte er sich. »Was wissen Sie, das ich nicht weiß?«, fragte er stattdessen.

Polly fuhr sich mit der Hand durch ihre roten Haare. »Wissen tu ich gar nichts. Aber ich glaube, dass Beppo etwas mit den Morden zu tun hat.«

»Das glauben wir auch. Momentan ist er unauffindbar, was den Verdacht erhärtet. Allerdings haben wir nicht wirklich etwas gegen ihn in der Hand, solange wir sein Motiv nicht kennen.«

Polly dachte nach. »Vielleicht kann ich Ihnen weiterhelfen. Ich hab so eine Vermutung, allerdings glaube ich, dass das Ganze komplexer ist, als es im Moment scheint.« Sie rieb sich die Augen. »Was meinen Sie? Karten auf den Tisch? Vielleicht haben wir gemeinsam eine Chance.«

Herbst sah sie lange an. Es imponierte ihm, mit welchem Eifer die Frau arbeitete. Was hatte er zu verlieren? Klar, er wagte sich auf dünnes Eis, aber es war auch nicht dünner als das, auf dem seine Beziehung zu Julia stand. In dem Bericht, den er seit

Tagen vor sich herschob, müsste er sie neben Wimmer eigentlich noch immer als Hauptverdächtige führen. Dass er ihr Alibi für die Nacht des zweiten Mordes war, konnte er nicht schreiben. Würde er wegen Befangenheit von dem Fall abgezogen werden, hätte Julia kaum noch eine Chance, ihre Unschuld zu beweisen, und ihre Kinder hatten immerhin schon den Vater verloren. Er fasste einen Entschluss. »Also gut. Aber Sie versprechen, dass nichts von unserem Gespräch nach außen dringt, bis der Fall aufgeklärt ist.« Der Form halber wollte er das gesagt haben.

Polly nickte ernst. Ihr war es inzwischen einerlei, ob sie mit dem Mordfall die große Story landen würde oder nicht. Vielmehr trieb sie die Sorge um Charlotte und ein wenig auch um sich selbst um. Sie befürchtete, dass sie dem Mörder zu nahegekommen waren. Und der hatte immerhin schon eindrücklich bewiesen, dass er nicht lange fackelte. »Lassen Sie uns zusammenfassen, was wir haben. Sie fangen an.« Sie zwinkerte dem Kommissar aufmunternd zu.

»Gut. Vor einigen Jahren wurden vier Männer der Fremdenlegion zusammen zu einem Einsatz nach Afrika geschickt. Inzwischen gehen wir davon aus, dass sie sich neben ihren offiziellen Aufgaben dort vor allem in Sachen Waffenschmuggel engagiert haben. Die französischen Kollegen gehen dem gerade nach.«

»Das würde erklären, woher Stecher das Startkapital für seine Vinothek und seine Luxusgarderobe hatte«, meinte Polly. »Als er aus Frankreich zurückkam, hätte er eigentlich nicht viel haben können. Sein Erbe bestand aus der bankrotten Metzgerei und einer kranken Mutter. Trotzdem hat er sofort seine Edel-Vinothek eröffnet.«

Herbst nickte. Dann fuhr er fort. »Die Männer kommen nach Hause, und jeder geht seiner Wege, legt sein Geld an oder verjubelt es. Dank der Briefe, die Stecher aufbewahrt hat, wissen wir, dass er sowohl mit Damien Bertrand als auch mit Dimitri Prekov lose in Kontakt blieb. Die Frage ist, wieso es keine Korrespondenz mit dem vierten Mann gibt?«

Polly überlegte. »Ich denke, es gibt da nur zwei Möglichkeiten. Entweder ist er auch tot, oder Stecher musste ihm nicht schreiben, weil er persönlich mit ihm sprechen konnte, weil er beispielsweise am selben Ort lebte.«

Herbst nickte wieder. »So weit bin ich dabei. Und damit wären wir bei Beppo Wimmer. Etwa zu der Zeit, als Stecher den Bacchus aufgemacht hat, hat er sein Café gekauft. Wir recherchieren gerade noch, aber wie es aussieht, war Mister Isartal in der fraglichen Zeit für zwei Jahre nicht in Moorach gemeldet. Er hätte also durchaus in Afrika sein können.«

»Soweit ich weiß, hat er einen Roadtrip durch die USA gemacht und zwischendrin in ein paar Truckstops gejobbt. Aber die Geschichte kann natürlich auch erfunden sein. Warum fragen Sie nicht einfach bei der Fremdenlegion nach, wer der vierte Typ gewesen ist?«

»Das haben wir bereits getan, aber eine Antwort bekommt man erst, wenn ein richterlicher Beschluss vorliegt. Datenschutz und so weiter. Mein Kollege macht seit Tagen nichts anderes, als sich um diesen Schrieb zu bemühen. Das kann noch dauern, zumal wir nicht nachweisen können, dass Gefahr im Verzug ist.«

»Und ich dachte, sämtliche Bürokraten sitzen bei uns in Deutschland.«

»Nicht nur, aber auch, was die ganze Sache noch komplizierter macht. Bis wir die Unterlagen aus Frankreich haben, bleibt uns nur unser kriminologisches Geschick.«

Polly seufzte, bevor sie zusammenfasste: »Also sind insgesamt drei der vier Männer tot. Da liegt der Verdacht nahe, dass der vierte entweder der Mörder oder eine ganz arme Sau ist, die eine Scheißangst um ihr Leben hat und sich jetzt versteckt.«

»In beiden Fällen müssen wir ihn finden. Und wenn Beppo Wimmer die Nummer vier ist, was hat er für ein Motiv?«

Polly holte tief Luft. »Es muss etwas Persönliches sein, allerdings kann ich das noch nicht so ganz mit der Sache in Afrika zusammenbringen. Wenn es Beppo gewesen ist, hat er es aus Eifersucht getan. Allerdings müsste es dann noch mehr Leichen geben.«

Herbst spitzte die Ohren. »Noch mehr Leichen?«

»Ja. Wenn mich nicht alles täuscht, musste Stecher dran glauben, weil er mal etwas mit meiner Freundin Charlotte hatte. Das Gleiche gilt für Damien. Beppo himmelt Charlotte seit der Schulzeit an, aber sie steht nicht auf ihn.«

Herbst schlug sich mit der Hand auf die Stirn. »Das Tattoo! ›Lotte forever‹. Damit meinte er gar nicht sein Café.«

Polly nickte. »Ich glaube, dass er seinen Laden überhaupt nur wegen Charlotte so genannt hat. Aber wie gesagt, die Zuneigung ist einseitiger Natur. Sie sucht immer wieder nach der großen Liebe, findet sie meist für maximal zwei Wochen und ist dann wieder Single. Ich kann mir vorstellen, dass Beppo damit ganz gut zurechtkam, weil sie zum Ausheulen ja doch immer wieder in seinem Café gelandet ist. Aber als sie dann an seine alten Kumpel aus der Afrika-Zeit geraten ist, hat er es mit der Angst gekriegt. Hätte einer der beiden etwas von seiner Vergangenheit ausgepackt, wären seine Chancen, doch noch irgendwann bei Lotti zu landen, dahin gewesen.«

Herbst war nicht überzeugt. »Und deshalb soll einer zwei Morde begehen? Für eine Frau, die ihn nicht liebt? Und was ist mit dem dritten Mann, diesem Dimitri? Hat Beppo den auch wegen Charlotte umgebracht?«

Polly schaute auf ihre Schuhspitzen. Das klang wirklich nicht besonders wahrscheinlich. Aber sie konnte dem Kommissar ja nicht sagen, wieso Beppo für sie eigentlich verdächtig war. Dass der Mörder Charlotte zwei Mal hätte töten können, ja sogar müssen, es aber nicht getan hatte. Sie nahm einen zweiten Anlauf. »Wir haben noch etwas herausgefunden. Stecher hat in seiner Vinothek Etikettenschwindel betrieben. Er hat einen billigen provenzalischen Landwein als Edeltropfen verkauft. Ich könnte mir vorstellen, dass auch Beppo daran beteiligt war. Immerhin hat er das Zeug auch in der Lotte verkauft. Vielleicht hat es ja Streit gegeben? Julia trifft sich gerade mit Stechers Partner Gruber, um auszuloten, ob der etwas davon gewusst hat.«

Herbst nickte. Das passte zu den großen Weinbestellungen, die der Barista jeden Monat bei Stecher tätigte. Allerdings hatte er den normalen Preis dafür entrichtet. Moneypenny hatte gründlich recherchiert. Vielleicht hatte Stecher ihn zu einer Mindestabnahme gezwungen? Er brauchte gar nicht erst zu fragen, woher der provenzalische Billigwein stammte. Immerhin hatte ihn sein Gefühl nicht getrogen. Der alte Weinbauer hatte ihm bei seinem Besuch nicht alles gesagt, was er wusste. Mit gutem Grund. Sein Telefon klingelte.

»Bonjour, c'est Jean-Luc. Comment tu vas?«

»Mäßig, äh: *médiocre*. Ich komme nicht weiter. Was gibt's?«

»Hast du meine E-Mail nicht bekommen?«

»E-Mail?« Herbst warf einen Blick auf seinen Monitor, auf dem sich die Büroklammer noch immer unermüdlich verbog.

»Nicht? Dann bring ich dich mal schnell auf den neusten Stand. Wir haben mit der Waffenschiebervermutung einen Volltreffer gelandet. Die drei Typen um deinen Herrn Stecher haben in Afrika jede Menge Waffen beiseitegeschafft und nach Marseille verschifft. Wir kennen sogar den Kontaktmann – du übrigens auch. Es ist Monsieur Guy Detrambert vom Château Étoiles du Sud. Die Kollegen vom Dezernat für organisiertes Verbrechen sind schon länger an ihm dran, konnten ihm aber bisher nichts nachweisen. So, und jetzt halt dich fest. Ich steh gerade zusammen mit einem ganzen Trupp von Spurensicherern in Monsieur Detramberts Arbeitszimmer. Er ist nämlich tot.«

Herbst war aufgestanden. Seine Hirnwindungen nahmen den Akrobatik-Wettstreit mit der Büroklammer auf. »Tot? Wie ist er gestorben?«

»Die erste Diagnose lautet Herzversagen. Für meinen Geschmack allerdings ein bisschen zu viel des Zufalls. Ich meine, gerade jetzt? Wir lassen ihn in jedem Fall aufmachen. Du, ich muss wieder Schluss machen, ich warte auf einen Anruf aus Paris. Die Fremdenlegion muss jetzt die Identität des vierten Mannes rausrücken. Sobald ich was höre, melde ich mich wieder. *A tout à l'heure!*«

Herbst zündete sich eine Zigarette an, inhalierte zwei Mal tief, dann griff er wieder zum Telefon. »Jean Luc, ganz schnell noch: Was hast du zu dem Mädchen rausgefunden. Du weißt schon, Detramberts Tochter?«

»Lieber Leo, du solltest wirklich mal deine Mails checken. Camille hat sich im Monastere de Saint Joseph du Bessillon erhängt. Und zwar in der Woche, bevor ihr eure erste Leiche gefunden habt. Ich habe mir die Akte kommen lassen. Der Selbstmord hat niemanden überrascht, das Mädchen muss stark depressiv gewesen sein. Die Äbtissin hat ausgesagt, dass Camille vor vier Jahren nach einem Schwangerschaftsabbruch zu ihnen gekommen war. Sie hat das psychisch wohl nie richtig verwunden. Camille hat zwar die Klosterschule besucht, am Alltag teilgenommen, aber nie wirklich Anschluss gefunden. Es hört sich an, als wäre es eher verwunderlich, dass sie sich erst jetzt das Leben genommen hat. Sie ist gerade mal achtzehn Jahre alt geworden. Du, es klopft an, das ist mein Anruf …«

»Exhumieren!«, brüllte Herbst noch ins Telefon, aber Jean-Luc hatte schon aufgelegt.

Auch Polly erhob sich. »Was ist passiert?«, fragte sie ungeduldig und stellte sich Herbst in den Weg, der hektisch im Zimmer auf und ab marschierte.

»Wie es aussieht, hat Beppo Wimmer noch mindestens eine weitere Leiche auf dem Gewissen. Wir müssen die Fahndung auf Frankreich ausweiten und alles noch einmal durchgehen. Wir müssen … Moneypenny? Wo steckt der bloß immer, wenn man ihn braucht?«

Die Tür flog auf, doch es war nicht Herbsts Assistent, der wie ein Wirbelsturm hereingefegt kam.

»Charlotte? Nora? Was zum Geier …?« Polly kam nicht dazu zu fragen, was mit dem Geier los war.

Charlotte drückte ihre Tochter resolut auf den Besucherstuhl und wandte sich schnaubend an den Kommissar. »Dieses Fräulein hier möchte eine Aussage machen. Zu der Nacht, in der Georg Stecher ermordet wurde.«

Gleich spuckt sie Feuer, dachte Polly und wich instinktiv einen Schritt zurück.

»Aussagen nimmt mein Kollege entgegen. Ich hab jetzt wirklich keine Zeit – Moneypenny!«, brüllte Herbst jetzt durch die offene Tür in den Flur.

»Natürlich haben Sie dafür Zeit, Herr Herbst. Und wenn Sie

sich jetzt nicht sofort anhören, was meine Tochter zu sagen hat, dann –«

Polly ließ ihr keine Zeit, um auszuführen, was dem Kommissar blühen würde, wenn er sich nicht fügte. Sie setzte sich Nora gegenüber auf Herbsts Schreibtischstuhl und sah das Mädchen eindringlich an. »Was willst du uns erzählen, Nora?«

Der Kommissar rang nach Worten. »Fühlt euch bitte alle in meinem Büro wie zu Hause. Darf ich vielleicht jemandem einen Kaffee bringen?«

»Aber gern. Für mich mit Milch und drei Löffeln Zucker, bitte.« Charlotte schenkte ihm ein dankbares Lächeln.

Resigniert ließ sich Herbst auf das Fensterbrett sinken.

Polly rollte sich mit dem Stuhl vor den Schreibtisch und nahm Noras Hand in die ihre. Das Mädchen wirkte verschüchtert. Keine Spur mehr von der trotzigen Teenie-Fassade. »Ich hab ihn gesehen. Auf dem Heimweg. Er kam aus der Vinothek.« Sie sprach leise, hatte den Blick auf den Boden gerichtet.

»Du hast Beppo in der Mordnacht aus der Vinothek kommen sehen?« Polly war aufgestanden, und auch den Kommissar hielt es nicht mehr auf dem Fenstersims.

»Beppo? Wieso denn Beppo?«, fragte Charlotte verständnislos.

Auch Nora wirkte verwirrt. »Nein, nicht Beppo. Dafür war der Typ viel zu schmal.«

»Und wer war es dann?« Der Kommissar versuchte gar nicht erst, seine Ungeduld zu verbergen.

Nora sah ihn eingeschüchtert an. »Keine Ahnung. Ich konnte sein Gesicht nicht sehen. Ich weiß nur, dass er einen schwarzen Kapuzenpulli anhatte. Er hat die Tür abgesperrt und ist dann auf dem Fahrrad weggefahren.«

Polly wusste nicht, was sie zuerst fragen sollte. »Aber was hattest du nachts vor der Vinothek zu suchen? Hat er dich etwa gesehen?«

Nora kam nicht dazu zu antworten, und Polly war sich auch nicht sicher, ob sie das überhaupt vorgehabt hatte. Die Bürotür war erneut aufgeflogen, und ein schlanker Mann in türkisfarbenen Hausschuhen kam hereingeschwebt. Er wedelte mit einem Papier.

»Moneypenny, da bist du ja endlich!«

»Und mit guten Neuigkeiten. Eben hat mich eine E-Mail von der Fremdenlegion erreicht. Ich wette, ihr erratet nicht, wer der vierte Mann ist. Ein Foto ist auch dabei.«

Herbst schnappte ihm den Zettel aus der Hand. Polly und Charlotte stellten sich auf die Zehenspitzen und sahen dem Kommissar über die Schulter. Für einige Sekunden war es still, dann flüsterte Polly: »Julia.«

Herbst war blass geworden. »Wir brauchen sofort eine Handy-Ortung.«

Was den echten vom falschen Stecher unterscheidet

Erst war es nur ein ungutes Gefühl gewesen, aber jetzt packte Julia die Angst. Lähmende Angst. Todesangst. Sie dachte an die Zwillinge. Sie musste ruhig bleiben. Jetzt, wo alles so schön werden könnte, durfte sie sich keinen Fehler erlauben, aber sie wollte verstehen. Und wenn sie verstand, würde sie vielleicht auch einen Weg aus dieser Situation finden. »Du hast mich benutzt. Du hast Georg nicht für mich umgebracht, oder?«

»Nein, mein Herz, aber das ist jetzt nicht mehr wichtig«, antwortete Fabian Gruber.

»Du wolltest mich mit der ganzen Inszenierung und der Musik belasten, du hast sogar Georgs Koffer versteckt, damit die Polizei denkt, ich würde sie bezüglich der Reise anlügen. Und alles nur, damit eure Verbindung zu dem Weingut nicht rauskommt?« Julia konnte nicht lockerlassen. Solange sie sich auf die Frage konzentrierte, die sie quälte, hielt sie ihre Angst in Schach. »Warum hast du ihn getötet? Doch nicht wegen des Weins und der falschen Etiketten?«

Gruber gab sich gespielt beeindruckt. »Hast du das herausgefunden oder deine vorwitzige Journalisten-Freundin? Aber ist ja eigentlich auch uninteressant. Und nein, das hat deinen Mann nicht das Leben gekostet. Immerhin habe auch ich gut an der Sache verdient.«

Geld, vielleicht war ja das der Ausweg aus ihrer Lage? »Willst du den zweiten Anteil am Laden? Du kannst ihn haben, aber lass mich endlich heim zu meinen Kindern.«

»Du beleidigst meine Intelligenz, Julia, aber ich werde dir trotzdem die ganze Geschichte erzählen. Betrachte sie als deine persönliche Gute-Nacht-Geschichte.«

Das war gut. Solange er erzählte, konnte sie überlegen.

»Hör gut zu«, forderte Fabian, »es ging um die Ehre. Ich habe einem alten Mann einen Gefallen getan und seine Tochter gerächt. Dein Gatte hatte sie in den Tod getrieben, zumindest dachte der Alte das. Aber er hatte sich geirrt. Kann ja mal vorkommen. Also, es waren einmal vier junge Männer. Mutige Männer. Im Auftrag der *grande nation* nahmen sie afrikanischen Rebellen Waffen ab. Fürwahr eine ehrenwerte Aufgabe – und mit etwas Geschick auch eine lukrative. Und die Männer waren geschickt. Sie verkauften die Waffen von den bösen afrikanischen Jungs an böse französische. Damit kam ein hübsches Sümmchen zusammen. Kein Vermögen, aber ein ansehnliches Startkapital, mit dem man arbeiten konnte. Nach den Strapazen auf dem fernen Kontinent genossen die vier Männer eine Weile auf dem Weingut ihres französischen Kontaktmannes die Früchte ihrer Arbeit. Es war eine feuchtfröhliche Zeit. Wein, Weib und Gesang. Im Zeichen des Satyrs schworen die vier Helden einander Verbundenheit bis in den Tod und planten mit ihrem Gastgeber neue Geschäfte. Wein statt Waffen. Jedes Jahr während der Weinlese trafen sie sich auf dem Gut, und irgendwann passierte es: Die blutjunge, hübsche Tochter des Alten verliebte sich in einen der vier Helden. Er entjungferte sie am Ufer des Flusses, und sie wurde schwanger. Ihr tapferer Soldat organisierte eine Engelmacherin, ließ aber den Engel dabei fast verbluten. Der Vater bekam Wind von der Sache, holte einen richtigen Arzt, rettete die Tochter und forderte Vergeltung. Er war ein mächtiger Mann, seine Rache konnte nur grausam sein. Seine Tochter kannte ihn, und um ihren Geliebten zu retten, beschuldigte sie einen algerischen Erntehelfer, sich an ihr vergangen zu haben. Der arme Teufel erlebte den nächsten Morgen nicht, und die sündige Tochter wurde hinter Klostermauern weggesperrt. Dort wähnte sie der Vater in Sicherheit und ging weiter seinen Geschäften nach, die prächtig liefen. Er klebte weiterhin falsche Etiketten auf billigen Wein und vergaß den Vorfall. Bis vor wenigen Wochen. Da ereilte ihn die Nachricht, dass sich sein Kind im Kloster erhängt hat. Mit ihren persönlichen Sachen erhielt er von den Nonnen auch ein Tagebuch, in dem die dumme Kuh alles haarklein aufgeschrieben hatte. Und trotzdem kam es zu einer interessanten Verwechslung. Der alte Mann war der Überzeugung, der Mann, der seinen Engel damals geschwängert und jetzt in den Tod getrieben hatte, sei ein gewisser Georg Stecher.«

Julia konnte nicht glauben, was sie hörte. »Das ist doch krank!«

»Krank war vor allem das Mädchen. Vor Liebe. Sie glaubte sich am Ziel ihrer Träume. Aber aus diesem Traum sollte sie nicht mehr aufwachen.«

»Du hast sie umgebracht?«

»Alle haben es für einen Selbstmord gehalten. Und unterbrich mich nicht. Der Alte rief mich also an und bot mir eine hübsche Summe, damit ich Stecher um die Ecke bringe. Mir war das ganz recht. Irgendwann hätte ich ohnehin hinter der alten Geschichte aufräumen müssen. *Et voilà*.«

»Ich versteh rein gar nichts, außer dass du ein Charakterschwein bist. Wie kam der Mann auf Georg?«

»Das ist ein interessanter Aspekt der Geschichte, auf den ich insgeheim ziemlich stolz bin. Ich will ja nicht anmaßend klingen, aber das ist mir wirklich gut gelungen. Er musste auf Stecher kommen, weil das der neue Nachname seiner Tochter war. Vor ihrem Tod hatte sie geheiratet und ihren Gatten zu einem reichen Mann gemacht.«

»Sie hat Georg geheiratet? Aber das ist unmöglich, Georg war mit mir verheiratet. Das wäre doch herausgekommen. Heute sind doch alle Urkunden digitalisiert, die kann man doch sicher auch auf den Standesämtern in Frankreich einsehen.«

»Sie hat ja auch nicht Georg geheiratet, sondern mich. Alles andere wäre unfair gewesen, nachdem ich ihr vier Jahre lang aus der Ferne die Treue gehalten und auf sie gewartet habe.«

»Aber warum hieß sie dann Stecher?«

»Weil das auch mein Name ist. Hier ist mein französischer Pass. Siehst du? Georg Stecher.«

»Du hast mit einem falschen Pass geheiratet, und niemand hat etwas bemerkt?«

»Streng genommen ist es mein deutscher Pass, der falsch ist. Fabian Gruber gibt es schon lange nicht mehr. Ich habe den Namen vor Jahren abgelegt.«

»Abgelegt?«

»Bei der Fremdenlegion gibt es ein Büro, das sich ausschließlich darum kümmert, neue Identitäten zu vergeben. Jeder, der beitritt, hat das Recht auf einen neuen Namen. Für mich kam der offizielle Weg nicht in Frage, weil dann meine alte Identität trotzdem in den Akten der Legion aufgetaucht wäre, aber ich hatte Glück. Mein Freund und Waffenbruder Dimitri ist nach unserem Einsatz in Afrika in ebenjenem Büro gelandet und hatte somit alle Möglichkeiten. Und so ist Fabian Gruber verschwunden, und Georg Stecher hat das Licht der Welt erblickt. Ein zweiter Georg Stecher.«

»Dimitri Prekov? Aber wir haben recherchiert. Er ist tot.«

»Selbstverständlich ist er tot. Außer Camille war er der Einzige, der von meinem neuen Namen wusste. Es ist unwahrscheinlich, dass er je etwas gesagt hätte, weil ihm sonst seine Pension gestrichen worden wäre, aber er war ein Suffkopf, und bei denen kann man nie sicher sein. Ich musste mich also von ihm trennen.«

»Und Damien?«

»Damien war ein Idiot. Immer hatte er Skrupel. Keine Ahnung, warum er überhaupt zur Legion gegangen ist. Er war viel zu weich. Nachdem meine Waffenbrüder und ich gemeinsam im Auftrag des Alten den algerischen Erntehelfer aus dem Weg geschafft hatten, hielten wir es für besser, getrennte Wege zu gehen. Ich hatte keine Ahnung, dass Georg und Damien noch Kontakt hatten. Bis zum Tag von Stechers Beerdigung. Da hat Damien mich angesprochen. Ich weiß nicht, ob er wirklich etwas ahnte. Aber die Art, wie ich deinen Göttergatten im Schaufenster angerichtet habe, hat ihn an die Mafia denken lassen. An den Alten in Marseille. Jedenfalls meinte er, wir sollten der Polizei von Stechers Verbindungen dorthin erzählen. Das seien wir ihm schuldig. Weil er schon lang keinen Kontakt mehr zu Detrambert hatte, fürchtete er auch nicht, in die Untersuchungen hineingezogen zu werden. Aber die Spur über das Weingut hätte wegen des Etikettenschwindels direkt zu mir geführt. Und ein kluger Kopf hätte auch einen Zusammenhang zwischen Camilles Beerdigung und Stechers Tod vermuten können. Zu riskant.«

»Und dann hast du ihn einfach abgeknallt?«

»Einfach ist gut. Damien mag ein vergeistigter Trottel gewesen sein, aber er hat dieselbe Ausbildung wie ich genossen. Ein Legionär lässt sich nicht einfach so abknallen. Ich hab ihm gesagt, ich würde ihn am Abend im Hotel besuchen, damit wir alles besprechen könnten, und hab ihm dann eine Flasche Wein mit ein paar verschreibungspflichtigen Zusatzstoffen rübergeschickt. Als ich bei ihm eintraf, musste ich gar nicht mehr mit ihm anstoßen. Der Gute hatte mit dem edlen Tropfen nicht auf mich gewartet und lag schon ausgeknockt auf dem Bett.«

»Aber sie werden dich kriegen. Der Alte in Frankreich wird langsam auch spitzgekriegt haben, was du treibst. Wusstest du, dass der Kommissar schon bei ihm war?«

»Wusste ich. Aber du kannst versichert sein, dass der alte Mann nichts mehr sagen wird. Er ist gestern Abend einem Herzstillstand erlegen. Wenn du mich nicht angerufen hättest, wäre ich gar nicht mehr aus Frankreich zurückgekommen. Meine Zukunft liegt nicht in Bad Moorach.«

»Und jetzt?«

»Ich würde ja gern sagen: ›Und wenn sie nicht gestorben sind, dann leben sie noch heute‹. Aber das wäre falsch, denn nur einer wird überleben.«

»Warum erzählst du mir das alles?«

»Du wolltest es doch wissen. Außerdem ist es egal. Wenn wir beide hier fertig sind, werden alle denken, du hast mit deiner Schuld nicht mehr leben können. Die Mordwaffe, mit der du dich aus lauter Verzweiflung selbst erschossen hast, wird man bei dir finden.«

»Aber der Kommissar wird das nicht glauben! Ich habe kein Motiv für den Mord an Damien und ein Alibi für den an Georg.«

»Das macht nichts, Liebes. Du wirst einen Abschiedsbrief hinterlassen.«

»Einen Scheiß werde ich.«

»Ein bisschen mehr Dankbarkeit hätte ich mir schon erwartet. Oder warst du nicht zufrieden mit mir? Ich dachte, ich hätte mit Georg alles so arrangiert, wie es dir vorschwebte?«

»Du hast versucht, mich zu belasten und dir dann auch noch Geld von Georgs Kreditkarte geholt.«

»Schreib, Liebes, schreib. Mir wird grad etwas langweilig.«

»Warum sollte ich das tun?«

»Weil ich dann vielleicht nicht noch einen Abstecher zu deinen Kindern mache, bevor ich in mein neues Leben aufbreche … Na, siehst du, geht doch. Und sei so gut und leg das alberne Messer weg, das du in deiner Tasche hast. Schließlich bin ich derjenige von uns beiden mit Nahkampfausbildung. Und jetzt komm her. Ein bisschen Zeit hab ich noch. Ich denke, ich zeige dir jetzt, was den echten vom falschen Stecher unterscheidet. Mach den Mund auf. Wenn du beißt, knall ich dich ab. Und danach deine Kinder.«

Au revoir, chérie!

Es blieb keine Zeit, um auf Verstärkung zu warten. Er musste sie finden, bevor es zu spät war. Der Platz vor dem verfallen Hotel war leer. Nur ein Auto parkte neben dem Bauzaun. Julias Auto. Er nahm den Weg, den Polly ihm beschrieben hatte, und gelangte über die Freitreppe ins Foyer. In dem verfallenen Gemäuer schien die Zeit stillzustehen. Es roch muffig. Nichts deutete darauf hin, dass sich hier ab und zu Menschen aufhielten.

Mit der Waffe im Anschlag eilte Herbst weiter. Er konnte nur noch daran denken, dass er es vielleicht nicht mehr rechtzeitig schaffen würde. Er nahm kaum war, wo er sich befand, hastete immer weiter in der Hoffnung, ein Lebenszeichen von Julia zu hören oder zu sehen. Es durfte einfach nicht schiefgehen. Er verbot sich, an die Alternative zu denken. In einem dunklen Gang hielt er inne, um zu lauschen, setzte seinen Weg dann fort, verharrte aber sofort wieder mitten in der Bewegung. Er konnte Stimmen hören. Eigentlich keine Stimmen, eher waren es Geräusche. Ihm wurde übel.

Weiter. Immer weiter. Wenigstens lebte sie noch. Als er vor der Tür stand, hinter der er den Mörder hören konnte, musste er sich beherrschen, um sie nicht einfach einzutreten. Aber das wäre auch unnötig gewesen. Sie war nur angelehnt.

Er konnte sie im Spiegel sehen. Fabian Gruber stand mit dem Rücken zu ihm, hätte den Kommissar aber sowieso nicht bemerkt. Er hatte Julia an den Haaren gepackt und bog ihr den Kopf in den Nacken, während er mit der anderen Hand eine große schwarze Pistole gegen ihren Hals drückte. Mit einem deutlich kleineren Kaliber stieß er wieder und wieder in ihren Mund.

Herbst hob seine Dienstwaffe. Nie hatte er jemanden so gehasst. Er biss sich auf die Lippe, bis sie blutete. Seine Hand zitterte. Sekunden verstrichen, er bemerkte, dass ihm Tränen die Wange herunterliefen. Und wenn Gruber es in einem Reflex noch schaffte, abzudrücken? So etwas gab es, das wusste er von diversen Lehrgängen. Aber das hier war die Realität, und er hatte noch nie jemanden erschossen. Doch wenn er jetzt nicht handelte, war alles aus. Seine Gedanken rasten. Er wollte das hier endlich beenden. Keine Sekunde länger sollte sie das erdulden müssen. Aber er war nie ein besonders guter Schütze gewesen. Los, du Versager, tu es, forderte eine Stimme in seinem Kopf. Bruce Willis würde seine Liebe nie seiner eigenen Feigheit opfern.

Als Gruber fertig war, entsicherte er mit einem hämischen Grinsen seine Waffe. *»Au revoir, chérie!«*

Herbst zielte genau. Sein Arm zitterte. Dann ein Schuss. Der Knall prallte von den Wänden des Saales ab, brach sich in dem hohlen alten Gemäuer, hallte über die Freitreppe hinauf in den ersten Stock und über den Balkon nach draußen, wo inzwischen die blauen Lichter der Streifenwagen die Nacht erhellten. In einem der Wagen saß Polly. Als sie den Schuss hörte, gefror ihr Blut zu Eis.

Epilog in Bad Moorach

Julia strich ihrer Tochter eine Haarsträhne aus der Stirn. Die erste Frühlingssonne hatte Eis und Schnee zum Schmelzen gebracht und tauchte den Kurpark in warmes Licht. Mit den Zwillingen stand sie am Ufer des Mooracher Weihers. Die beiden warfen kleine Steine ins Wasser. Julia lächelte.

Zwei Monate waren vergangen, seit Herbst den Mörder erschossen und sie aus Grubers Gewalt befreit hatte. Immer noch hatte sie Probleme mit dunklen Räumen. Vielleicht war das der Preis, den sie für die Freiheit und für die Zukunft mit ihren Kindern hatte zahlen müssen.

Sie vermisste den Kommissar, Leo. Nach der schrecklichen Nacht, in der sie nur knapp dem Tod entronnen war, hatte sie ihm gesagt, dass es momentan in ihrem Leben keinen Platz für einen Mann gäbe. Dass sie sich nur um ihre Kinder kümmern wolle, zur Ruhe kommen müsse. Er hatte es verstanden. Er verstand alles. Er hatte sie angelächelt und war aus ihrem Leben verschwunden. Sie hatte die Frage in seinen Augen gesehen, bevor er sich umgedreht hatte und weggegangen war, aber er hatte sie nicht gestellt.

Weiter hinten im Park entdeckte sie Charlotte, die an Beppos Arm in Richtung Vogelvoliere spazierte. Die beiden schäkerten, dann hauchte Beppo einen Kuss auf Lottis Wange.

Julia grinste. Offenbar hatte die ganze Geschichte dem Wimmer-Buam endlich die Note von Verruchtheit gegeben, die Charlotte an ihm seit der Schule vermisst hatte. Am Morgen nach den Ereignissen in der Bauruine waren ein kleinlauter Beppo und eine geständige Irmi Ziermayr im Kommissariat angetreten und hatten erzählt, seit mehreren Jahren Swinger-Partys in verschiedenen leer stehenden Gebäuden in Moorach zu veranstalten – selbstverständlich an der Steuer vorbei. Das Publikum war betucht und handverlesen. Quasi als Eintrittskarte erhielt jeder Neuzugang mit der Einladung ein Paar Teufelshörner. Während die Stadträtin im Stadtrat dafür gesorgt hatte, dass keine der Ruinen abgerissen wurde, hatte sich Beppo um das Catering gekümmert.

Seit Charlotte wusste, dass es Beppos starker Arm gewesen war, der sie in der denkwürdigen Nacht im Königshof in das Kabuff gezerrt und zu ihrer eigenen Sicherheit eingesperrt hatte, sprach sie nur noch von ihm. Es war die ganz große Liebe. Wie immer.

Polly hatte sich auf eine Stelle als Kriminalreporterin in der nahe gelegenen Kreisstadt beworben. Sie hatte Blut geleckt, auch wenn sie mit der Aufklärung des Falles nicht ganz zufrieden war. »Warum hat Gruber diesen Hinweis mit dem Wein auf das Schaufenster gesprüht? Und wieso hat er deinem Mann den Ehering vom Finger gezogen?«, hatte sie Julia bei einem Prosecco im Café Lotte gefragt.

»Das werden wir wohl nie erfahren«, hatte Charlotte gut gelaunt geantwortet und ihrem Beppo ein verliebtes Lächeln geschenkt.

Polly und Charlotte hatten also beide eine neue Perspektive, aber was war mit ihr? Vielleicht würde sie wegziehen, zurück nach München. Anschluss an ihr altes Leben suchen, um den Kindern eine Umgebung ohne düstere Erinnerungen bieten zu können. Mal sehen.

Sie zog einen braunen Umschlag aus ihrer Umhängetasche. In dem Kuvert waren die Zeitungsausschnitte, die Georg für sie als Abschreckung gesammelt hatte. Willkürlich nahm sie einen heraus. »Vater entführt seine Kinder nach Somalia«, lautete die Überschrift. Sie faltete aus der Zeitungsseite ein Papierschiffchen, reichte es ihrem Sohn, dann tastete sie in ihrer Jackentasche nach zwei kleinen Gegenständen. Ein kurzes Funkeln, dann versanken zwei dünne goldene Eheringe im schlammigen Grund des Mooracher Weihers. Als ihr Bub gefährlich nah an der Uferkante balancierte, ergriff Julia seine Hand. »Vorsicht«, warnte sie das Kind, »stille Wasser sind tief.«